書下ろし

長編ホラー・ミステリー

セルグレイブの魔女

高瀬美恵

祥伝社文庫

目次

1

急に思わぬ方向にリードを引っ張られて、足がもつれそうになった。

犬の九歳といったら、人間で言えばもう五十代ぐらいに相当するはずだ。なのにシンゴは青年のように……いや、子供のように元気である。利明《としあき》は心の中で愛犬を罵《ののし》った。バカ犬。ちょっとは飼い主の体調を考えてくれないか。人生初めての二日酔いに苦しんでいる飼い主の気分というものを。

シンゴはお構いなしだ。いつものルートを外れて公園の茂みのほうへ入って行こうとする。どういう気まぐれかと思いながら、利明はぐいっとリードを引いた。けれども、シンゴのほうが強引だった。いつもは爽《さわ》やかに感じられる緑の香りも、今朝はかえって胸をむかつかせる。

昨夜はサークルのコンパだった。調子に乗って、つい飲み過ぎてしまった。

大学に入学して、一か月あまりが過ぎた。飲み会に参加するのは三度目だった。これまでは緊張もあって、ほとんど酒を飲まないようにしていたのだが、昨夜は先輩たちともだいぶん打ち解けて、楽しく盛り上がった。おまえ結構強いじゃん、とおだてられ、慣れない日本酒を注《つ》がれて、いい気分で何杯も飲み干した。一軒目の居酒屋を出るあたりから記憶があやふやになり、二軒目では何を飲んだのかすらよく覚えていない。

心配した先輩が、自分の下宿に泊まっていけと誘ってくれたが、呂律《ろれつ》の回らない舌で大丈夫と言い張って別れた。自分ではしっかりしているつもりだったのだが、終電に揺られているうちに気分が悪くなって、駅のトイレで吐いてしまった。ふらふらと千鳥足で帰宅した頃には、午前一時をとうに回っていた。

父はとっくに寝ていたが、母は起きて待っていた。小言を聞かされる間にもまた気分が悪くなり、トイレに駆けこんだ。さすがに呆《あき》れられてしまい、それ以上がみがみ言われずにすんだのは幸いというべきか。ともかく、服も着替えずそのままベッドに倒れこんでしまい、深い眠りに落ちたのだった。

今朝は七時に、母によって叩き起こされた。シンゴの散歩の時間だ。

シンゴは、利明が小学生のときに、絶対に自分で世話をするからと誓《ちか》って買ってもらった柴犬である。夕方の散歩は、塾などの都合で母に代わってもらうこともあったが、毎朝の散歩は必ず利明が連れて行くことになっていた。九年間、一度も欠かしたことがない。

今朝だけは勘弁してくれよぉ……と情けない声で懇願《こんがん》したが、もちろん聞き入れられなかった。なんとかベッドから這《は》いだして、コップ一杯の冷たい水を飲むと、少し気分はおさまったが、頭痛は消えない。いつもは可愛いシンゴの吠え声も、頭に響いてイライラした。

犬のしつけマニュアルには、散歩のとき犬にリードを引っ張らせてはいけないと書いてある。犬が主人を馬鹿にするようになるからだ。もっと昔に、ちゃんとマニュアルを読んでおけば良かった。力の弱い小学生時代からシンゴに振り回され続けた結果、今や利明は完全に犬にナメられている。厳しい父や、エサ係の母には一目おくシンゴも、利明のことは見下しきっている。菅原《すがわら》家におけるヒエラルキーは、絶対的に父＞母＞犬＞長男である。

「引っ張るなよ、バカ犬」

ぶつぶつぼやきながらも、利明は引っ張られるままに足を進めた。引き戻す気力も体力もなかった。

シンゴは茂みの奥に入りこんで行き、わんわんと声を上げた。

「何なんだよ？　こんなとこ、何もないよ。戻ろう、シンゴ……」

うんざりして向きを変えようとした利明の視界の端を、何か赤いものがかすめた。近眼気味の利明は目を細め、茂みの陰に転がった小さな物体を見つめた。

――靴？

どきっとした。子供用の靴が片方だけ、こんなところに転がっているなんて、いかにも不自然。いかにも不気味だ。

シンゴの声がひときわ高くなった。利明は強くリードを引き寄せた。視線は赤い靴に吸い寄せられたまま。

――まさか。

そんなテレビドラマみたいな事件、あるはずがない。こんなちっぽけな、住宅街のど真ん中の児童公園なんかで。

一瞬、見なかったふりをして離れようかという考えが頭をかすめたが、やはり確かめずにはいられなかった。利明はこわごわ足を進め、びくっとして立ち止まった。落ちていたのは靴だけではなかった。そのすぐ近くに、靴下をはいた小さな足が見えた。

――まさか。

胸がすっと冷たくなる。身体《からだ》がこわばって動けなかった。シンゴが強く引っ張ったので、利明はよろけながらあわててリードを短く持ち直した。弧を描くように、赤い靴から距離を取って動き、慎重に確かめてみる。

茂みの間に、小さな子供が倒れていた。五、六歳だろうか。うつ伏せで、白いブラウスにスカートをはいている。片方の靴は履《は》いたままだ。

――死んでるのか……?

利明は恐る恐る周囲を見回した。

殺人事件、の四文字が目の裏に踊った。もしや犯人がどこかに隠れてこちらをうかがっているのではないかと思いついた途端、足が震えた。ただでさえ二日酔いで渇《かわ》いていた喉《のど》に、切れそうな痛みを感じた。

シンゴが吠えるのをやめた。後じさろうとした利明は、なけなしの理性を振り絞って踏みとどまった。

死んでないかもしれない。病気か怪我で倒れてるだけかもしれない。血が出ている様子はない。まず、息があるかどうか確かめないと。

「……おい？　大丈夫か？」

利明は恐怖を抑えつけて声をかけた。倒れた女の子はぴくりとも動かない。うつ伏せた背に、何か四角い白いものが貼りついていた。紙だ、と気づいて利明は眉を寄せた。

倒れた子供の背中に、貼り紙？

一瞬、奇妙な考えが浮かんだ。これは、人間じゃないのかもしれない。業者が捨てていったマネキンじゃないか？　背中に貼られているのは、たぶん業務用の指示を書いたメモだ。人騒がせな。

後から考えれば常軌を逸した考えだったが、利明はその思いつきにすがるように、倒れた子供に歩み寄った。人間じゃない……ただの人形に決まってると自分に言い聞かせながら。

真上から見下ろしたとき、ようやく、紙にプリントされたゴシック体の文字が読み取れた。

セルグレイブの魔女を訪ねよ

呼吸が止まった。

プリンターで印字されたものらしい、たった一行のメッセージ。それはたちまち利明の頭の中で低い声に変換されて、耳もとで囁《ささや》かれたかのようにおぞましく響いた。

利明は息を呑んだ。

シンゴが姿勢を低くし、唸《うな》るように鳴いた。その声は、利明の意識を九年前に遡《さかのぼ》らせた。

——あの頃、シンゴの声は今よりずっと高くて元気だった。生後たった二か月の子犬だったのだから。

子犬は前日にペットショップから菅原家に来たばかりで、まだ犬小屋ではなく居間の片隅の子犬用ベッドに入っていた。名前もまだ決まっていなかった。利明は居間のソファに寝そべり、いくつもの候補をノートに書き連ねて、首をひねっていた。

電話のベルが鳴ったのは、午後九時過ぎのことだった。取ったのは母だった。電話機は同じ居間にあったのだが、利明は子犬のことで頭がいっぱいで、母の声など全然気に留めていなかった。

「利明。あんた、細谷智紀《ほそやともき》くんって子、知ってる?」

電話の途中で、通話口をおさえて母が尋《たず》ねた。利明はノートに視線を落としたまま、「細谷?」と気の乗らない声で問い返した。

「知ってるに決まってるよ。席、隣だもん」

「まだ帰ってないんだって。どこか細谷くんが行きそうな場所、心当たりない?」

「えー?　知らない」

生返事をすると、母は再び電話に戻り、二言三言の言葉をかわして受話器を置いた。

「クラスの連絡網よ。細谷くんって子が、まだ家に帰ってないんだって」

母は利明の隣に座った。利明はやっと半身を起こして、母の深刻な顔を見た。

「学校で、何か変わったことはなかった?　今日、どんな様子だった?」

「どんなって、別に。いつもと同じだった」

「そう……心配ね」

母は不安げに時計を見上げた。

細谷智紀とは四年生のときから同じクラスだった。先月の席替えでは隣同士の席になったが、ほとんど口をきいたことはなかった。おとなしい智紀と活発な利明とではまったく気が合わなかったし、会話の糸口もなかった。休み時間、みんなの遊びに加わることもなく、いつも席に座ったままこっそり絵なんか描いてる暗いヤツ。そのぐらいの印象しかなかった。

「まさか、誘拐事件……なんかじゃないでしょうねえ」

母のうろたえたような声を聞くと、さすがに利明も気になった。が、その時点ではまだ全然、本気にしていなかった。一緒に遊んだこともない、形ばかりの同級生なんかより子犬のほうがよっぽど大事だった。ねだり続けてやっと買ってもらった可愛い犬にはどんな名前がふさわしいかという問題で、頭がいっぱいだったのだ。何より、自分の身近なところで事件が起きるなんて思ってもいなかった。

誘拐事件なんて、どこか遠い世界の話に決まっている。事件は現場じゃなくてテレビの中で起きるものだ。まさか、同じクラスの生徒が……なんて。

ありえない。この平凡な住宅街で子供が誘拐されたり、殺されたり、そんな事件が起きるはず——ない。

☆

ヘリコプターのプロペラ音で、笠間玲子《かさまれいこ》は眠りを破られた。

何か楽しい夢をみていたような気がするが、目を開けた瞬間すべて忘れていた。寝ぼけまなこで半身をひねり、時計を確認する。朝の九時半。彼女にとってはまだ早朝だ。夫は彼女の隣で、小さないびきをかいていた。

玲子はベッドから出て、カーテンを開けた。今日も暑くなりそうな、雲ひとつない青空が広がっている。二機のヘリコプターが、かなりの低空で戯《たわむ》れるように飛んでいるのが見えた。

この付近で事件か事故でもあったのだろうか。駅の近くの幹線道路は、トラックの行き来が多い上に交差が複雑なので、交通事故の名所となっている。今朝もまた、何かあったのかもしれない。

こんなにうるさくては、寝なおす気にもなれない。玲子は寝室を出て、キッチンに立った。グレープフルーツを半分と、ブルーベリーソースを添えたヨーグルト、ブラックコーヒー。これが彼女のいつもの朝食だ。

よくそんな小鳥の餌《えさ》のようなもので満足できるね、と夫には呆れられるが、三十代後半ともなれば、若い頃のように好きなだけ食欲を満たすわけにはいかない。ジムやエステに通って努力していても、新陳代謝の低下は否定できない。昔のような調子で食べていては、あっという間にオバサン体型だ。

コーヒーを飲みながら、テレビをつけた。主婦向けバラエティに、園芸、料理番組。矢継ぎ早にチャンネルを変えていると、フラッシュニュースを流している局があった。「S市で幼児の遺体発見。殺人事件か?」……玲子はボリュームを大きくした。

身近な風景が映し出されていた。玲子も、駅に行く途中で必ず通る道だ。「つばめ公園」という小さな児童公園の入り口に、黄色いロープが張られている。ヘリコプターが追っているのはこれだったのか、と腑に落ちた。

今朝早く、公園の植え込みの陰で、女の子が死んでいるのが発見されたらしい。近くの幼稚園に通う五歳児で、名前は佐竹流花《さたけるか》ちゃん。前夜から行方がわからなくなっていたということだが、捜索願は出されていなかった。首に絞められたような痕《あと》があり、他殺と見られているという。

玲子は眉《まゆ》を寄せた。最近は特に、子供が犠牲になる事件が多すぎる。毎日のようにこういう事件が報じられるが、慣れることは決してできない。ましてやこの事件は、玲子の生活圏内で起きたのだ。知り合いではないが、ひょっとしたらすれ違ったことぐらいあったかもしれない。スーパーで買い物をしているときなどに、母親に連れられたこの子を見かけたことがあったかもしれない。かわいそうに……。

犯人は変質者だろうか。抵抗もできない幼児を殺すなんて、まともな人間にできることではない。大人の女性に向き合うことのできない、コンプレックスのかたまりみたいなロリコン青年像が思い浮かぶ。引きこもりのオタクタイプの犯人だとしたら、行動範囲は広くないだろうから、きっとこの近くに住んでいるに違いない。気味が悪い。早く捕まればいいのに。

レポーターは、せっぱつまった調子で事件の概要を明らかにしていった。正確な死亡時刻は解剖の結果を待たないとわからないが、昨晩九時頃に現場付近を一人で歩いている流花ちゃんらしき幼児が目撃されており、その後数時間のうちに殺されたものと思われる。不審者の目撃情報は今のところなく、悲鳴などを聞いた人もいない。

玲子はその時刻の自分の行動を思い返してみた。スポーツジムから帰り、部屋でテレビを見ながらくつろいでいた頃だろうか。すぐ近所で子供が殺されているとき、自分はバラエティ番組を見て笑い声を上げていたのか……。

それにしても、夜の九時に幼稚園児が一人で出歩いていたこと自体、不自然ではないか。親は何をしていたのだろう。捜索願も出していないということだったが……。

ことによると、犯人はオタク青年などではなく、親かもしれない。最近は、そんな嫌な事件も珍しくない。住宅街なのに誰も悲鳴を聞いていないという点も怪しい。

「流花ちゃんが着ていたブラウスの背中に、犯人が残したものと見られるメモが安全ピンで留められていました。Ａ４判の紙にプリンターで印刷されたもので、ゴシック体で一行、『セルグレイブの魔女を訪ねよ』と書かれていました」

コーヒーカップを傾けていた玲子は、あやうくカップを取り落としそうになった。

テレビ画面に、横書きでプリントされたメモが映し出される。現物ではなく、小さく「イメージ映像」というテロップが添えられている。

セルグレイブの魔女を訪ねよ。

禍々《まがまが》しいほど威圧的な命令文。

玲子はカップを両手で持ち直し、落とさないよう慎重にテーブルの上に置いた。心臓が鼓動を速めていることを自覚したのは、数秒後のことだった。

「この〈セルグレイブの魔女〉とは、九年前に発売された家庭用コンピュータ・ゲームに出てくる用語であることがわかっています。このゲームは当時約四十万本の売り上げを記録したヒット作で、ゲーム購入者の特定は困難です。犯人の意図は何なのか。このメッセージにはどんな意味がこめられているのか。警察は慎重に調べを進めています……」

背後で音がした。玲子はびくっとして振り返った。寝室に通じるドアが開いて、パジャマ姿の夫、芳雄《よしお》が眠そうな顔で現れた。

結婚した当時は中肉中背の普通体型だったのだが、ここ最近、めっきり太り始めた。本人は、時々思い出したようにダンベルを買ってみたり、「寝ているだけで痩《や》せられる」あやしげなマッサージ器具を買ってみたりしているが、いずれも長続きしないので効果はない。

もっとも玲子は、ぽってりと出てき始めた夫の腹が嫌いではない。料理人という職業柄、少しぐらい太っていたほうが貫禄があるのではないかと思う。本人は「九十キロの壁は超えたくない」と言い張っているのだが。

芳雄は短く刈った固い髪を撫《な》でるようにしながら、いつも通りの明るい声で「おはよう」と言った。今のニュースの音声は届いていなかったらしい。テレビは次のニュースに切り替わっていた。

玲子は無理に笑顔を作って「おはよう」と答えたが、夫は強《こわ》ばった表情を見逃さなかった。

「……何？　どうかした？」

「ヘリ」

玲子は窓の外を指差した。

「飛んでるでしょ」

「ああ、うるさいね。事故でもあったかかな」

「事故じゃないの」

玲子はたった今テレビから得た情報を夫に伝えた。ふんふん、と相槌を打っていた夫だが、〈セルグレイブの魔女〉という現場遺留品のことを話すと、さすがに顔色を変えた。

「セルグレイブ？　それって……ひょっとして、あの智紀くんの……」

「そう。智紀が残していったメモと同じよ」

芳雄は口をへの字に結び、汗をぬぐうような仕草をした。部屋は空調が効いているが、芳雄は汗かきだ。

「どういうことだ？　まさか、智紀くんの事件と、何か関係が……？」

玲子は答えなかった。何とも答えようがなかった。

九年のときを経ているとはいえ、同じ町内で子供が犠牲になった……そして、同じゲームから引用された同じ文言が、不気味なエコーを響かせている。無関係なんてことが、ありうるだろうか？

夫は冷蔵庫を開け、自分用の朝食を用意し始めた。ごく小食の玲子に比べて、芳雄は毎朝充実した朝食を取る。朝の食事こそ一日の活力の源と信じているのだ。厚切りのトーストに自家製ジャムにオムレツにベーコンにサラダにフルーツにフレッシュジュースに……玲子から見れば、胸焼けしそうな分量だ。しかも、自身が料理人だから、オムレツ一つ、サラダ一つ作るにもこだわりがあって、たっぷり手間がかけられる。一流ホテルのブレックファスト並みだ。

二十分ほど後、夫が大きなトレイに皿を並べて運んでくるのを見ながら、玲子は言った。

「姉さんのことが心配だわ。このニュースを聞いたら、平静でいられるわけがない」

「……そうだな。あまり興奮しなければいいが」

芳雄は憂鬱《ゆううつ》そうにうなずき、オムレツを切り分けて口に運んだ。

玲子は皮肉な笑い声を上げそうになったが、すぐに呑みこんだ。

興奮するなって？　それは、乾ききった木材の山に火のついたマッチを投げこんでおいて、「燃えるな」と言うようなものじゃない？

玲子は部屋の隅のチェストの上に置かれた電話を見た。

鳴り出すのは、時間の問題だ。


芳雄は「今日は貸切の予約が入ってるから」と言い訳がましく言って、いつもよりずいぶん早めに家を出て行った。

貸切パーティなんてよくあることだ。芳雄の経営する「ビストロ・エクレール」は雑誌などにもよく紹介される人気店で、特にリーズナブルなパーティプランには定評がある。いつもはパーティの準備くらい従業員に任せきりで、こんなに早く家を出て行くことはない。

芳雄が早く家を出たのは、姉と顔を合わせたくないからだろうと玲子は思った。できることなら玲子だって、何か口実を作って家を離れたかった。

だが、彼女はそうしなかった。買い物にも、スポーツジムにも、美術館めぐりにも行かず、息をひそめて電話が鳴るのを待ち構えていた。先延ばしにすればするほど厄介《やっかい》になることが、わかりきっていたからだ。

電話が鳴り出したのは午後二時頃だった。玲子が予想していたよりもずっと遅い。これは悪い兆候だった。姉が、発作的に電話に手を伸ばしたのではなく、ぐるぐると考えをめぐらせたことを意味している。

「もしもし……玲子ちゃん?」

心細げな声が受話器の向こうから聞こえてきた。うん、と答えると、姉はますます細い声で続けた。

「テレビ、見た?　今朝、つばめ公園で女の子の死体が発見されたんですって……」

「見たわ。朝からずっとヘリが飛んでる」

「あのね」

姉は何度も息を呑みこむように声を途切れさせ、ようやく言葉を押し出した。

「話したいことがあるの。私、これから玲子ちゃんちに行くから。ね、待ってて。ね、すぐ行くから、ね」

電話は返事を待たずにプツッと切れた。これから押しかけてもいいかしら、迷惑じゃないかしらと尋ねる気遣いなど、もとより姉にあるはずがなかった。

玲子は受話器を戻し、鏡をのぞいた。うんざりした不機嫌な顔が映っている。玲子は頬を軽く叩いて唇を尖《とが》らせ、表情筋を動かした。姉に会うには、相応の覚悟が必要だ。

電話からおよそ三十分後、雅美《まさみ》がやってきた。一応、髪も服装もきちんとしているし、目の焦点は定まっているし、靴が片方ずつバラバラということもない。とりあえず、まだ病状は出ていないということだ。玲子はほっとした。顔を洗っていないのか、目のふちに目やにがこびりついていたが、この程度は姉にしてみればまだ正常の範囲内だ。

雅美は入ってくるなり用件を話し出そうとしたが、玲子はそれを押しとどめ、とりあえずリビングのソファに座らせてお茶を淹《い》れた。興奮状態の姉と多少なりともまともな会話をするためには、少しでも時間を稼《かせ》いで落ち着かせるしかないことは、長年の経験で学習済みだった。

「つばめ公園で女の子の死体が発見されたんだって。テレビのニュース、見た？」

雅美は恐るべき秘密を打ち明けるような口調でささやいた。玲子は電話で答えた台詞《セリフ》をそのまま繰り返した。

「見たわ。朝からずっとヘリが飛んでる」

「殺されたのよ。首を絞められていたんですって」

「そうらしいわね。かわいそうに」

「誰が殺したんだと思う?」

「そんなこと、わからないわよ。今、警察が調べてる。たぶん、すぐ捕まるでしょう」

「殺された子の背中に、メモが残されてたって」

「ええ」

玲子はティーカップを姉の前に置き、何食わぬ顔で答えた。

「犯人が残して行ったんでしょうねえ。どういうつもりか知らないけど、挑戦的な犯人ね」

「玲子ちゃん」

雅美は子供の頃のような調子で呼びかけ、まるで部屋の中に無数の第三者がいるかのようにせわしなく目を配りながら続けた。

「あなた、どう思う? なぜ犯人は、セルグレイブの魔女のことを知ってたのだと思う?」

玲子は観念した。どう答えても、姉が望むままに解釈されてしまうのだということはわかっていた。かといって答えずにいれば、姉は妄想をふくらませてしまうばかりだ。

神隠しにあったかのように突然消えてしまった子供の部屋に残されていた、たった一行のメモ。それは母親にとって、必死ですがりつかざるをえない一本の糸だった。他人の目から見れば、つまらない走り書きにすぎないのに。

「あのねえ、姉さん。セルグレイブの魔女っていうのは、ゲームに出てくるキャラクターなのよ。たくさん売れたゲームだから、日本全国で何十万人もの人がその名前を知ってるの。犯人は、きっとゲームオタクよ。ゲーム用語を犯行声明に使ったからといって、全然不思議じゃないわ」

「智紀の部屋にも同じメモが残ってたわ。智紀はまだ難しい漢字が書けなかったから平仮名で書いていたけど、文面はそっくり同じよ。セルグレイブのまじょをたずねよ……」

「それはね、智紀もそのゲームで遊んでいたから。何の不思議もないわ。ゲームの途中に出てくるヒントを忘れないように、手近な紙にメモっただけなのよ」

噛《か》んで含めるように言い聞かせる。これまでに何度も何度もしてきたように。姉が、この単純な事実を決して受け入れようとしないことはわかっていた。

「怖《こわ》いの、私」

雅美は前かがみになって、声をひそめた。

「子供を殺したのは、智紀じゃないかと思うのよ」

「……え?」

いつもの妄想とは少し様子が違っている。突飛すぎる言葉に唖然としている玲子に、雅美は何度も唾《つば》を飲みこみ、早口でささやいた。

「九年前に、あの子はセルグレイブの魔女に連れ去られた。それ以来、あの子は魔女の奴《ど》供を殺し、その魂《たましい》を奪ってこいって。あなたも知ってる通り、無垢《むく》な子供の魂は、魔女のエネルギーの源だから」

「姉さん……」

玲子は深呼吸をし、仮面のような微笑を浮かべた。

できるだけ刺激しないよう、姉をなだめようとしたのだが、雅美は耳を貸さず、スイッチが入ったように声を高くして一方的にまくしたてた。

「智紀が悪いんじゃないのよ！　あの子は魔女に操《あやつ》られているだけなんだから！　セルグレイブの魔女の力はあまりにも強力だから、智紀はさからうことができないの。わかってあげて、玲子ちゃん。智紀自身、とても苦しんでいるのよ。だって、どれほどの歳月を魔女の館《やかた》で過ごそうとも、あの子の魂は決して悪に染まらないんだから。自分がどれほど恐ろしいことをしたか、智紀にはちゃんとわかってるのよ！」

玲子は口をはさむのを諦《あきら》めた。無言でうなずくと、雅美は理解者を得た喜びに目を輝かせた。

「殺した子供の背中にメモを残していったのは、智紀のとっさの機転だと思うの。魔女に見つかったら恐ろしい仕置きを受けるのに、あの子は勇気をふるってメモを残して行ったのよ。魔女を告発するために。九年前、自分の部屋にあのメッセージを残して行ったのと同じよ……」

雅美は祈るように両手を強く握り合わせると、急に涙ぐんだ。

「あの子にはそういうところがあるの。普段はおとなしくて、むしろ臆病《おくびょう》に見えることすらあるのに。いざというときには、すばらしい勇気を発揮できるのよ。智紀はそういう子なの」

「……そうね」

「どうすればいいと思う？　魔女の手から智紀を救い出すために、私たちにできることは？」

玲子は二本の指を自分の眉間《みけん》に当てて強く押した。

この小さなスポットに、全身の疲れが集約されているような気がする。雅美は熱のこもった目で玲子を見つめている。

これは……放っておけば本人もケロッとして忘れてしまう程度の、いつもの軽い発作だろうか？　それとも、医師の力を借りなければ治まらない重篤《じゅうとく》な症状なのだろうか？

玲子には判断できない。

普段の雅美は、特に奇矯《ききょう》な言動などしない、おとなしい無害な女性である。事情を知らずに彼女と話した人なら、彼女の心が深く病《や》んでいることになど気づかないだろう。天気の話でも、晩の献立の話でも、雅美は笑顔で受け答えできる。

だが、何かのきっかけで妄想が暴走し始めると抑えられない。優しい言葉をかけながら手を握っていてやれば、一時間ほどで治まることもあるが、何日にもわたって取りつかれてしまう場合もある。以前、「魔女がカラスに私を見張らせている」と思いこんだときは大変だった。路上で興奮状態となって暴れ出し、止めようとした通行人を突き飛ばして怪我をさせ、警察が出動する騒ぎになってしまった。病院で薬を処方してもらい、症状は治まったものの、その後しばらく鬱《うつ》状態が続いて、玲子が付きっきりで面倒をみなければならなかった。

姉が全快することは一生ないだろうと、玲子は諦めている。雅美は今も、夫と息子と三人で幸せに暮らしていたマンションに住み続け、智紀の部屋を昔のままにしている。子供用のベッドも、カラフルな壁紙も、落書きのある勉強机も、マンガだらけの本棚もそのままだ。離婚して旧姓に戻ったのに、郵便受けや表札には「細谷」の姓が掲げられている。智紀が帰ってきたときに迷わないように。

時間の止まった世界に引きこもっている雅美には、再婚の可能性はまずないだろう。病んだ姉を、自分が生涯世話し続けることになるのだろうか。今はまだいいが、老後を考えると憂鬱《ゆううつ》になる。

口に出したことはないが、いっそ智紀の死体が見つかればいいのにと思ったことも一度や二度ではなかった。そうすれば、姉は甘ったるいファンタジーの世界から引きずり出さ

罪《つみ》を犯《おか》してしまうかもしれない。魔女に命じられて

「智紀を止めなきゃ。あの子はまた、魔女に命じられて罪《つみ》を犯《おか》してしまうかもしれない。それまでに、なんとかして智紀を救い出さないと」

ぶつぶつと続く姉の独り言を適当に聞き流すうちに、玲子の頭にふと奇妙な考えが思い浮かんだ。

姉の妄想が、真実の一部を言い当てているとしたら？

もちろん、智紀を連れ去ったのは魔女などではない。男なのか女なのか、年老いているのか若いのかもわからないが、ともかく生身の人間であることは確かである。その人物が、智紀を九年間どこかに閉じこめて育てていたのだとしたら——どうだろう。

九年前、九歳のとき、何の手がかりも残さずに突然消えてしまった智紀。生きていれば十八になっているはずだ。たとえば監禁者が死んだか何かで、智紀は九年ぶりに外へ出てきた。しかし、邪悪な犯罪者と二人きりで過ごした異常な年月は、かつての優しい男の子を残忍な性格に変えてしまった。成長した智紀は世界を呪《のろ》い、不条理に奪われた子供時代を呪っている。彼は過酷な運命に復讐するかのように、行きずりの子供を殺し、その背にメモを残していった。かつて、自分の部屋に残したのと同じ内容のメモを。それは、外部と隔絶されて育った青年の心が、九歳当時のまま成長していないことを示しているのでは……。

ドラマチックすぎる考えだろうか。これも、雅美の妄言《もうげん》と同じ程度の戯言《ざれごと》だろうか。

いや、雅美の妄想はまったく非現実で馬鹿げているが、この考えには多少なりとも現実味がある。隣人がどんな生活をしているか、興味のない人々が増えている。玲子自身、同じマンションにどんな人たちが住んでいるやら、ほとんど知らないのだ。誘拐された小学生が住宅街のど真ん中で何年も監禁されていたとしても、周囲がまったく気がつかない可能性は十分にある……。

玲子は大きく息を吸い、思いつきに引きずられそうな自分を戒《いまし》めた。

現時点では、目撃証言も出ていないし、犯人像が特定されているわけでもない。これはただの空想であって、信憑性《しんぴょうせい》はゼロだ。

まだ、今のところは。

考えに耽《ふけ》っていた玲子は、適当に聞き流していた姉の言葉を耳に留めて、はっとした。

「魔女を倒すためには、今のままではだめよ。かなうはずがないわ。私たちも武装しなくては！　魔女に対抗できるだけの力を身につけなければ！」

心のバランスを失ったときに独特の、うわずった調子で雅美は叫んだ。玲子は姉のきらきらした目をまともに見ることができず、さりげなく視線を逸《そ》らせた。

「玲子ちゃん？　聞いてるの？」

姉の声が尖ったので、玲子は目を背《そむ》けたままうなずいた。

「聞いてるわ」

「力を貸してくれるわね？　智紀を救出するために、あなたも一緒に戦ってくれるわよね？」

「ええ」

「智紀はあなたのことがとても好きだった。ひょっとしたら母親の私より、あなたになついてたかもしれない」

「そんなことはないと思うけど。姉さん、私、少しゆっくり考えたいの。一人にしてもらえるかな」

放っておいたら何時間でも喋《しゃべ》り続けそうな姉を強引に促《うなが》して立ち上がらせ、軽く背中を押すようにして玄関まで送り出した。

去り際、雅美は玲子の手を強く握りしめて言った。

「玲子ちゃんは私より強くて、頭がいいから、頼りにしてる。魔女を倒す方法を思いついたら、すぐに知らせて」

「……わかった」

「絶対ね。約束してね」

何度も念を押して、雅美は出て行った。

九年。

早いものだ。智紀が行方不明になった直後は、甥《おい》の身が心配で夜も眠れなかった。日ごとにおかしくなっていく姉の姿に絶望し、ヤケ酒をあおったりもした。こんなやりきれない苦しみがいつまで続くのかと想像すると、狂ったように大声を上げたくなった。

だが、不安や悲しみは少しずつ諦《あきら》めに変わっていった。玲子自身が意識もしないうちに、ゆっくりと。

雅美の時間は九年前のあの日に止まってしまったが、玲子はそうではなかった。生死不明の甥の面影は日に日に薄れていき、いつのまにか玲子は平凡な日常を取り戻していた。

一番辛かった時期、愚痴や嘆《なげ》きを辛抱強く聞いてくれたのが芳雄だった。玲子は、彼の経営する小さなビストロの常連客だったのだ。芳雄は優しく、閉店時刻が過ぎた後も玲子につきあってワインを傾けながら、話を聞いてくれた。

彼と結婚したのは、智紀が行方不明になってから二年が過ぎた後のことだった。料理人としても経営者としても芳雄は有能だった。個人営業の小さなビストロは、口コミで次第に評判を広げて、今では「予約の取りにくい店」として知られるほどの有名店になった。雑誌やテレビにも、たびたび紹介されている。

今や玲子は、同窓会に出席すれば昔の友人たちから羨《うらや》ましがられる優雅な生活を送っている。広々としたマンションに住み、趣味の良いインテリアに囲まれ、気ままにブランド品を買うことができる。夫は、ハンサムではないが誠実で優しい。喧嘩などほとんどなく、夫婦というよりも気心の知れた親友のような良好な関係が続いている。お互い、子供は望まず、自由な時間を何より大事にしている。価値観を共有できる大事なパートナーだ。

九年前。雅美も、まさにこんな生活を送っていたのだ。優良企業で順調に出世街道を歩む夫、見晴らしのいい瀟洒《しょうしゃ》なマンション。誰からも羨望《せんぼう》される、裕福で満ち足りた主婦だった。子供がいた点だけが今の玲子とは違っていた。

――玲子ちゃんも、早くいい人見つけなきゃダメよ。いつまでも若い気でいたら、いき遅れちゃうわよ。まさか智紀に、あなたの老後の面倒までみさせる気？

冗談めかしてはいたが、目は本気だった。

皮肉なものだ。今の雅美は、あのころ口癖のように言っていた言葉を覚えているだろうか？　今や、雅美の老後を心配しているのは玲子のほうだ。

玲子は立ち上がり、寝室のドレッサーの抽斗《ひきだし》をあけて、奥にしまいこんだ一枚の写真を手に取った。

智紀の七歳の誕生日に撮ったものだ。映っているのは、笑顔の玲子と、Vサインの智紀。雅美が腕によりをかけた豪勢な料理や手作りのケーキが一緒に映りこんでいる。

シャッターを押したのは、雅美の夫の巧《たくみ》だった。当時、玲子は姉一家のすぐ近くのマンションに一人住まいをし、たびたび食事を共にしていた。

智紀の笑顔にはまるで屈託がない。この頃の智紀は、ごくごく無邪気《むじゃき》で可愛らしい、甘えたがりの男の子だった。

この後少しずつ、乱暴な言葉を遣ったりするようになり、雅美を心配させた。智紀がふざけて「ばかやろう」と言っただけで、雅美はくよくよ気にやんでいた。どんな悪い友達と付き合ってるんだろう……と。

そのくらい当たり前じゃない、男の子なんだから、と玲子が笑うと、雅美はヒステリックに怒ったものだ。玲子ちゃんに子育ての苦労がわかるわけないでしょ！　適当なこと言わないでよ……！


——智紀が、今も生きていたら。

ふと、玲子は考えた。

もしもあんな事件がなかったら、あの子はどんな風に成長していただろう。押しつけがましい母につぶされて、内向的な性格になっていただろうか。それとも逆に、反抗的な乱暴者になっていただろうか。

意味のない空想だった。智紀の時間は九年前に止まったのだ。母親の時間を道連れにして。

2

夕方のシンゴの散歩を終えた後、利明は身支度をととのえて、夕食の支度をしている母に声をかけた。

「じゃ、行ってくるね」

「……大丈夫？」

母は野菜を洗っていた手を止めて、振り返った。心配そうな顔をしている。

「無理に出席しなくてもいいんじゃないの？　連絡して、休ませてもらったら？　体調が悪いんだから」

「悪くねえよ。もう全然平気」

「顔色悪いわよ」

それは自分でもわかっていた。鏡に映った顔は、目の下にクマを作って、まるで病人のようだった。こんなとき女はいいよな、と思わずにいられない。クマだろうが青ざめた肌だろうが、化粧でごまかせるんだから。

「平気だよ。ドタキャンなんかしたら、顰蹙《ひんしゅく》買うよ。一年ぶりにみんなに会いたいし」

「……そう」

母は諦めたようにうなずいた。

「じゃ、行ってらっしゃい。飲み過ぎちゃダメよ。あんた、すぐ調子に乗っちゃうんだから」

「それは父親似」

「変なとこだけ似なくていいの」

利明はスニーカーを履いて外に出た。母にはああ言ったものの、実のところは彼自身、同窓会に出席したい気持ちとしたくない気持ちが半々だった。

一年ぶりに皆に会いたいのは確かだが、あんな事件の直後だ。どんな話題が出るのかと思うと気が重い。利明があの遺体の第一発見者であることは、まだ同窓生たちには知られていないはずだが、今日の席上で事件のことが話題になったら、知らん顔で聞いてはいられまい。結局、自分が死体発見者であることをぶちまけてしまいそうな気がする。

ぶらぶら歩いて、二丁目の「ヘアサロン・スドウ」の前を通りかかったとき、ちょうどドアが開いて須藤拓真《すどうたくま》が出てきた。よう、と声をかけると、拓真も手を上げて同じように挨拶《あいさつ》を返した。

高校までは野暮ったい眼鏡をかけていた拓真だが、大学に入った途端にレーシック手術を受けて、やけにファッションを意識するようになった。もっとも、背が低くてお世辞にもイケメンとは言い難い彼に、がんばりすぎたファッションはあまり似合っていないのだが、本人は格好をつけているつもりらしい。

「今年は、いつもより出席者多いらしいぜ」

並んで歩きながら、拓真がそう切り出した。うすうす予想していたことだったが、利明はげんなりした。

「例の事件のせい……かなあ?」

「もちろん。事件の後、幹事の津島《つしま》のところに急に電話かけてきて、欠席の返事出しちゃったけどやっぱり出席したいって駆けこみ表明したやつが何人もいたっていうから。みんな気にしてるんだよ。同窓会で何か……話題が出るんじゃないかって」

「あのさ、須藤」

利明は背の低い拓真を見下ろし、思いきって言った。

「実は、話しておきたいことがあるんだけど」

「何?」

「驚くなよ。俺、第一発見者なんだよ。その事件のさ……公園で女の子の死体を発見した大学生って、ニュースでやってただろ。あれ、俺なんだ」

言ってしまってから、利明は少し後悔した。こんな唐突な切り出し方をすべきではなかった。拓真だって面食らうだろう。

何だって……と、びっくりされるのを待ち構えていたのだが、拓真の反応は予想外だった。彼は「ああ」と気の毒そうにうなずいた。

「そうだってな」

「……え？　なんで？　おまえ、知ってたの？」

「知ってるよ、そのぐらい」

「なんで……!?」

死体の発見者である利明は、もちろん警察で証言をし、マスコミの取材も受けた。その模様はテレビで放映されたが、顔は映《うつ》らなかったし、声も変えられていた。テレビを見た母親が「全然わからない」と言っていたくらいだ。まさか拓真が気づいているとは思わなかった。

「鋭いな、おまえ……」

感心すると、拓真は苦笑いして首を振った。

「俺が気づいたわけじゃないよ。おふくろの情報網」

「情報網？」

「美容院ってとこは、町内の情報本部みたいなもんだからさ。殺人事件なんて超ビッグな話題を、オバサン連中がほっておくわけないじゃん」

なるほど、そう言われて腑に落ちた。拓真の母が営んでいる「ヘアサロン・スドウ」は、店構えもセンスも古くさいので、少なくとも四十代以下の女性からは敬遠されているが（五十代目前の利明の母でさえ近づかないほどだ）、その分、集まる情報が濃い。近所の暇《ひま》なオバサン・オバーサン連中がたまり場にしているからだ。

情報が集まるということは、逆に言えば、情報が発信されるということでもある。拓真の母は客から仕入れた情報を別の客に話しまくり、その客はまたどこかで話を広めまくる。古びた美容室は、ヘアスタイルのセンスでは後れを取っているが、ご近所情報の拠点としては常に最先端をいっているのである。

死体発見という大ニュースについて、「ヘアサロン・スドウ」の力が発揮されないはずはなかった。マスコミよりもよほど詳しい情報を、拓真の母は押さえているに違いない。街の美容院の底力をうっかり忘れていた自分を利明は恥じた。

「そうか……なら仕方ないけど。頼むから、みんなには言わないでくれよ」

「え?・」

「いろいろ訊かれるの、イヤだからさ。今日はその話題、出さないでくれよな」

拓真が心外そうに目を開いたので、利明はまた後悔した。拓真は昔からお喋りで無神経なヤツだったが、最初から疑って牽制するようなことは言うべきではなかった。拓真だってそこまでデリカシーのないことは……。

「何言ってんだよ。みんな知ってるよ、もう」

拓真は視力回復した目をぱちぱちさせて利明を見上げた。

「……え⁉」

「こんなすごい話、黙っていられるわけがないじゃん。おふくろから聞いた瞬間から、俺、あちこちで喋りまくっちゃったよ。いけなかった？」

「いけなかったって……おまえ……誰に⁉」

「誰って……えーと……覚えてないや。今日集まる同窓生の中では、津島と小野《おの》かな」

「小野毬恵《まりえ》かよ⁉　あんなのに喋ったら、女子全員にあっという間に広まるに決まってるじゃねえか！」

「うん。悪かった？　なんで？　どうせ隠し通せるわけないぜ」

利明は頭を抱えたくなった。

「あー……やっぱり帰りたくなってきた」

「なんでだよ？　別におまえが殺したわけじゃないんだから、堂々としてればいいじゃん」

「そういう問題じゃねえよ」

拓真の悪びれない顔を見ていたら、怒る気も失《う》せた。二人は開宴時刻の十分前に、会場となっている駅前のカフェレストランに到着した。店員に「つばめが丘小学校同窓会」と告げると、一番奥の個室に案内された。

大皿料理が用意された長いテーブルに、すでに十人以上が着席していた。拓真の言った通り、例年より集まりが良いようだ。利明たちが入って行くと、皆が口々に「久しぶり」と声をかけてきた。利明は落ち着かなかったが、誰もいきなり事件のことを言い出したりはしなかったし、必要以上に利明をじろじろ見る様子もなかった。

〈俺が気にしすぎているだけだ。みんな、いつも通りじゃないか〉

自分にそう言い聞かせて、利明は拓真と並んで適当にあいている席に座った。椅子を引きながら、隣の席の男に一言声をかけようとして、少し戸惑った。

〈誰だっけ？〉

思い出せない。小太りに眼鏡の、陰気な男だった。目が合ったので利明は会釈をしたが、相手は何も言わずに顔を背けてしまった。

脂《あぶら》じみた髪が不潔な印象である。見覚えのある顔ではあったが、とっさに名前が出てこない。小学校卒業以来、一度も同窓会には出てこなかったはずだ。

気がつけば、隣の不潔男の他にも、なかなか思い出せない顔がちらほらとあった。いつも同窓会に顔を出すのは十人ほどのメンバーに固定されていたのだが、今年はやはり初参加の連中が何人かいる。

「フリードリンク制だから、なんでも好きなもの頼んで。アルコール以外で」

幹事の津島昌也《まさや》がメニューを掲げながら言い、何人かから不服そうな声が上がった。

「えー、酒は解禁だろ、解禁。もうみんな、高校卒業したんだし」

「二十歳《はたち》までダメなんだよ」

「十八じゃなかったっけ?」

「二十歳。店の人も絶対アルコールは出さないって言ってるから我慢しろ」

「おまえ正直に年齢言ったの? バカじゃね?」

「とにかく、ソフトドリンク・オンリー」

結局、出席者は十八人だった。例年の倍だ。いつもはだらだらとなし崩しに始まる同窓会だが、今年は幹事の津島が立ち上がって場を仕切った。

「えー、それでは、つばめが丘小学校六年二組の同窓会を始めます。今年は久々に来てくれた人も多いんで、一人ずつ近況報告をしてもらいます。まず俺から。幹事の津島です。久しぶりの人は忘れてるかもしれないけど、六年生のときクラス委員長でした」

「誰も忘れてないよ。顔も仕切り方も全然変わってないもん、津島くん」

ひょうきんな小野毬恵がまぜっ返して、周囲から笑いと賛同の声が上がった。気取り屋の津島は気を悪くしたらしく、毬恵をにらんで言葉を続けた。

「小野は毎年会ってるからいいんだよ。久々に来てくれたみんなに言ってるんだ。今年は、ギリギリ駆け込みで出席の返事くれた人が結構いたから」

拓真が利明をつつき、「な?」というように目配せを送ってきたが、利明は無視した。場の雰囲気《ふんいき》はなごやかではあるが、どこか取り繕《つくろ》ったようなぎこちなさが漂っていることは否《いな》めない。みんな、例の事件のことを話題にしたくて——第一発見者の利明から話を聞きたくて、集まってきたのだ。そして今も、互いの顔をうかがって、誰かが話を切り出すのを待っている。

続いて津島は、自分の隣に座っている女子をうながした。「久しぶり」組のひとりだ。化粧っ気はほとんどないが、美人である。短く切りそろえた髪が、シャープな顔立ちによく似合っている。利明には名前が思い出せなかった。こんなきれいな子が同じクラスにいたなら、忘れるわけはないと思うのだが。

「お久しぶりです。黒崎由布子《くろさきゆうこ》です」

小さな声で言って、彼女は丁寧に頭を下げた。毬恵が「嘘ぉ、黒崎さんだったの!?」と素《す》っ頓狂《とんきょう》な声を上げた。由布子がはにかんだようにうなずくと、毬恵は大げさに「全然わかんなかったぁ!」と騒ぎ立てた。

驚いたのは利明も同じだった。黒崎なら、かすかに記憶に残っている。小学生だった当時は、陰気で無口で目立たない子供だった。男の子のように髪を短くし、ガリガリに痩《や》せていて、いつも誰かから話しかけられるのを恐れるように顔を伏せていた。

見違えた。よく見ればもちろん、尖った輪郭や沈みがちな表情に面影《おもかげ》は残っていたが、印象がまるで違う。まさかあの地味な黒崎が、こんな美人になっていたとは。

由布子はそれで自己紹介を終えようとしたが、津島が「近況とか、教えてよ」と話をうながした。男子の大半は、由布子に興味津々のまなざしを向けている。もちろん、利明も拓真も例外ではない。

「四月からN女子大に通っています。英文科です。児童文学が好きなので、将来は絵本などの翻訳をしたいと思っています」

恥ずかしそうに言って、由布子はもう許してくれというように目を伏せてしまった。その仕草は昔通りだったが、あの頃のように陰気な印象ではなく、楚々《そそ》として可愛らしかった。

席の順番通りに、一人ずつ近況報告が続いた。みな、高校を卒業した節目の年で、変化があったようだ。進学した者が大半だが、就職した者も何人かいた。

小野毬恵は、姉が出産したのでこの歳で叔母さんになってしまったと嘆《なげ》いた。小学生の頃クラス一騒々しかった戸田由美《とだゆみ》は、父が脳梗塞《こうそく》で倒れたと暗い顔をしていた。優等生だった矢部紀夫《やべのりお》は、春休み中に風俗店で童貞を卒業したことをバラされて赤くなった。矢部の秘密をバラした武藤忠志《むとうただし》は、二年間つきあった彼女にフラれた直後だと言い、ヤケクソな明るさを振りまいていた。

久しぶりに参加した面々の中には、すっかり様変わりしてしまった者もいた。小学生の頃、弱々しくて泣き虫だった神田裕太《かんだゆうた》は、最近ロックバンドをやっていると言い、髪を金色に染めて派手なピアスをしていた。心優しい生き物係で、クラスの金魚を可愛がっていた関杏奈《せきあんな》は、けだるげなヘビースモーカーに変貌していた。ころころ太った陽気な子供だった鳥居隆司《とりいりゅうじ》は、すっかり痩せて無口になっていた。

九年は、やはり長い。毎年の同窓会で顔を合わせている連中には際立った変化は感じないが、久々の顔ぶれがそろってみると、過ぎ去った歳月の長さを感じずにはいられなかった。みんないろいろあったんだな、と思いながら利明は自分の番が回ってくるのを待った。

もちろん、自分からあの事件のことを切り出す気はなかった。皆は利明の口を開かせたくてうずうずしているかもしれないが、こんな場で渦中の人になるのはお断りだ。今日は絶対に、あの事件については触れない。近況報告は適当な話ですませる。始まったばかりの大学生活のこととか、生まれて初めての二日酔いを体験したこととか。

利明の隣の、太った男に順番が回った。彼はぼそぼそと聞き取りにくい声で「赤城壮太《あかぎそうた》です」と名乗った。

そう言えばそんな名前だったっけ、と利明はやっと思い出した。黒崎由布子の場合とは違って、印象が変わったからわからなかったのではない。昔から、赤城壮太はこんなヤツだった。名前が思い出せなかったのは、単に、利明が彼とほとんど話したことがなかったからだった。

利明だけではない。がやがやと騒がしかった一同が、なんとなく口をつぐんで赤城の顔を見守った。確かにかつての同級生には違いないが、赤城はこの場でひとりだけ浮いていた。

そんな空気を感じ取ったのかどうか、赤城はぶっきらぼうに続けた。

「同窓会に顔出すのは初めてです。今年もほんとは来る気はなかったんだけど。一昨日、急に幹事の津島くんに電話して、出席させてもらうことにしました」

せっかくなごやかだった場に、微妙にしらけた空気が漂い始めた。赤城の言葉は丁寧だが、目つきと口調は、まるで全員に喧嘩でも売っているかのようだった。

険悪な目で全員を睨《にら》みつけて、赤城は急に口調を変えた。

「――細谷智紀くんのことを話したかったんだ。みんなと」

単刀直入な言葉に、利明はぎょっとした。室内の温度が急に下がったように感じられた。

しばらく、誰も口をきかなかった。赤城自身も。

壁ごしに、隣のグループが騒いでいる声が聞こえてくる。やっと気を取り直したのは、津島だった。

「そういえば、赤城くんは細谷くんと仲良かったんだよね」

言われてみて、利明も思い出した。細谷智紀は無口な子供で、クラスの中では目立たない存在だったが、同じく無口な赤城とは気が合っていたようだ。休み時間などに、こそこそ二人で話しているのを何度も見かけた記憶がある。二人ともマンガやゲームが好きで、オタクっぽい趣味が似ていたらしい。

「細谷くんって？　そんなヤツいたっけ？」

きょとんとした顔で尋ねたのは、武藤忠志だった。利明は一瞬、耳を疑ったが、すぐに思い出した。武藤は転校生だったのだ。利明たちのクラスに入ってきたのは、六年生の一学期……細谷智紀の失踪事件よりもだいぶん後だった。

「そうか、武藤は知らないんだよな。細谷くんのこと」

津島が、なんと説明しようかと思案している間に、赤城が続けた。

「三日前、つばめ公園で子供の死体が見つかった。犯人はまだ捕まってない。今日も警察が公園を調べ回ってた」

口調からすると、赤城はまだ第一発見者が誰かということを知らないらしい。すでに情報を知っている何人かが、うかがうように利明を見た。利明は彼らの視線をはねつけるように、あえて顔を上げた。目の合った連中は、気まずそうに再び赤城に視線を戻した。

赤城は声を荒らげた。

「みんな、九年前のと三日前のと、二つの事件について話したくて集まったんだろ？　なんでわざとらしく話題を避けてるんだよ？　みんなの近況なんてどうでもいい。事件のことを話そう」

「何よ、その言い方……勝手なこと言わないでよ」

気の強い毬恵が、気色《けしき》ばんで言い返した。

「あたしは毎年、同窓会を楽しみにしてるのよ。今年だって同じよ。事件なんて関係ない。みんなの近況のほうが、よほど聞きたいよ。あんたみたいに、野次馬根性でノコノコ出てきたヤツが、勝手に話題を仕切らないでよね」

「まあまあ」

津島があわてて取りなした。金髪のギタリスト神田が、昔を思わせる控えめな口調で言った。

「赤城くんの言うことにも一理はあると思うんだけど。実を言うと俺も、例の事件があったから急に出席することに決めたんだ。野次馬根性って言われれば、その通りだけどさ……同窓会で細谷くんのことが話題になるんだろうなって思ったら、やっぱり気になったし」

「細谷って誰だよ？　何？　わかってないの俺だけ？　つばめ公園の事件と何か関係あるの？」

武藤がじれったそうに尋ねた。皆、探り合うように顔を見合わせた。

利明は黙っていられなくなった。結局、同窓会に出席することを決めた時点で、こういう話の流れになることは決まっていたのだ。あの話題に触れるまいと彼ひとりががんばったところで、皆の気持ちを逆撫でするだけだ。

「知ってるやつもいると思うけど。死体の発見者、俺なんだ。公園で女の子の死体を最初に見つけた大学生って、俺のことなんだ」

知っていたのは、出席者のうちの三分の二ほどだった。神田や武藤、それに赤城ら数人は初耳だったらしく、啞然《あぜん》とした顔で利明を見た。

「……菅原？」

武藤が目を丸くして利明を仰いだ。

「おまえが？　ニュースで見たよ。第一発見者の大学生ってやつが喋ってるの……でも顔映《うつ》ってなかったし、声も変えてるし、全然わからなかった。あれ、おまえだったの？」

赤城が「詳しく話してくれ」と言った。皆、しんとして利明の言葉を待っている。利明は観念して続けた。

「三日前の朝、犬の散歩をしてるときだった。公園の植え込みの陰で、倒れてる女の子を見つけた。うつ伏せに倒れてて、靴が片方脱げてて……最初、マネキンじゃないかって思ったんだ。いつも通ってる公園で人が死んでるなんて、あまりに現実感がなくてさ。でも、近づいてみたら確かに女の子が死んでるんだってことがわかった。それで、携帯から

った。

　何人かが同時に口を開き、利明に質問を浴びせようとしたが、それを遮《さえぎ》って声が上がった。

　利明の斜め前に座っていた古田孝典《ふるたたかのり》だ。小学生の頃は目のくりくりした可愛い男の子だったが、今は別人のようなゴツいニキビ面に変わり果てている。ただ、大きくて愛敬《あいきよう》のある目は昔のままだった。

「殺された佐竹流花って子、うちの隣に住んでたんだよ」

　古田の前の席に座っていた銀行勤めの岡島美奈代《おかじまみなよ》が「ほんと?」と目を丸くした。

「うん。俺んちにも警察が来て、いろいろ聞かれたよ。なんつーか……かわいそうな子でさ。虐待《ぎやくたい》っつーの?　いろいろ問題のある家で」

「虐待されてたの?」

　毬恵が身を乗り出した。古田はむすっとした顔でうなずいた。

「母親の怒鳴り声とか、子供の悲鳴とか、時々聞こえてた。母子家庭で、母親は男癖悪くてさ。子供のこと邪魔にして、ずいぶんいじめてたみたいなんだ」

「あんた、なんで通報しなかったのよ!」

「したよ、一度。夜中まで子供の泣き声が聞こえてたからさ。警察が来て話聞いてたみたいだけど、結局それだけだった。いつか親に殺されるんじゃねーかなんて噂《うわさ》してたんだけど……まさかこんなことになるとはなぁ」

「なんか……すごいねえ」

美奈代は感じ入ったようにため息をついた。

「被害者のお隣さんと、死体の発見者が、両方あたしたちの同級生なんて。すごい偶然じゃない？」

冷静な矢部が即座に否定した。

「別に、偶然なんかじゃない。生活圏内で事件が起きるってのは、そういうことだよ。目撃者も、被害者も、たぶん犯人も、顔つき合わせて住んでる。同級生の中に関係者がいたり、顔見知りの商店のおばちゃんが犯人だったりなんてことは、十分ありえるわけだ」

矢部の言葉は、利明の胸にこたえた。犯人も、目撃者も、被害者もきわめて狭い円の中で暮らしている……この事件は、テレビの中ではなく自分の街で起きたのだという事実が、ひしひしと迫ってくる。

毬恵が、薄気味悪そうに古田の顔を見た。

「……ひょっとして、犯人、母親なんじゃないの？　虐待して娘を殺して、公園に捨てたんじゃ……？」

「警察もたぶん、それは疑ってるよ。でも、俺は違うと思う」

「なんで？」

「貼り紙。背中の」

古田は角張った顎《あご》を引いて、上目遣いに利明を見た。

「ニュースで大きく報道されてるよな。殺された女の子の背中に、犯人のメモが貼り付けてあったって。菅原、見たんだろ?」

利明は古田の大きな目を見返して、うなずいた。

なるほど、古田が何を言いたいのかがわかった。虐待による子殺しなら、あんな思わせぶりなメモを遺していくようなことは、まずしないだろう。

「セルグレイブの魔女を訪ねよ」

思いがけない人物がつぶやいたので、利明は驚いた。黒崎由布子だ。

皆の注目を集めても、由布子はうつむいていて、気づかない様子だった。ウーロン茶入りのグラスを両手で包むように持って、暗い声で続けた。

「思い出さないわけにはいかないわ、細谷くんのこと。わたしも……野次馬根性って言われるかもしれないけど、三日前の事件がきっかけで、急にこの同窓会に出席しようと思ったの。細谷くんのこと、みんなと話したくて」

「だからさあ、細谷って誰なんだよ?」

武藤のしつこい質問に、津島が答えた。

「細谷智紀くんは僕らの同級生だった。うちの学校、五、六年生はクラス替え無しで持ち上がりだったんだ。だからここにいるみんな、五年生のときに細谷くんと同級だった。転校生の君以外は」

「……ああ」

武藤はやっと納得した顔でうなずいた。

「そういや、話には聞いたことがあったな。名前は忘れてたけど。誘拐されたんだっけ?」

「誘拐かどうかはわからない。ある日突然、いなくなったんだ。神隠しにあったみたいに」

「結局、行方不明のままだったんだろ?」

「そうだ。身代金の要求もないし、なんの手がかりも出てこなかった。生きてるのか死んだのかすら、いまだにわかってない」

「それと今回の事件と、なんか関係あるのか?」

「セルグレイブの魔女を訪ねよ」

今度その言葉を口にしたのは、赤城だった。武藤は首をかしげた。

「ゲーム用語だって、テレビで言ってたよ。それが何か……」

「九年前、細谷智紀くんの部屋からも同じ走り書きが見つかったんだ」

「……え?」

武藤の声が素っ頓狂にひっくり返った。すかさず津島が説明した。

「細谷くんのほうは、別に犯人の遺留品ってわけじゃない。細谷くんが自分で書いたものだった。ゲームをやりながら、ヒントをメモしてたんだよ。よくやるだろ、RPG《ロール・プレイング・ゲーム》とかやるとき」

「ああ……うん」

「細谷くんがやってたのは……なんだっけ、結構流行《はや》ったゲームだった……」

津島は思い出せないらしく、言葉に詰まった。

「ダーク・リデンプション」

赤城が答えた。津島はうなずいて続けた。

「そうそう。セルグレイブの魔女っていうのは、そのゲームに出てくるキャラなんだってさ。細谷くんはゲームを進めながら、途中のヒントを適当な紙にメモしておいただけだ。だけど、細谷くんの母親はそうは思わなかった」

「母……？」

「息子が急にいなくなって半狂乱になってる母親が、息子の部屋から見つけたメモに『セルグレイブのまじょをたずねよ』って書いてあったんだ。間違いなく息子の筆跡で。どういう心境になるか、想像してみろよ。母親は、息子が救いを求めるメッセージだと思いこんでしまった」

利明はいたたまれない気持ちになった。この場にいる全員が同じような気分でいるに違いない。

それまで黙っていた横山和樹《よこやまかずき》が、急に天井を仰《あお》いで大きなため息をついた。彼は当時、クラスの悪ガキどもの先頭に立っていた。

「ひでえことをしたんだ、俺たち」

「……何？」

「細谷くんの母親はすっかり頭がおかしくなって、〈魔女捜し〉を始めた。通行人をいきなり呼び止めて、『セルグレイブの魔女を知りませんか？』って尋ねるんだよ。魔女を訪ねれば、息子が帰ってくると思いこんじまったんだな。今から思えば気の毒なんだけどさ……当時は俺たち、ガキだったから、わかんなくて」

「……ずいぶんからかったよな、あのおばさんのこと」

矢部が小声で懺悔《ざんげ》をした。横山が続けた。

「おばさんに聞こえるように、『魔女だあ！』って叫んで逃げたりな。おばさんが裸足《はだし》で飛び出してきてキョロキョロするのを、陰で見て笑ったりした」

皆、一様に後ろめたそうな顔をしていた。利明も同じだった。

同級生の突然の行方不明はクラスに大きな衝撃を与えたが、皆、あまりにも幼かった。テレビカメラに映ろうと、レポーターの後ろでぴょんぴょん飛び跳ねてVサインを作った子供が何人もいた。もちろん、細谷智紀の安否を心配しなかったわけではないが、それよりも、自分たちの街が、学校が、クラスが、テレビニュースに大きく取り上げられる興奮のほうがはるかに大きかった。息子を失った親の悲しみを思いやれるほど、彼らは成熟していなかったのだ。

実際に悪戯《いたずら》を実行したのは、横山をリーダーとする何人かだった。だが、加わらなかった連中だって知ってはいたのだ。ただ、イジメっ子の横山に目をつけられるのが怖かったから、見て見ぬふりをしていた。

いや――それだけが理由ではない。無関心を装っていた子供たちだって、心のどこかでは面白がっていた。髪を振り乱してゲームの登場人物を捜し回る狂った母親の姿には、残忍な悪戯をエスカレートさせる滑稽《こっけい》さがあった。むしろ、冗談にしてしまわなければ正視できない薄気味悪さだったかもしれない。結局、先生に知れてクラス全員が大目玉を食らうまで、意地の悪いからかいは続いた。

「あのおばさんの症状が悪化したのは、間違いなく俺たちのせいだ。俺たちがあんなことをやらなければ、入院するほど悪くはならなかっただろう」

矢部が沈鬱《ちんうつ》な声で言った。戸田由美が、沈んだ場をなんとか救おうと、明るい声を出した。

「それは考えすぎじゃないかな。もともと神経質な人だったって聞くし、細谷くんは一人っ子だったし、急に子供がいなくなって神経が参っちゃったのよ。悪戯がなくても、結局は同じことだったんじゃない？」

「……でも、俺たちのやったことが悪質だったのは否定できねえよ」

横山が真面目くさった顔で言い、矢部がうなずいた。

「あのおばさん、どうしてるんだろうな、最近。誰か、噂とか聞いてる？」

「離婚したんだよ。だいぶん前のことだけど」

拓真が言った。さすがヘアサロン・スドウ、と誰かが茶化したが、拓真は取り合わずに続けた。

「しばらく病院に入院してたけど、出てきてすぐ離婚したんだってさ。でも、昔のままのマンションに住んで、郵便受けには『細谷』の名札を出してる。まだ息子が帰ってくるって信じてるんだろうって、うちのオカンは言ってた」

「……魔女のことは？　まだ信じて、捜してるのかな？」

「いや、普段はまともなんだよ。ひとりで生活できるぐらいだし、近所とトラブル起こすようなこともない。ただ、何かのきっかけで発作のスイッチが入ると、やっぱり魔女が息子を連れ去ったって思いこんでおかしくなるんだ。たまーに、だけどね……通行人に急にからんで、警察呼ばれたりしたこともあったらしいよ」

「発作のスイッチ……か」

津島が、やりきれないように片目を細めて、自分の頭をかいた。

「あのおばさんがつばめ公園の事件を知ったら、スイッチ入るだろうな、絶対」

「知らないはずないと思うけど。テレビでも新聞でもやってるんだから。あのおばさん、騒いだりしてないの？　事件が報道された後」

毬恵の問いに、拓真は首を振った。

「してない。と思う。少なくとも、うちのオカンの情報網には何も引っかかってない」

「かえって不気味……だね。どんな気持ちで、ニュース番組とか見てるんだろうね」

毬恵はそう言って首をすくめた。

ずっと黙って聞いていた赤城壮太が、急に大声を出した。

「みんなはどう思ってるんだ？　今度の事件は、九年前の智紀くんの事件と、どうつながってると思う？」

「どうって……わかるわけねえだろ。警察じゃねえんだから」

古田がしらけた顔で言い返した。赤城は細い目でそちらを睨《にら》んだ。

「犯人を推理しようなんて言ってるんじゃない。どう思うかって聞いてるんだ。まさか無関係なわけないだろ」

「なんで偉そうなのよ、あんた、そんなに」

毬恵がまた怒り出したのを、利明がなだめた。

「無関係とは思わないよ。俺だって、公園で女の子の背中にあの貼り紙があるのに気づいたとき、とっさに細谷くんの例の走り書きのことを思い出してゾッとした。九年前の記憶がガーッとよみがえってさ……」

「犯人は、どういうつもりでそんなメモを残したんだろう?」

津島がつぶやき、矢部が言った。

「普通に考えれば、挑戦だよな。警察とか、社会とかに対する」

「でも、それならもっと挑発的な文面になるんじゃないか。『俺をつかまえてみろ』みたいなさ。なんで、あんな意味不明の、昔のゲームからの引用文なんかを使ったんだろう?」

「九年前の事件を意識してるんでしょ」

関杏奈が、けだるげに煙草の煙を吐きながら言った。

「同じ犯人なんだよ、きっと。細谷くんを殺したやつが、またこの町に戻ってきたってことよ」

「殺したなんて言うな!　細谷くんはまだ生死不明だ」

赤城が怒鳴り、杏奈は小馬鹿にしたように顎を上げた。

「生きてるなんて、まさか本気で思ってるわけ?　九年間見つかってないのに」

「言葉に気をつけなよ、関さん」

大柄な村井《むらい》みゆきが、ぴしゃりと杏奈を叱《しか》りつけた。昔から、男子を圧倒する体格の良さとリーダーシップで、クラスの女子を仕切っていた女だ。久しぶりの同窓会出席だからか、これまで控えめに皆の話に耳を傾けていたのだが、口を開けばやはり存在感があった。

「見つかってないってことは、生きてる可能性だって十分あるんだから。誰かが細谷くんを連れ去って、自分の子供みたいに育ててるのかもしれないし」

杏奈はふてくされたように言い返した。

「赤ん坊じゃないんだよ。失踪時、小学五年生。そんな大きな子供を、周囲にバレないように育てられるわけ、ないじゃん」

「外国に拉致《らち》されたのかもしれないね。だったら、生きてる可能性はあるよね」

岡島美奈代が推理を披露したが、津島が話題を修正した。

「待てよ。今問題なのは、細谷くんの生死じゃない。そんなこと、ここでいくら話したって結論が出るものじゃないんだし。つばめ公園の事件の犯人が、なぜあんなメモを残していったのかってことを考えてみよう」

「だからさぁ、犯行声明ってやつでしょ」

杏奈が煙草の灰を灰皿に落としながら言った。

「あれは犯人の署名みたいなもん。つまり、犯人は九年前の事件と同一人物ってこと」

「だけど、九年前のメモは犯人が残したものじゃなかったじゃないか。細谷くんが書いた、意味のない覚え書きだ」

津島が指摘すると、杏奈は無関心な表情で細く煙を吐いた。代わりに、毬恵が両手で頭を押さえ、こんがらかったような顔で首をかしげた。

「九年前の事件のとき、細谷くんの部屋から見つかったメモのことは、新聞とかテレビでも報じられてたよね？」

「かなり話題になったよ。最初は、細谷くんの書き置きじゃないかなんて言われてたし。結局、ただのゲームの覚え書きだってことがわかって、ぱったり報道されなくなったけど」

「今度の事件の犯人は、その報道を知ってたんだよね、たぶん。そして今回、自分の犯行声明のために、九年前の話題を利用した……なんで、そんなことしたんだろ？」

矢部が言った。

「犯人は、細谷くんのことを何か知ってるか、あるいはその魔女のなんとかっていうゲームによほど強い思い入れがあるか、どっちかだよな」

「魔女のなんとかじゃない。『ダーク・リデンプション』だ。セルグレイブの魔女はそれに出てくるキャラクター名」

赤城がイライラした口調で説明した。津島は全員の顔を見回した。

「この中で、そのゲームやったことあるやつ、いる？」

「なんでそんなこと訊くんだよ。俺たちの中に犯人がいるとでも思ってるのか？」

鳥居が気分を害したように言い、津島は首を振った。

「まさか、そんなつもりで訊いたんじゃない。俺はそのゲームを知らないから、どんな内容なのか教えてもらおうと思っただけだ」

「俺は途中までやったよ。内容はもう覚えてないけど」

鳥居が言い、赤城が毅然《きぜん》と手を挙げた。

「僕は最後までやった。従兄《いとこ》に手伝ってもらいながら、だけど。ストーリーも全部覚えてる」

ぽつぽつと手が挙がった。神田裕太、戸田由美、そして村井みゆきだ。津島は意外そうに「へえ、結構みんなやってたんだな」と言った。みゆきが答えた。

「あたしは細谷くんの事件があった後にやってみたの。どんなものか気になったから。でも、難しくて全然進まなかった」

「俺もだ。村を一歩出た途端に殺されまくって、結局レベル1のままやめた」

神田が苦笑まじりに言った。由美もうなずいた。

「そうだよね。あれ、小学生には難しかった。スキルシステムとか面倒だったし……確か、時間制限の迷路なんかもあったよね」

「クリアしたのは赤城くんだけか」

津島は赤城に向き直った。

「内容を教えてくれないか。セルグレイブの魔女っていうのがどんなキャラクターなのかわかれば、犯人の意図が見えてくるかもしれない」

皆の注目を集めて、赤城は真剣な表情になり、どことなく芝居がかった口調で言った。

「魔女は——主人公に力を与えてくれる重要なキャラだ。人々からは、子供をさらって食う残酷な老婆だと思われてるが、実は違う。たった一人で、セルグレイブという島を魔物の侵略から守ってる善良な魔女なんだ。主人公は老騎士から『セルグレイブの魔女を訪ねよ』と言われて、魔女に会いに行く。苦しい試練を与えられるが、それに打ち勝ったとき、究極の力をもつ剣を授かる。その剣によって、ドルードを倒すんだ」

「ドルードって？」

「ラスボス」

毬恵が、鼻でせせら笑った。

「ありがちな内容だねえ。そんなの、面白いの？」

赤城は答えず、敵意のこもった目で毬恵を見ただけだった。利明は思いきって口を開いた。

「子供をさらって食う……ってところが気になるな。細谷くんのときも、今回も、被害者は子供だ。犯行声明にわざわざそんな魔女の名前を使うなんて、犯人の残酷な性格が表れてる気がする」

「でも、魔女はほんとは善良なんでしょ？　ほんとに子供を食ってるわけじゃないって言ったよね？」

美奈代が尋ねると、赤城はうなずいた。

「そうだ。恐ろしい伝説は、魔女が自分で広めたものだ。自分のテリトリーに子供が近づかないように。彼女の周囲は危険に満ちてるから」

「あんまり参考になりそうにないね、ゲームの中身なんて」

毬恵が肩をすくめた。津島も同感らしく、退屈そうな顔をしていたが、一応自分が話を振った手前、「説明ありがとう」と赤城に礼を言った。

武藤が質問した。

「その、さ、ゲームのタイトルなんだっけ？　もう一回教えてくれない？」

「ダーク・リデンプション」

「リデンプションって、英語？　なんて意味？」

皆、顔を見合わせた。利明も考えてみたが、知らない単語だった。少なくとも、受験勉強で覚えた記憶はない。

矢部が「調べてみる」と携帯電話を取り出したが、彼が辞書を検索し始める前に、黒崎由布子が言った。

「贖罪《しょくざい》よ」

か細い声だったが、皆、しんとして由布子を見た。そういえば翻訳家志望って言ってたっけ、と利明は思い出した。

「リデンプションは——罪を償《つぐな》うっていう意味よ」

静かに言って、由布子はまた恥ずかしそうに目を伏せてしまった。

——セルグレイブのまじょをたずねよ。

智紀が残していったメモは、チラシの裏に濃い鉛筆で書かれていた。智紀らしい、几《き》帳面《ちょうめん》に角張った文字で。

3

母親の雅美が智紀の部屋でこのメモを見つけたのは、智紀の行方不明から一晩明けた朝のことだった。

雅美は前夜午後八時過ぎに近所の交番に息子が帰ってこないと訴え、警官らとともに町内を捜し回った。智紀は見つからず、雅美は一晩じゅうでも捜すと言い張ったが、体力も気力も限界だった。警官に支えられるようにしてマンションに戻ったのは、深夜〇時。息子が行方不明という大事にも拘《かか》わらず、なかなか連絡がつかずに帰宅が遅くなった夫と派手な喧嘩《けんか》を繰り広げて、一睡もできないまま夜を明かした。

明け方、何か手がかりになるものは残っていないかと、彼女は智紀の部屋に入った。そして、ゲームソフトを収めたラックの上に置かれていたメモを発見したのだった。

雅美はすぐさま警察にメモのことを届け、玲子にも電話をかけて伝えた。玲子も、甥《おい》が行方不明との知らせを聞いて、深夜まで付近を捜すなどして、心配していたのだった。

謎めいたメモの内容は、当初、大人たちを困惑させた。これは、智紀が姿を消したことと何か関わりがあるのだろうか。セルグレイブとは何か。「まじょ」とは、「魔女」のことだろうか。いったい、何を意味しているのか？

智紀の書き置きではないか、と推理したのは、前夜の捜索にも加わってくれていた近所の文房具屋の主人だった。

——きっとマンガか何かの真似ですよ。大冒険の旅に出るつもりで、こんな手紙を残して出て行ったんでしょう。適当に電車を乗り継いだりして、思いがけない遠方まで。それで、帰るに帰れなくなって、どこかの公園か空き家の隅で眠りこんでしまったのかもしれない。今日明日のうちにきっと見つかりますよ。そんな「事件」は、過去にいくつも例があるから……。

玲子はぼんやりと目を開けた。

文房具屋の主人の楽天的な笑顔や、雅美のヒステリックな泣き顔などが、まだ残像のように脳裏にちらついていた。頭は醒《さ》めているつもりだったが、夜明けの思考は夢と分かちがたい。醒めながら夢みていたのか、夢みながら考えていたのか、自分でもよくわからなかった。

最近ではもう、智紀を思い出すことはほとんどなくなっていた。今になっていろいろな記憶がよみがえるのは、やはりあの幼児殺害事件のせいだ。

つばめ公園で発見された女の子については、さまざまな噂が流れていた。テレビや新聞では報道されない、ご近所レベルの情報があれこれ。玲子はあまり近所づきあいがないが、ひそかに街の底に流れている噂は、スポーツジムなどで自然に耳に入ってきた。

殺された佐竹流花ちゃんの家は、つばめ公園から徒歩五分。玲子の住むマンションとは、ちょうど公園をはさんで反対側になる。流花ちゃんは去年から近所の幼稚園に通っていたが、最近はほとんど通園していなかった。

母親は二十四歳。三年前に離婚しており、その後何人もの男と同棲したり別れたりを繰《く》り返していたという。以前は流花ちゃんをよく可愛がっていたようだが、最近は怒鳴《どな》りつける声や流花ちゃんの泣き声が頻繁《ひんぱん》に聞こえるようになり、近所の人々は心配していた。幼稚園の先生が何度か家を訪ね、通園させるよう説得したが、母親は病気などを理由にして返事をはぐらかした。以前からたびたび、家を閉め出されて公園の周りをうろつく流花ちゃんの姿が目撃されていた。

公表されてはいないが、公園で見つかった流花ちゃんの遺体には、死因となった首の絞め痕《あと》の他にいくつものあざや火傷《やけど》の痕があったという。警察は母親を重要参考人として近く取り調べるらしい……。

信憑《しんぴょう》性のほどはわからない。噂好きの主婦連中があることないこと尾ひれをつけている可能性も否定できないが、虐待《ぎゃくたい》があったことはまず間違いないだろう。五歳の女の子が家を閉め出されるなんて。

でも、犯人は母親ではない。

玲子は天井を見上げて、まだうとうとしながら考えた。

母親なら、殺した子の遺体にメモを残すようなことはするまい。捜査の攪乱《かくらん》を狙《ねら》って？

いや、あのメモはそんな性質のものではない。

――セルグレイブの魔女を訪ねよ。

犯人は何を思って、あんなメモを残したのだろう。九年前の事件に関わった人物なのだろうか。何者だ？

同一犯だろうか。九年前、智紀を連れ去った人物が、流花ちゃんを殺したのだろうか？

だが、二つの事件の性質はまるで違う。流花ちゃんの遺体は公園の植え込みの陰に無造作に遺棄《いき》されていたという。智紀は失踪《しっそう》から九年経《た》っても見つかっていない。身につけていた靴や服すらも。

そもそも、智紀の場合は、事件性があったかどうかすらいまだに不明なのだ。数件の脅迫はあったが、いずれも悪戯《いたずら》や便乗と判明した。真犯人からの接触はまるでなかった。細谷智紀という男の子は、何の手がかりも残さずに、ある日突然ぱったりと消えてしまったのだ。

消息を絶つほんの数時間前まで、いつものように玲子の部屋で一緒におしゃべりをし、お菓子を食べていたのに。


玲子はベッドに横たわったまま、手の甲で前髪をかき上げて、ベッドサイドの時計を見た。

六時五分前。こんな時刻になぜ目が覚めてしまったのか——ようやく意識がはっきりした。

音だ。唸《うな》るようなプロペラ音が響いている。

胸騒ぎがした。玲子は素早く身体を起こし、まだ眠りこけている夫の身体を乗り越えてベッドを下りた。

カーテンを開ける。早朝の白い空に、三機のヘリが飛んでいた。

玲子はしばらく、夢の続きを見ているような気持ちでヘリを見つめていた。三機とも、飛び去らずに街の上空を旋回《せんかい》していることを確認して、カーテンを閉めた。

女児の死体が見つかった直後はマスコミのヘリコプターがうるさかったが、ここ数日はその数もめっきり減っていた。こんな早朝から三機ものヘリが飛び回るのは明らかにおかしい。何かが起きたのだ。

動悸《どうき》が激しくなった。まさか……どうか間違いであってくれと願いながら寝室を出て、リビングルームのテレビをつけた。緊迫した女性レポーターの顔が画面に映し出された。玲子の視線は、画面下のテロップに釘付けになった。

「S市でまた女児の遺体発見　同一犯の犯行か」

心臓がぎゅっとすくみ、血の気が引いた。玲子は立っていられなくなって、崩《くず》れるようにソファに座った。

現場からの中継だろう。ごくありふれた住宅街の風景が映し出されている。玲子には見覚えがあるような気もしたが、街のどのあたりなのかはっきりとは思い出せなかった。まだ現場は混乱しているらしく、レポーターはメモに視線をやりながら断片的な情報を伝えていた。

今朝未明、S市T町の路上で女の子が倒れているのをホームレスの男性が発見し、警察に届けた。被害者は近所に住む小学一年生の大杉絵里奈《おおすぎえりな》ちゃん。昨日の夕方、叱《しか》られて家を飛び出したまま帰っておらず、家族が捜していた。警察への届けは出されていなかった。

絵里奈ちゃんは胸など数か所をナイフで刺されていたが、凶器は見つかっていない。遺体が発見されたのは、五日前に幼児の遺体が見つかったつばめ公園から、わずか徒歩十分の路上。そして、絵里奈ちゃんの背中にはやはりプリンターで出力したメモがピンで留められていた。書体も文面も前回と同じ――セルグレイブの魔女を訪ねよ。

「警察は、同一人物による犯行の可能性が高いとみて捜査を進めています。早朝にも拘《かか》わらず、現場付近には近所の人たちが集まってきています。厳重な警戒が続く中での大胆な犯行に、住民は不安と怒りをあらわにしています」

画面はスタジオに切り替わり、事件の重要な手がかりとして、九年前に発売されたゲーム「ダーク・リデンプション」が紹介された。

玲子はもともと、ゲームにはさっぱり興味がない。智紀がいた頃は、ゲーム好きの甥に合わせて遊んでみたこともあったが、どんな易しいステージもなかなかクリアできずに智紀に笑われたものだった。

セルグレイブの魔女を訪ねよ、という文言《もんごん》は頭に焼きつけられていても、肝心のゲームについてはまったく知らなかったことに初めて気づいた。玲子はテレビのボリュームを上げて説明に聞き入った。ゲーム評論家という怪しげな肩書きの人物がスタジオゲストとして登場し、解説を始めた。

「このゲームは九年前に家庭用コンピュータ・ゲームとして発売されたものです。ジャンルはいわゆるロールプレイングゲームで、プレイヤーは主人公の少年の視点で、ファンタジー的な世界での冒険を進めていきます。当時としては非常に美しいグラフィックが評判を呼び、中高生を中心に約四十万本を売るヒットとなりました」

ゲームの映像が映し出された。キャラクターは三等身のマンガ風だが、森や草原、湖などの風景は映画のようにリアルで美しい。主人公たちの行く手をふさぐモンスターは、トカゲのようだったりライオンのようだったり、ユーモラスな形態だが、動きが生々しく迫力があった。

「主人公は魔物に父を殺され、母を掠《さら》われてしまい、母を取り返すための旅に出ます。今回の事件で犯人が書き残していった『セルグレイブの魔女を訪ねよ』という言葉ですが、これはゲーム中に出てくるメッセージそのままなんです。魔女というのは、セルグレイブという島に住む老婆で、主人公を勝利へと導く役割を果たす重要な人物です。主人公は、魔女を訪ねることによって、悪に打ち勝つ強い力を得ることができるんです」

――犯人がこのメッセージを残していった意図はなんだと思われますか？

「犯人は殺人をゲームに、そして警察をプレイヤーに見立てているんじゃないでしょうか。ヒントを突きつけて、さあ解いてみろというような挑戦的な意図を感じます」

――ゲーム中に、子供を殺すような残酷な場面はあるんですか？

「主人公の父親が殺されたり、村人が魔物に殺されたりする場面はありますが、残酷というほどではありません。全体的に重いムードの漂うゲームですが、テーマは少年の正義感や友情といったもので、決して反社会的な内容ではありません」

玲子は画面に見入り、考えこんだ。

智紀が残していったメモは、彼の行方不明とは関係のない、「ただのゲームのヒント」だということがわかった時点ですっかり重要性を失い、警察からは見向きもされなくなった。玲子は、雅美がメモに固執《こしつ》するのが心配で、むしろ「メモにはなんの意味もないのだ」ということを強調し続けてきた。結果的に、問題のゲームについて深く考えることなどなく見過ごしてきてしまったが……。

それで良かったのだろうか。

もちろん、メモの内容自体に特別な意味はないだろう。ゲーム中に出てくるヒントというだけだ。だが、智紀がそのゲームの何に惹《ひ》かれ、夢中になっていたのかを考えてみることは、必要だったのかもしれない。当時の智紀がどんなことに興味を持っていたのか、知るための手がかりになりえたはずなのに、軽視してしまったことが悔《く》やまれる。今となってはもう遅すぎる。

だが、智紀のことは手遅れでも、現在進行中の事件がある。犯人の心理を推測するのに、このゲームを知ることは重要だろう。

反社会的な内容ではない、と評論家は言うが、幼い少年主人公が剣を取って戦うということ自体に、玲子は違和感を覚えずにはいられなかった。剣を振り回し、敵を殺し回ることを誇る主人公……子供の頃からそんなゲームにどっぷりつかった人物にとって、刃物を振るうことはさほど抵抗がないかもしれない。

そのとき、寝室のドアが開いた。寝癖のついた頭をくしゃくしゃやりながら、芳雄が起き出してきた。

「ヘリがうるさくて寝てられないよ。道路工事でもやってるのかと思った」

彼は呑気《のんき》な声で言って大あくびをしたが、すぐに玲子の強ばった表情に気づき、眉をひそめた。彼はテレビの画面に視線を移した。ゲームの説明が終わり、続いて犯罪心理学者が紹介されていた。

「……犯人、捕まったの？」

「逆よ。また起きたのよ」

玲子はテレビのボリュームを下げて、立ち上がった。

「またって？」

「子供が殺されたの。この町内で」

キッチンへ向かい、冷たいミネラルウォーターをグラスに注いで一気に飲み干した。それでも胸のむかつきは取れなかった。

芳雄もさすがに顔色を変え、ソファにどっかりと腰を下ろした。玲子は彼の隣に座り直して言った。

「つい何時間か前に死体が見つかったんですって。今度は小学生の女の子」

「同じ犯人なのか?」

「たぶんね。例のメッセージがまた残されていたっていうから」

芳雄はしばらく無言でいた。テレビの中の犯罪心理学者が犯人像を推理している。九年前に流行《はや》ったゲームをよく知っているらしいところから、おそらく二十代から三十代ぐらいの独身男性。独り暮らしか、もしくは家族とほとんど接触のない引きこもりタイプ。同年代の女性とは付き合えないゲームオタクか。ただ、被害に遭《あ》った女児二人には性的暴行を受けた痕はなく、衣服の乱れもなかった。幼女に性的な興奮を覚えるというのではなく、最初から殺害目的で近づいたものと思われる。現実に適合できず、ゲーム感覚で人を殺すことに快感を覚えているのでは……。

「学者じゃなくても思いつきそうなことばっかり言ってる」

芳雄は嘲《あざけ》るようにそう言って、チャンネルを変えた。いくつかの局で同じニュースを取り上げていたが、新しい情報はなさそうだ。玲子は言った。

「同一犯だと思うけど、殺し方は違ってるの。前の女の子は絞め殺されてた。今度の子はナイフで刺されたんですって」

芳雄は顔をしかめて玲子を見た。

「犯人が凶器を用意してたってことか」

「うん。それに、犯行が凶悪化してるのよ。早く捕まえなきゃ、絶対に犯人は同じことを繰り返すわ」

　芳雄は立ち上がり、キッチンに向かった。玲子と同じように水で気分をすっきりさせようとしているのかと思ったら、違った。彼はいつものように朝食の準備を始めた。

　玲子はニュースにショックを受けて、とても食欲など感じなかったが、芳雄は違うらしい。たとえ世界大戦が始まっても、彼の旺盛な食欲は萎《な》えないだろう。

　卵三個のオムレツを作りながら、芳雄は腹立たしげに言った。

「そもそも、子供を一人歩きさせるのがおかしいじゃないか。あんな事件があって、犯人はまだ捕まってないっていうのに。今度の被害者の親は何をしてたんだ？」

「それは私も気になってたんだけど。確かニュースでは、被害者は昨日の晩、叱られて家を飛び出したって言ってた。でも、親は警察に何も届けてなかったんだって」

「子供が一晩帰らなかったのに？」

「……おかしいわよね」

「普通の親ならありえないね」

　玲子は、智紀が失踪した夜の姉の錯乱を思い出した。雅美は大声で子供の名前を呼びながら街じゅうを捜し回り、公園でたむろしているホームレスにも話しかけて、目撃情報を集めようとした。二日目には心労で倒れてしまったが、それでもベッドから這《は》い出して智紀を捜しに行こうとするので、玲子が必死で止めたのだった。

あれが、母親としては当然の姿ではないのだろうか。

玲子自身には子供がいない。だが、甥の捜索には必死だった。雅美を手伝ってビラを作り、駅前で配ったりもした。あの当時の、不安で押しつぶされそうな気持ちを思い返すと、今でも冷や汗が出てくる。あのとき芳雄が支えになってくれなければ、雅美ともども入院することになっていたかもしれない。

殺された二人の子供たちの親は、どんな人物なのだろう。子供たちはどんな家庭で、どんな環境で育てられていたのだろう?

心理学者は、犯人像を暗いオタク青年と決めつけていたが、本当にそうだろうか。少なくとも外見は、普通の優しそうな人物なのではないか。幼い女の子が気を許すくらいだから、いかにも不気味なタイプの男ではないだろう。男は柔和《にゅうわ》な笑顔で孤独な子供に近づき、菓子か何かを与えて信用させる。親の愛情を得られず寂《さび》しがっていた子供は、「優しいお兄さん」にすっかり気を許してしまう。子供の警戒がとけたところで、青年は悪魔に豹変《ひょうへん》する……。

「お姉さんとは連絡取り合ってるのか?」

キッチンから質問されて、玲子は我に返って答えた。

「ううん……前の事件の後、うちに来たことは話したでしょう。あれっきりよ。電話もかかってこないし、こっちからもかけてない」

玲子の声は自然に小さくなった。不安定な姉を放置していることは後ろめたかった。だが、玲子にも言い分はある。こちらからわざわざ電話をかけたりして、姉に刺激を与えたくなかった。雅美のほうからまったく連絡がないということは、彼女なりに冷静に考え、心の安定を保っているのだ……と思いたい。暴れたり騒いだりするような奇行があったなら、警察や病院から連絡があるはずだ。

芳雄はいつも通り、高カロリーの朝食をのせたトレイをリビングに運んできながら言った。

「電話ぐらいしてやったほうがいいんじゃないか？　ひょっとしたら、マスコミが九年前の事件との関連に勘付いて、お姉さんのところに押しかけるようなことがあるかもしれない。二人きりの姉妹なんだから、君が力になってやらなきゃ……」

「わかってるわよ」

押しつけがましい言い方についムッとし、玲子は声を尖らせた。芳雄のほうも、玲子の態度に気を悪くしたようだが、すぐにいつもの穏和な表情に戻って「ま、暇《ひま》なときにでもね」と言い添えた。

芳雄には、何かにつけて教師のような説教口調で正論を説きたがる悪癖があって、気の強い玲子とは衝突することもしばしばだ。それでも深刻な喧嘩にならずにうまくやってきたのは、やんわりと譲ってくれる芳雄のおかげだ。玲子はその点で芳雄に感謝している。

結婚前に付き合った何人かの男性とは、些細《ささい》な喧嘩が意地の張り合いになって別れてしまうパターンばかりだった。

自分の考えを殺さなきゃいけないくらいなら、一生独り身でいたほうが楽。そんな頑《かたく》なな態度でいた玲子が、初めて楽に付き合えた相手が芳雄だった。安易に玲子に合わせるわけでもなく、適度にぶつかり合いもするが、結局は折れてくれる。

玲子はお嬢様だからね……と、付き合い始めたばかりの頃に言われたことがある。そのときは反発を覚えたが、今から考えれば、いかにも芳雄らしく的《まと》を射た言葉だったと思う。

実家は裕福で、雅美も玲子も何一つ不自由なく育てられた。欲しい物は――両親が気に入らない安っぽい物以外は――なんでも望む通りに与えられたし、我慢することなど学ばなかった。芳雄と婚約を決めたとき、両親はあまりいい顔をしなかったものだ。駆け出しの料理人など、収入も不安定で、両親のめがねにかなう男では到底なかったのだ。

だが玲子は、許してくれないなら駆け落ちも辞さないという態度で、結局両親を折れさせたのだった。なんでも娘の思い通りにさせてきた両親の教育は、こんなところで裏目に出たわけだ。

もっとも、現在では両親も芳雄を気に入り、たまに里帰りしたときには温かく迎えてくれる。彼の経営するビストロが口コミで評判を高め、今では押しも押されもせぬ人気店になったためだ。

　最近、芳雄は冗談まじりに言うことがある。俺が今でも冴《さ》えない三流食堂の店長だったら、とても君の実家の敷居はまたがせてもらえなかっただろうなあ……と。玲子は少々複雑な気持ちになるものの、彼の言うことは当たっているとも思う。

　もしも彼が三流食堂の店長のままだったら、両親が嫌う前に、玲子自身が愛想を尽かしていただろう。そのままでは終わらない男だと思ったからこそ結婚を決意したのだし、自分の目に狂いがなかったことをひそかに自負してもいる。

　その点、姉は逆だった。雅美の結婚は早かった。大学を出てすぐ、一流企業勤務の男と結婚し、優雅な主婦の座を確保した。

　——玲子ちゃんも早くいい人見つけなきゃ。誰かいないの？

　口癖のようにそう言い、誇らしげに妹を見下していた雅美。だが結局、彼女には男を見る目がなかった。勤め先の肩書きと、そこそこ整った容貌だけで夫を選んだ結果が、今のみじめな生活だ。

　彼女の元夫である巧は、心を病んでいく妻をいたわるどころか、疎《うと》んじて罵声《ばせい》を浴びせるような男だった。彼が良き夫、優しい父であったのは、そう振る舞えるお膳立てが整った環境のおかげだった。つらい現実に直面したとき、家庭を支える力など、はなから持ち合わせない男だったのだ。

智紀が姿を消した後、数か月ほどはさすがに精力的に息子を捜し回っていたが、手がかりすらまるで出てこないとなると、彼はもう耐えきれなかった。針のむしろのような日々を送るよりも、新しい家族を作ることを選んだ。雅美が入院している間に離婚届を出し、以前から交際のあった若い女と再婚したと聞く。きっと今頃は、新しい妻、新しい子供とともに円満な家庭を築いているのだろう。

玲子は首を振って、忌々《いまいま》しい男の面影を記憶から払いのけようとした。二度と、自分たち姉妹の人生に関わって欲しくない男だった。

「今日、お姉さんのところに行ってみるわ」

朝から旺盛な食欲を見せている夫に、玲子は言った。芳雄はフォークを持つ手を止め、玲子を見た。彼が口の中のものを飲みこみきる前に、玲子は続けた。

「お姉さんに聞いてみたいこともあるしね」

「何?」

「智紀の友達のこと」

玲子はテーブルに肘をつき、夫の不審そうな顔を見返した。

「あの子、あんまり友達は多くなかったみたいだけど、確か一人だけ仲良くしてた子がいたはずよ。太って、眼鏡かけた男の子。何度か智紀と一緒にいるのを見かけたことがある」

なんという名前だったか。鈍重そうな子だったが、智紀とは気が合っていたようだ。〇〇くんは運動は苦手だけど、アクションゲームはすっごく上手《うま》いんだ……智紀がそう誉《ほ》めるのを聞いた記憶が、かすかにある。

「それがどうしたって？」

「その子に……もう大学生ぐらいになってるだろうけど、会ってみようと思って」

芳雄は目を瞬《またた》いた。もともと、クマのぬいぐるみを思わせる愛敬《あいきょう》のある顔をしているが、こういう面食らった表情をするとますますぬいぐるみっぽい。

「なんのために？」

「ゲームのことを詳しく聞いてみたいのよ。さっきテレビでちょっと解説してたけど、あれだけじゃ何もわからないから。セルグレイブの魔女ってどんな意味があるのか、その子と話してみたいの」

「その子が事件に関係してるっていうのか？」

「まさか！　そんなこと思ってないわよ。ただ……」

ただ……その先が続けられなかった。玲子自身にも、なぜ急にそんな気になったのか、うまく説明ができなかった。

ゲームの内容を知りたいだけなら、ゲーム会社に問い合わせるとか、ネットで検索してみるとか、何か方法はあるだろう。だが、玲子が知りたいのはそんなことではなかった。

あの頃、智紀がどんな気持ちでゲームに取り組んでいたのか……そのゲームのどんなところに惹かれていたのかを、当時の仲良しだった少年の口から聞いてみたいのだ。

玲子は、夫が心配そうに見ていることに気がついた。

「お姉さんに、過去を思い出させるような話はしないほうがいいんじゃないのか？　智紀くんの友達のことなんて思い出させたら……」

彼の危惧《きぐ》はもっともだった。あの頃、智紀の同級生の悪ガキどもが雅美の奇行を手ひどくからかったことは、玲子も知っている。できれば、蓋《ふた》をしておきたい過去だ。

だが――あの子たちももう高校を卒業する年齢になっている。ひとの悲しみも不幸も理解できない子供ではない。今こそ、彼らと話してみたかった。

「平気よ。昔話なんてしない。友達の名前を聞き出すだけよ」

「でも……」

「様子を見ながら、慎重に話すから大丈夫。お姉さんがナーバスになるようだったら、すぐ切り上げるわ」

芳雄はまだ心配そうな顔をしていたが、玲子の心は決まっていた。言っても無駄だと知っている芳雄は、うなずいてまた食事を再開した。

☆

雅美の家に向かう途中、玲子はあえて遠回りをして、九年前に自分が住んでいた小さなマンションの前を通ってみた。今のマンションからはさほど遠くないのだが、駅とは反対側だし、ほとんど足を向けることもないままいつの間にか長い年月が過ぎていた。

ほぼ新築だった九年前に比べると、外壁の汚れや傷みが目立ったものの、植栽などは相変わらずきれいに手入れされている。玲子が通りかかったとき、ちょうど若い女性が出てきて、携帯のメールを確認しながら足早に去っていった。住人の顔ぶれはまったく入れ替わっているだろうが、入居している層は変化ないようだ。

玲子は、かつて自分が住んでいた部屋の窓を見上げてみた。三階の角部屋。明るい色のカーテンがかかっている。今もきっと、独身時代の玲子と同じような若いＯＬが住んでいるのだろう。

自分がこのマンションを不動産屋から紹介されたときのことを思い出した。入居者はほとんど独身女性です……近所にスーパーもコンビニもありますし……セキュリティもしっかりしていて……この家賃ではなかなかない物件ですよ。

当時の自分を思い出すと、つい苦笑したくなる。大学を卒業した後、親が勧める勤め先をすべて蹴って、化粧品メーカーに就職した。親の援助で住んでいた学生時代のマンションよりも狭い部屋に引っ越したが、満足感は大きかった。親の庇護《ひご》から離れて、自分の力で生きていくのだという気概に満ちていた。若くて、前向きで、未熟だった。

親への反発というより、姉に対するライバル意識のほうが大きかったかもしれない。当時、雅美はすでに結婚しており、広々としたマンションで贅沢《ぜいたく》に暮らしていた。

姉のような生き方はしたくない。夫の学歴や年収を自分のステイタスにするような、つまらない主婦にはなりたくない。

今から思えば、姉を煙たく思うあまり、ことさらに姉の生き方を否定しようとしていたのかもしれない。かたくなに、肩肘を張っていた。

仕事にも私生活にも不満ばかりで、毎日疲れた顔をしていたが、自分では絶対にそうと認めなかった。忙しいってことは、生活が充実してるってこと……自分にそう言い聞かせ、狭いマンションと会社の往復に日を費やした。

もしも芳雄に出会わなければ、自分は今もこのマンションに住んでいたのだろうか。

いや、さすがにキャリアを重ねて、もっと広い部屋に引っ越していたかもしれないが、基本的な生活のスタイルは変わらなかっただろう。家と会社を往復し、同僚と飲みに行って愚痴《ぐち》をこぼし合い、たまに買い物やエステでストレスを発散し、観葉植物を次々に枯らして……。

ありえたかもしれないそんな人生を想像するとぞっとする。若い頃なら乗り切れたストレスも不安も、四十歳を目前にした今だったら、きっと耐えられなかっただろう。

玲子が芳雄と急速に親しくなったのは、智紀の行方不明がきっかけだった。あのとき芳雄は親身に話を聞き、玲子と共に智紀を案じ、捜索活動にも積極的に加わってくれた。「近所のビストロの気の良さそうな店長」でしかなかった芳雄が、いつのまにか、玲子にとってかけがえのない相談相手となっていた。

もしも智紀がいなくならなかったら、自分は芳雄と結婚していなかったのではないか。そんな考えがちらりと頭をかすめ、玲子は戸惑《とまど》った。

今まで考えたこともなかったが、それはたぶん事実だ。智紀が行方不明にならなければ、芳雄と玲子はいつまでもビストロの店長と常連客のままだっただろう。芳雄も玲子も、それぞれ別の相手と結婚していたかもしれないし――ずっと独身のままだったかもしれない。いずれにせよ、今ほど幸福だったとは思えない。

玲子は眉をしかめ、嫌な考えを頭から追い出そうとした。どうかしている。こんなことを考えるなんて。

もしも……だったら、なんて、空虚な仮定にすぎない。現実に、智紀は姿を消してしまったのだ。今さら「智紀のいる現在」を想像することには、なんの意味もない。

雅美のマンションを訪れるのは久しぶりのことだった。

最後にここに来たのは——確か、二年ほど前。雅美の「魔女捜し」の発作が出て騒ぎになり、玲子は警察に保護された姉を引き取りに行った。マンションに連れ帰ってからもなかなか落ち着かない姉に、一晩じゅう付き添っていなければならなかったのだった。

気の滅入《めい》る部屋だ。雅美はきれい好きなので、今も昔と変わらず、掃除は行き届いている。にも拘わらず、室内の空気が濁っているような気がするのは、思い過ごしだろうか。かつて、智紀がいた頃は、幸福を絵に描いたような明るさに満たされていた空間が、今はひどく暗く、息苦しい。贅沢な部屋の広さも、家族を失った女がひとり住むには寂しすぎる。

姉の様子は正常に見えた。表情はやつれているが、着ているものはとりあえずちゃんとしている。

雅美は紅茶を注ぎ、クッキーを添えてテーブルに置いた。チョコレートとナッツの手作りクッキーは、智紀の好物だった。雅美は今も、週に一度は必ずこのクッキーを焼く。突然息子が帰ってきたときのために。

玲子は紅茶にもクッキーにも手をつけなかった。長居をする気はなかった。

「姉さん、あの子の名前、なんていったっけ。智紀がよく一緒に遊んでた友達」

前置きもせずに、唐突に切り出した。口調はさばさばと、世間話でもするように。

雅美は訝《いぶか》しげに首をかしげて妹を見た。

「友達？　智紀の？」

「一番仲のいい子、いたじゃない。ぽっちゃりした、眼鏡の……」

「赤城くんのこと？」

名前があまりにもすんなりと出てきたことに、玲子はぞくっとした。たとえ「赤城くん」が智紀を忘れても、智紀の母親は、息子の親友の名を一生忘れないだろう。「赤城くん」のあずかり知らぬところで、「赤城くん」の小学生時代を何度も思い返し、なつかしむだろう。

「そう、その子。住所か電話番号、わかる？」

「わかるけど。赤城くんがどうかしたの？」

「ちょっとね」

雅美はティースプーンを持った手を止めて、じっと妹を見つめた。玲子は考えておいた口実をさらりと口にした。

「先日、『エクレール』に食事に来てくれたそうなのよ。智紀の叔父の店だってこと知ってて、話しかけてきたんですって」

「赤城くんが？　智紀のことを話したの？」

雅美の顔色が変わった。玲子は手を挙《あ》げて姉をなだめた。

「大した話じゃないわ。そういえば昔、同級生だったんですってことくらい。ところが赤城くんは、店に定期入れを忘れて行っちゃったのよ。なかなか取りに来ないし、どこで落としたかわからなくなってるのかもしれない。こっちから連絡してあげようと思って」

根掘り葉掘り訊かれたらたちまちボロが出そうないい加減な作り話だったが、雅美は詳しく尋ねようとはせず、黙って席を立って子供部屋へ向かった。今も智紀がいた頃のまま、勉強机や子供用のベッドが置かれている部屋へ。

もしも、智紀が行方不明になんかならなかったら。

また、さっきと同じ仮定が心に浮かんだ。玲子はあわてて打ち消そうとしたが、無駄だった。この部屋には智紀の面影が今も色濃く残されている。マガジンラックに立てかけられたマンガ雑誌すら、九年前のままだ。

あの子が姿を消さなければ、この家庭は崩壊しなかった。大学生になった息子と、順調に出世を続ける夫。雅美はきっと若い頃に輪をかけて、贅沢な買い物と自慢話の好きな、鼻持ちならない主婦でいただろう。

智紀の失踪が、幸福のはかりを逆転させた。今、玲子は雅美よりはるかに幸せだ。

玲子は強く頭を振った。どうして今日は、こんな嫌な考えが浮かんでくるのだろう。

戻ってきた雅美は、古びた名簿を手にしていた。九年前のつばめが丘小学校の名簿だ。玲子は赤城壮太の住所と電話番号を素早くメモに書き取った。

「ありがと。これで忘れ物を届けてあげられるわ」

「玲子ちゃん、赤城くんに会ったら……」

雅美が何か言いかけたので、玲子は遮《さえぎ》るように立ち上がった。

「バタバタして悪いけど、忙しいからもう帰るわね。今度またゆっくり遊びに来るわ」

心にもないことを口にして、玄関へ向かう。次にここに来るのは、また二年ほど後か……あるいはもっと先のことになるかもしれない。智紀がいなくなってから十年、十五年、二十年が過ぎても、きっとこの部屋はこのままだろう。住人だけが老いてゆく。

雅美は玄関先まで見送りにきて、靴をはいている玲子に言った。

「赤城くんに会ったら、よろしく伝えてね」

「……ええ」

玲子はそそくさと部屋を出た。姉の言葉があまりにも常識的であったことに戸惑いながら。

最後の一言だけではない。今日の雅美はいたってまともだった。例のメッセージが残された二件目の殺人事件について、彼女は何も言わなかった。魔女の仕業《しわざ》だとか、智紀が帰ってきたのだとか、玲子が危惧していたようなことは何も。

良い兆候とは思えなかった。妄想であれ、外に向けて何か発信してくれているうちは、姉がどんな状態でいるのかわかる。玲子には、今、雅美が何を考えているのかまったくわからなかった。

エレベータを待つ間、一瞬、引き返そうかという考えが頭をよぎった。紅茶を飲み、クッキーをつまみながら、新たに起きた殺人事件について切り出してみようか。姉を刺激することになるだろうが、彼女が何を考えているか、吐き出させたほうが良いのではないか。

だが、すぐにエレベータが来たので、玲子は迷いを振り切って乗りこんだ。落ち着いている姉を、わざわざ揺さぶるようなことをして何になる?

玲子はバッグから手帳を取り出して、控えた住所を確かめた。赤城壮太の家は、T町二丁目——二件目の遺体発見現場のすぐ近くだった。

4

――だめですよ、そんな獣《けもの》、うちでは飼えないわ。森へ捨ててらっしゃい。

母親に諭《さと》されて、主人公――ソータは激しく抵抗する。三等身のキャラクターがこぶしを握りしめてだだをこねる姿は、とても可愛らしい。

――お願いだよ、母さん。ぼくが世話をするからさ！

――だめですよ、ソータ。危険な獣だったらどうするの。

――危険じゃないよ。だってこんなに小さくて、迷子なんだ。親とはぐれてしまったんだよ。森に捨てたりしたら、もっと大きな獣に食べられちゃうよ！

――でもねえ……。

――いいじゃないか、母さん。

父親がやって来て、ソータの味方につく。二人に説得されて、心優しい母親は仕方なく折れる。

――しょうがないわね、ではソータ、ちゃんと面倒をみるのよ。

——うん、ありがとう、母さん！

赤城壮太はコントローラーを床に置いて、古いゲーム機につながれた二十六インチの画面をじっと見つめた。

九年前に発売されたRPG「ダーク・リデンプション」は、凝《こ》ったシステムや長大なストーリーもさることながら、何よりもまずグラフィックの美しさで高い評価を得た。この場面はまだ冒頭の室内なので、このゲームの売りであるダイナミックな風景グラフィックは拝《おが》めないが、それでも細部にまでこだわったデザインや色彩の美しさには目を奪われる。貧しい田舎《いなか》の一軒家の、ごく平凡な日常風景がリアルに描き出されている。煤《すす》けた壁や、積み重ねられた食器のすばらしい質感……火にかけられた鍋は、今にも噴きこぼれそうだ。

今見ても、ふと画面に魂が吸い寄せられ、現実の自分を失いそうになる瞬間がある。ましてや小学生の頃は——現実よりももっとリアルなゲームの世界に、寝食を忘れてのめりこんだ。夢中でコントローラーを握りしめている間は、赤城壮太はデブでのろまの小学生ではなく、ガルーナ大陸に生きる勇敢な少年・ソータでいられた。

たっぷりの野菜と肉を煮込んだ噴きこぼれそうな鍋からは、おいしそうな匂いまで漂ってくる……もちろん、そんなはずはないのに、あの頃の壮太は確かに全身でこのゲームの世界を感じていた。目で、耳で、そして鼻で。この世界の空気を呼吸していた……。

――そうだ、こいつに名前をつけてやらなくちゃ。

ソータは、自分にまとわりつく可愛い獣を抱き上げて叫ぶ。

――コロコロしてるから、コロでいいじゃないか。

父親が適当なことを言い、ソータは大真面目に反対を唱《とな》える。

――そんな名前かっこ悪いよ！　こいつの名前は……。

獣は可愛らしく尾を振っている……耳がピンと尖《とが》った、銀色の犬のような美しい獣……。


次に、名前入力の画面になる。デフォルトで用意されているのは、父親が言った「コロ」だ。

たいていのプレイヤーは、「コロ」ではなくもっと凝った名前をつける。きっとこの獣は、主人公の良き相棒になると信じて。

だが期待は裏切られる。どんな凝った名前をつけたところで、その名が使われることはないのだ。

その夜のうちに、獣は本性を現すのだから。奴の真の名はドルード。邪悪で貪欲《どんよく》な、悪の化身。

獣を信じたりしてはいけなかったのに。

母の言いつけに従って、森へ捨ててくれれば良かったのに。

そうすれば――悲劇は起こらなかったのに。

☆

花にするかお菓子にするか迷ったが、結局コンビニで、小さなキャラクター玩具《がんぐ》がついたチョコレートとジュースを買った。殺された子供は小学一年生だ。花よりもきっとお菓子のほうが喜ぶだろうという気がしたのだ。

現場には、すでにたくさんの花や菓子が供えられていた。マスコミもまだ取材を続けており、屈《かが》みこんで手を合わせる人々の姿をカメラにとらえている。

利明は躊躇《ちゅうちょ》した。中には、わざわざカメラを意識して花を供えに来るような不届き者もいるかもしれないが、大半の住人は取材など望んでいない。殺人鬼に襲われて短い生涯を閉じた女の子を静かに悼《いた》みたいだけなのに――。

カメラを避けるようにして、そそくさと菓子とジュースを供え、短い黙禱《もくとう》を捧げてその場を離れた。さっさと帰ろうとしたとき、後ろからぽんと肩を叩かれた。

振り返ると、村井みゆきだった。一人ではなく、背後に家来のように二人を従えていた。赤城壮太、それに黒崎由布子だ。意外な取り合わせだった。

「菅原くんもお花を供えにきたの？」

みゆきは小声で尋ね、答えを待たずに歩き出した。なんとなく、ついて行かなければいけないような気がして、利明は彼女に続いた。赤城と由布子もとぼとぼとついて来る。

本人がどこまで意識しているのか知らないが、みゆきの振る舞いは女王様っぽい。昔からそうだったが、問答無用に人を従わせる迫力がある。

赤城も由布子も、本人たちが望んだわけではなく、声をかけられて逃げられなくなったのだろう。利明は家来その三だ。

「花じゃなくて、チョコとジュースを買ってきたんだ。殺された子のことは知らないけど、やっぱり気になったからさ。冥福《めいふく》を祈ろうと思って」

「……やっぱり、そう思うよね」

みゆきは人混みを離れると、歩く速度をゆるめた。

「あたしたちだけじゃない。うちのクラスの連中、他にも何人か来てたよ。菅原くんが来るちょっと前に、津島くんと矢部くんにも会った」

卒業して九年にもなるというのに、みゆきは「うちのクラス」という言い方をした。利明の耳にも、その言い方は特に不自然には響かなかった。六年二組の面々は今もつながっている。「絆《きずな》」や「友情」といった美しいものではなく――ある種の「後ろめたさ」で。

「やっぱりみんな、気になってるんだな」

「そりゃね。また、例のメッセージが現場に残されてたっていうんだから、気になって当然」

みゆきは三人の顔を見回して、声を低めた。

「殺された子のこと、何か知ってる?」

三人とも首を横に振った。みゆきの口調は、単純な質問ではなかった。みゆき自身が、喋《しゃべ》りたい情報をもっているのだ。マスコミでは報道されていないようなことを。

みゆきはもったいぶるような性格ではない。うながされる前に口にした。

「変な家だったらしいよ。報道されてないけど、両親が何か新興宗教にハマってて。勉強会とかに忙しくて、子供はずっとほったらかしだったんだって」

「……ほんと?」

由布子が顔を曇らせた。利明は不思議に思って尋ねた。

「村井さん、なんでそんなこと知ってるんだよ?」

「もちろん、ヘアサロン・スドウのネットワークのおかげ」

「須藤のお母さんの……?」

「そ。昨日、髪切ってきたの」

みゆきは自分の髪を指に巻きつけた。言われてみれば、同窓会のときより少し短くなっている。利明は思わず大声を出した。

「まさか、情報を聞きこむために髪切りに行ったのか！」

「同窓会のときの須藤くんの話を聞いて、なるほどと思ってね。オバサマ御用達《ごようたし》の美容院って、町内の情報が集まりやすいでしょ」

「すげえ」

利明は素直に感動した。利明には女性のヘアスタイルの流行などよくわからないが、ヘアサロン・スドウのセンスが古すぎることだけはわかる。五十代未満の客はまずいないと思われるあの美容院に、よくぞ女子大生が髪をゆだねる気になったものだ。みゆきの探求心には恐れ入る。

「何よ。菅原くんこそ、須藤くんと仲いいくせに、何も聞いてないの？」

「同窓会以来、会ってねえもん」

仲がいいと言っても、同じ学校に通っていた中学校までのような付き合いはもうできない。互いに別々の大学生活があるのだ。たまにメールをやりとりすることはあるが、そうしょっちゅう連絡を取り合っているわけではない。

「そう。じゃ、やっぱりあたしが聞きこんできた情報は貴重ね」

「ちょうど来てたお客さんが、殺された子の向かいに住んでるオバサンでね。ぺらぺら喋ってたの。どこまで本当かわからないけど、とにかく新興宗教かぶれで子供放置の家だったってことは確かみたい」

「何を聞いたんだ？」

「……変だと思ってた」

おとなしい黒崎由布子が、珍しく自分から口を開いた。

「小学生の子供が一晩帰らなかったのに、捜索願も出てなかったって聞いたから……」

「だよね。子供が叱られて家を飛び出して、なんて話は真っ赤《まか》な嘘。要するに、両親そろって宗教団体の集会に出かけてたらしいんだ。帰ってきたのが午前二時ごろで、そのまま寝ちゃったから、子供が家にいないことにも気づいてなかったってわけよ」

「何考えてんだ。殺人鬼がうろついてることがわかってるのに！」

利明は腹立ちを隠せず、声を荒らげた。みゆきは仏頂面《ぶっちょうづら》で言った。

「殺人鬼より神サマが大事だったんでしょ。子供は財布を渡されてて、適当に好きなもの買って食べろって言われてたんだって。しょっちゅう、そんなことがあったらしいよ。で、事件当夜も八時頃に駅前のコンビニでおにぎりとお菓子を買ってる。それはコンビニの店員が証言してるんだけど、その後の足取りがよくわからない」

「八時なら、まだ人通りはあったんじゃねえの？」

「そりゃそうだろうけど」

　みゆきは首を振った。

「駅前なら人目についただろうけど、ちょっと歩けばもう静かな住宅街だもん。さっと車に乗せられたり、どこかの家に連れこまれたりしたら、わかんないよ。殺されたのは、発見現場とは別の場所らしいし」

「そうなのか？」

「遺体が見つかった場所には、血がほとんど流れてなかったんだって。別の場所で殺されて、あそこに捨てられたんだよ」

「かわいそうにな……」

　眉を寄せてつぶやいた利明は、赤城が一歩あとじさったのに気づいた。彼は肩をすくめるようにして三人に背を向けた。みゆきが素早く、とげのある声で呼び止めた。

「待ってよ、赤城くん。まだ話したいことが……」

「……忙しいんだ。帰る」

　赤城は振り返りもせずに小声で答えると、背を丸くしてとぼとぼと歩み去った。みゆきはその背中を睨み、腹立たしげに言った。

「なーにが忙しいんだか。不気味なヤツだよね」

「そういえばあいつ、今何してるんだろう？　大学？　浪人？　同窓会のとき、何か言ってたっけ」

「浪人してるんだって」

思いがけず、由布子が教えてくれた。利明とみゆきが目を丸くすると、由布子はおずおずと続けた。

「同窓会の後、帰り道が同じ方向で……少しだけ話したの。予備校は行かずに、家で勉強してるって言ってた」

「へ……え。黒崎さん、あいつと一緒に帰ったんだ」

利明たちはあのあと二次会に流れたので、一次会で去った面々の行動については知らなかった。

あのオタク代表のような赤城がこの美少女と並んで歩いたのかと思うと、利明はささやかな嫉妬《しっと》を感じた。どちらも話題のなさそうな二人の間でどんな会話が成立したのやら、さっぱり想像もつかなかったが。

みゆきが、ふと思い出したように言った。

「そういえば、昔、結構仲良かったよね、黒崎さんと赤城くんって」

「そうでもないけど……」

由布子は戸惑ったように首を振った。言われてみて、利明の脳裏にもおぼろげながら浮かんだ光景があった。

仲が良かった、というのは言い過ぎかもしれない。だが、友達の少なかった赤城が、由布子とは普通に話しているのを何度か見かけた気がする。赤城と智紀が仲良く話しているところに、たまに由布子が加わっていることもあった。当時の利明は、暗い連中が三人でこそこそ話してる、ぐらいにしか思わなかったが……。

「赤城くんはゲームのこと詳《くわ》しかったから。攻略法とか、教えてもらったことが何度かあったの。それだけ」

「へーえ、黒崎さんもゲーム好きだったんだ」

由布子はうなずき、弁解のように付け加えた。

「でも、赤城くんとは中学も高校も別だったから……卒業以来、全然会ってなかった。この間の同窓会が久しぶりだったの」

「不気味なヤツ、だよね」

みゆきは、声を低めてまた同じ台詞《セリフ》を繰り返した。声の底に鋭い警戒心がこめられているような気がして、利明は神経を尖《とが》らせた。

さっきから、利明の胸には嫌な妄想が渦巻いている。たぶん、みゆきも同じことを考えているのだろうという気がした。ひょっとしたら、由布子も。だが、それを口に出す勇気はなかった。

マスコミは連日の報道で、犯人像を固めている。暗くて、オタクで、同年代の女性とはまともに話もできないロリコン。土地勘があり、孤独で、目立たない青年。それだけなら、当てはまる人物はこの町内だけで何人もいるだろう。だが赤城にはもう一つ、特異な条件がある。

彼は「セルグレイブの魔女」に特別な思い入れを持っている。九年前、その言葉を書き残して消えた細谷智紀と一番仲が良かったのだから。彼の中で、「セルグレイブの魔女」というキーワードは、子供の失踪と深く結びついているはずだ。魔女にさらわれて……突然、日常から消えてしまう子供。

利明はきつく眉をしかめた。なんの証拠もないのに、変な疑いを持ちたくない。不気味なヤツではあるが、彼だって一応、六年二組の一員なのだ。

「ところでさ、さっき津島くんと会ったときに、ちょっと話したんだけど」

みゆきが話題を変えてくれたので、利明はほっとした。

「みんなで定期的に集まったりメール回したりして、情報交換をしたらどうかな?」

「みんな?」

「六年二組の有志ってこと。マスコミじゃ報じられない、近所の噂ってあるじゃない。今の宗教団体の話みたいな。どんな小さな情報でも、集まれば手がかりになるかもしれないでしょ。だから、連絡を取り合わない?」

みゆきの無邪気な表情は、利明に一抹の不安を抱《いだ》かせた。

今、この町で起きているのはゲームではない。同窓会の面々が額《ひたい》を寄せ合って楽しめるような推理ゲームではないのだ。実際、幼い女の子の死体を目《ま》の当たりにした利明と、テレビの報道でしか事件を知らない連中との間には、埋めがたい溝《みぞ》があるような気がした。みゆきが提案している協力態勢は、利明にはいかにも危《あぶ》なっかしいもののように思えた。

「みんなで探偵にでもなるつもりか?」

顔をこわばらせた利明に、みゆきは笑ってみせた。

「そんな大げさなものじゃないよ。ただ、次の犯行を食い止めるために、私たちにできることを考えようって話。他人事《ひとごと》じゃないんだからさ」

みゆきは急に難しい顔になった。

「私たちは細谷くんの同級生だったんだから。九年前の事件と今進行中の事件、同じ犯人が関わってるんだとしたら、ほっとけないじゃない」

力強く言い切って、二人の顔を見た。

「もちろん、強制じゃないよ。有志で連絡を取り合おうっていうだけなんだけど、菅原くんと黒崎さんはどうする?」

きつい目で睨《にら》まれて、利明は返答に詰まった。

みゆきの一本調子の正義感に、違和感はある。だが、同級生たちの集《つど》いから自分だけが外されるのも癪《しゃく》だった。全面的に活動に加わる気はなくても、彼らの間でどんな話が交わされるのかは把握しておきたい。利明は「うん」とうなずいた。由布子も、利明の反応をうかがってから、おずおずとうなずいた。みゆきは満足げに二人を見た。

「ありがと。それと――」

みゆきは由布子と利明を庇《かば》うように手を広げて、囁《ささや》いた。

「今の話、赤城には内緒にしてね」

ひどく尖った声だった。さっきまで「赤城くん」と呼んでいたはずなのに、急に呼び捨てになっている。利明は、みゆきよりもっと緊迫した声で尋ねた。

「どうして?」

「私、あいつのこと、信用できないの」

みゆきは硬い表情でつぶやくと、それ以上訊《き》かれるのを避けるように、「じゃあね」と言って利明たちに背を向けてしまった。

☆

電話に出たのは、赤城壮太の母だった。

玲子は詳しい事情を話せず、「つばめが丘小学校の同窓会のことで」と用件を適当にごまかした。壮太の母親は特に訝《いぶか》る様子もなく、愛想の良い大声で「息子がいつもお世話になって」と挨拶《あいさつ》をし、壮太は外出中であると告げた。玲子は自分の携帯の番号を伝え、電話を切った。

　自宅の電話でなく携帯の番号を言ったのは、とっさの判断だった。夫に話を聞かれたくない——そう思ったのだ。心配性の芳雄はきっと、あまり深入りするなとくどくど忠告するに違いない。言い争うのは嫌だった。

　数時間後、玲子が一人で夕食を取っているときに電話がかかってきた。赤城壮太は、聞き取りづらいボソボソした声で名乗った。母親の陽気な大声とは対照的だ。

　自分の名前を告げたきり、壮太が黙りこんでしまったので、玲子は携帯電話を握りしめて言った。

「ごめんなさい、急に電話したりして。私、あなたと小学校の同級生だった細谷智紀の、叔母《おば》です」

　受話器の向こうからは何の反応もなかった。壮太が智紀の名を聞いて息を呑んでいるのか、それともただ怪訝《けげん》そうに首をかしげているのか、玲子にはわからなかった。

「覚えてらっしゃらないと思いますけど、私、あなたが小学生の頃に、何度かお話ししたことがあるんですよ。智紀とよく公園で遊んでらっしゃったから、声をかけたことが

……」

「覚えてます」

壮太は抑揚のない声で答えた。玲子は、記憶にある壮太の丸々太った容貌を思い出し、受話器から聞こえてくる陰気な声と結びつけようとしたが、どうにも難しかった。

「お電話を差し上げたのは……あの……最近この近所で起きてる殺人事件のことで、赤城さんとお話ししたかったからなんです。『セルグレイブの魔女』というメッセージが現場に残されていた二つの事件、ご存じですよね」

不自然なほど長い間があり、壮太は聞き取りづらい声で答えた。

「ニュースで見ましたけど」

「同じメッセージが、九年前に智紀の部屋に残されてたこと、覚えてらっしゃるでしょう?」

今度は答えはなかった。電話の向こうで、小太りの青年が迷惑げにしている様子を想像し、玲子はようやく自分が先走りすぎていることに気がついた。

玲子にとって、九年という歳月は、ひと飛びで越えることのできる狭い溝に過ぎない。「セルグレイブの魔女」というメッセージを介して、九年前と現在とは一直線につながっている。だからきっと、相手も同じようにすぐに話に乗ってくれるものと思いこんでいた。

だが十八歳の青年にとって、九年は人生の半分の長さだ。突然、昔の同級生の叔母と名乗る胡散臭《うさん》い人物から電話がかかってきて、九年前のことを覚えているかなどと言われたら、電話を切りたくなるのが当たり前だ。

だが、ここで拒絶されては手がかりがなくなってしまう。玲子はあわてて、自分の意図を説明した。

「智紀が残していったのと同じ文章が、殺人事件の現場に残されてると聞いて、どうしても気にかかっているんです。無関係とは思えないんです。犯人は、どうして智紀の書き置きと同じ文章を残したりしたのか……」

「書き置きなんかじゃないです」

壮太の声は、ますますボソボソと聞き取りにくくなった。周囲の誰かの耳を気にしているのかもしれない。玲子は受話器を耳にぎゅっと押し当て、壮太のくぐもった声を聞き逃すまいとした。

「細谷くんの部屋から見つかったのは、ただの覚え書きです。ゲームを進めるためのヒントでした」

玲子はほっとした。壮太がただ迷惑がっているのではなく、話に耳を貸してくれていることが感じられた。

「ええ、それはわかってます。あれはただのメモにすぎなかった。でも、いま事件を起こしてる犯人は、明確な意図をもってメッセージを残しています。どんな意図かはわからないけど——たまたま偶然、智紀のメモと同じ文章を使っただけなんて、絶対に思えない。私、犯人は間違いなく智紀のことを知ってる人物だと思います」

壮太はまた黙りこんでしまった。長い間《ま》をおいて、玲子は続けた。

「それで、赤城さんの考えをお聞きしてみたいと思ったんです。今、事件を起こしている犯人について……あるいは、九年前の智紀の事件について。なんでもいいから……」

「なぜ、僕に?」

壮太は探るように低く尋ねた。玲子は逆に声を高めて答えた。

「もちろん、あなたが智紀のたったひとりのお友達だったからですよ。あの子には、他に仲のいい子はいませんでした」

「そんなこと、どうしてわかるんですか?」

思いがけないほど素早い反応だった。相変わらずボソボソした声だが、その底にかすかに敵意のようなものを感じて、玲子は戸惑った。

「どうしてって……私は智紀からよく話を聞いてましたから。あの子の話に出てくるお友達は、あなたしかいませんでした。あの子は引っ込み思案で人見知りがちだったし、あまり多くの友達に囲まれるようなタイプでは……」

玲子はそれきり、言葉に詰まってしまった。壮太は無言だった。いったい何が彼の機嫌を損ねたのか、玲子にはまったくわからなかった。

いかにも鈍重そうな、眠たげな顔をした男の子の面影がまた脳裏に浮かんだ。あの顔がどんな成長を遂げ、どんな表情を浮かべているものか、まったく想像がつかない。

玲子は、自分が話の進め方を誤ったことを悟った。どこで間違ったのかはわからない。ただ、何か壮太のカンに障《さわ》ることを言ってしまったらしいことはわかった。これ以上粘っても逆効果だろう。とにかく電話を切って、数日後にまたかけ直したほうが良さそうだ。

そう判断し、言葉を探したときだった。壮太が言った。

「電話じゃ、ちょっと話しづらいんですけど」

玲子は驚いて、受話器を握り直した。

「え?」

「長くなりそうなんで。今は、ちょっと」

「会ってもらえる?」

勢いこんで尋ねると、壮太はぶっきらぼうに答えた。

「はあ。電話よりは、そのほうが」

「いつ?　私はいつでも平気よ」

「僕も……別に、いつでも」

「じゃ、明日は?　明日の午後はどう?」

「大丈夫です」

思いがけない展開だった。迷惑がられている感触だったのに、まさか壮太のほうから直接の面会を切り出してくれるとは。

玲子は、友人との待ち合わせなどによく使う駅近くの喫茶店の名を挙げたが、壮太は渋った。

「人目のある場所だと、話しづらいです。できれば、周りに人のいないところが」

「じゃ、うちに来てもらえない？　大丈夫よ、夫は仕事でいないから」

何気なく口にした言葉だったが、「はい」と低い声で返事があった途端に、玲子は後悔した。

軽はずみだったかもしれない。かつての甥の友達とはいえ、つまるところ、赤の他人だ。見知らぬ青年を家に招き入れて、大丈夫だろうか？

だが、もう取り消せない。玲子は渋る気持ちを押し隠して、住所を伝えた。壮太は明日三時の来訪を約束して電話を切った。

時間通りに彼はやって来た。

インターホンのカメラで姿を確認した玲子は、一瞬、エントランスのドアを開けるのをためらった。赤城壮太は、普通なら絶対に部屋に入れたくないタイプの青年だった。

小太りで、野暮《やぼ》ったい眼鏡をかけている。中途半端な長さの髪が額に張りついて、不潔な印象を受ける。インターホンカメラの粗い映像ではよくわからないが、肌はきっとニキビだらけだろう。

意識して自分を戯画化しているのではないかと思うくらい、典型的なオタクそのものだった。小学生の頃は、鈍重そうではあったが、ぽちゃぽちゃして可愛かった。そんな面影はもう残っていない。

玲子は無理に明るい声を取り繕《つくろ》ってボタンを押し、一階のドアロックを解除した。落ち着かない気分で待っていると、間もなく部屋のドアホンが鳴った。玲子はドアを開け、笑顔で青年を迎えた。

壮太の身長は玲子とあまり変わらなかった。体重はきっと三十キロぐらい重いだろう。さほど暑い日でもないのに、汗をかいている。体臭が漂ってきそうで、玲子は思わず息を止めた。

「わざわざ来てくれてありがとう。どうぞ」

リビングルームに案内すると、壮太は無遠慮にソファに腰を下ろした。気に入っているソファにこの青年の体臭が染みつきそうな気がして、玲子は苛立ちを感じたが、まさかそんな態度は取れない。冷たい飲み物をグラスに注いで、テーブルに置いた。壮太は首をすくめてボソボソと礼を言ったが、手を出そうとしなかった。

どんな話題から始めようか、考えあぐねていたことはすべて消し飛んでしまった。必要なことだけを喋って、すぐに帰って欲しい。そんな気持ちを押し隠すのに苦労しながら、玲子は言った。

「智紀のこととか、ゲームのこととか、なんでもいいんです。思いつくことを話してもらえますか」

水を向けても、壮太は視線を落としたままで、口を開こうとしなかった。しばらく沈黙が続いた。

本当に、何か話す気があるのだろうか。しかも、密室でなければ話せないような重大な事柄が。玲子は不信感を募らせながら、壮太を見つめた。

ふいに、壮太が口を開いた。

「『ダーク・リデンプション』をプレイしたことありますか?」

「……え? ダーク……?」

はっきり聞き取れなかった。玲子が面食らって問い返すと、壮太は顔を上げて「ダーク・リデンプション」と繰り返した。

「九年前に発売された、問題のゲームです。セルグレイブの魔女という言葉は、そのゲームから引用されたものです」

「……あ、ええ」

そう言えば、テレビでそんな紹介がされていたことを思い出した。玲子はゲームの名前が「セルグレイブの魔女」なのだと錯覚していて、正式なタイトルは記憶していなかった。

「自分でやってみたことはないわ。テレビで紹介されてるのをちょっと見たくらい。だから、どんなゲームか教えて欲しくて……」

壮太は再び視線を落とし、ぼってりした眼鏡フレームを指で押し上げて続けた。

「僕らが小学生の頃に発売されたゲームです。僕は、従兄《いとこ》の家で初めて見せてもらって、ショックを受けたんです。すぐに、智紀くんに情報を伝えました。とにかくすごいゲームが出たんだって。二人でソフトを買いに行って、同じ日に始めて、共に夢中になったんです」

玲子はうなずいた。ゲーム画面に見入っている智紀を思い浮かべながら。

ゲームやアニメが大好きだった智紀。普通に成長していたら、今頃はどんな青年になっていただろう。小学生の頃の智紀は可愛かった。色白で目が大きくて、女の子のようだとよく言われたものだ。ハンサムな大学生になって、女の子にもてまくっていただろうか。それとも——目の前のこの青年のように、冴《さ》えないオタクになってしまっていただろうか。

「何をおいても、グラフィックの美しさに目を奪われました。それまでのゲームと、全然違った。温度や匂いまで伝えてくるような迫力があった。ゲームのテーマは、重くて難しくて、僕らにはよくわかってなかったかもしれない。でも、それは現実だって同じことです。小学生だった僕らにとって、現実は十分、理解しがたかった。ゲームの難解さに、違和感なんて感じなかった」

玲子は、壮太の口調が次第に熱を帯び始めたことに気づいた。少々気味が悪かったが、話の腰を折ってしまったら、この気むずかしげな青年は二度と喋ってくれなくなってしまうかもしれない。軽くうなずいて、続きを聞いた。

「主人公は、十歳くらいの男の子です。当時の僕らには感情移入しやすかった。彼はある日、森の中で一匹の獣を見つけるんです。まだ小さくて、親からはぐれてしまったかわいそうな獣です。銀色の毛に覆《おお》われていて、とても可愛いんです。主人公は獣を拾って帰り、自分で飼うことにします。母親は反対するんですが、主人公は聞き入れない。名前をつけて、一緒の部屋で寝るんです。でも、獣はすぐに本性を現すんです」

「本性?」

「獣の正体は、強い力を持った魔物です。ドルードという名で、邪悪な野望を持っています。ドルードは少年の父親を殺し、母親をさらい、村をめちゃくちゃにして去っていきます。狙いは最初から、少年の母親だったんです」

「なぜ?」

「母親は古き神々の血を引いていて、封印を解く鍵になるから。でもそれは、表向きの理由です。ゲーム制作者の本当の意図は違うんです。ゲーム雑誌のインタビューで語られているのを読みました」

　壮太は手の甲で額《ひたい》の汗をぬぐった。空調はほどよく効《き》いているのに。玲子は彼がひどく緊張していることに気づいた。

「当初、ドルードの正体は美しい青年として設定されていたそうです。でも、それでは生々しすぎるというので、狼をデフォルメした魔獣のデザインに変更されたんです。彼の本性は、誘惑者です。少年の母は、まだ若く美しい女性です。ドルードは性的な欲望から彼女をさらうんです。それが、制作者の真の意図です」

　玲子はなんとも言えない不快さを感じ、眉を寄せた。この不潔な青年の口から「性的な欲望」などという言葉が発せられることが気持ち悪い。玲子は無意識に腕を組み、ソファにもたれるようにして、壮太から身体を遠ざけた。

　壮太は玲子の険しい表情に気づいた様子もなく続けた。

「ドルードというネーミングそのものに、ゲーム制作者の思惑が隠されてるんです。イタリア語で『情夫』を意味する単語だそうです」

「小学生だったあなたに、その意味が理解できたの？」

　玲子は棘《とげ》のある口調で尋ねた。壮太は愚鈍そうな目を瞬いたが、その質問には答えずに続けた。

「制作者の意図は、ゲームの表面には出てきません。ドルードはあくまでも、魔力を持った獣として描かれてるだけです。母親はドルードの術によって操られ、息子である主人公を殺そうと襲いかかってきます。少年は必死に逃げ出し、村人たちに助けを求めようとしますが、獣が村を破壊してしまうんです。生き残った村人たちは少年を恨み、責《せ》めます。彼が災いを村にもたらしたわけですから。少年は旅立ちます。母の奪還《だっかん》、父の復讐、そして村人たちへの償《つぐな》いを目的として。旅の途中で彼は仲間を得、さまざまな試練を受けて成長していきます。彼に大きな力を与えてくれる人物が、セルグレイブの魔女と呼ばれる老婆です」

やっとキーワードが出てきた。玲子は腕組みをといて壮太を見た。

「魔女は子供をさらって食うという悪評を立てられ、人々から憎まれていますが、本当はまっすぐな心の持ち主です。主人公は最初、魔女を怖《こわ》がっていますが、次第にその本当の人柄を知るようになります。主人公は魔女の試練を乗り越え、究極の剣を譲り受けます。その剣がなければ、ドルードを倒すことはできないんです」

「結局、最後は魔物を倒せるの？」

「もちろんです。そうでなければゲームが終わりません」

「お母さんを取り戻すのね？」

「そうです。ドルードに操られていた母親は、ドルードの死によって正気に返ります。悔いる母を少年は抱きしめ、失われていた母子の絆が取り戻されるんです」

「つまり——主人公の少年にとって、セルグレイブの魔女というのは、母親を取り戻す力を与えてくれる大事な人物ということね？」

犯人がこのゲームのストーリーを熟知していることは、まず間違いないだろう。とすると、犯人が現場に残していったあのメモには、どんな意味がこめられているのか。玲子は独り言のようにつぶやいた。

「犯人は、自分の母親に対して、何か複雑な感情を持ってる人物なのかしら？　ゲームの主人公のように、母が浮気をして家を出て行ってしまったとか……現場に遺していくメモは、母親にあてたメッセージ？　でも、だからって無関係な子供たちを殺した理由がわからない……」

「わかるわけないじゃないですか」

ぼそりと、壮太は言った。玲子は彼の声に棘々しい響きを感じ取って、驚いた。壮太は眠そうな目で玲子を睨んでいた。

「犯人のことなんて、わかるわけないです。僕にわかるのは、智紀くんのことだけです」

「智紀……？」

「あなたにはわからないんですか？　このゲームをプレイした智紀くんが何を感じたか」

突然、壮太の表情が変化した。何を考えているのかわからない茫洋《ぼうよう》とした無表情が剝《は》がれ落ちて、感情がむき出しになる。彼は明確な敵意をこめて玲子を見た。玲子はたじろいだ。

「何？　智紀が……どうしたっていうの？」

「僕にばかり喋らせないで、少しは自分で考えたらどうですか。僕はゲームについて重要な情報をすべて話しました。智紀くんがこのゲームをプレイしながらどんなことを感じたか、あなたには全然想像できないんですか？」

玲子は、壮太が喫茶店での会見を渋った理由を悟った。彼は最初から、玲子と敵対する意志を持ってやって来たのだ。

だが、わけがわからなかった。彼にコンタクトを取ったのは玲子だ。壮太のほうは、電話で話すまで、玲子の名前すら知らなかったはずなのに――こんな表情を見せる理由がわからない。

壮太は頑固《がんこ》そうに唇を結んでいる。玲子はこみ上げてくる怒りを抑えつけて、落ち着いた口調で言った。

「智紀が、そのゲームに特別な思い入れを持っていたと言いたいの？　他のゲームとは違う特別な愛着を？」

壮太は答えなかった。玲子は、壮太から聞いたストーリーを最初から追い直してみることにした。

「主人公は父親と母親の三人家族。智紀の家族構成と同じだわ。年齢もほぼ同じくらい。感情移入しやすかったでしょうね。主人公は獣を拾ってくる――そういえば、智紀もペットを飼いたがっていたことがあった。でも、両親に反対されて、諦めたの。あの子は聞き分けが良かったから」

壮太からの反応はない。玲子は続けた。

「少年が拾ってきた獣――ドルードだったかしら。そいつの正体は邪悪な獣で、少年の父親を殺し、母親をさらってしまう。智紀の境遇と重なる要素はないわ。あの子の父親はもちろん殺されてなんかいないし、母親だって誘拐されたことなんてない。それとも、こう言いたいのかしら？　ドルードという獣が母親を誘惑したように、智紀の母親を誘う男性がいた……と？　残念だけど、それはないわ。私の姉はそんなタイプじゃない。妹の私から見ても感心するくらい、お堅くて真面目な人でね」

雅美の浮気など、ありえない。その点については確信が持てた。

浮気性だったのは、夫の巧のほうだ。雅美がそれについて嘆《なげ》くのを、何度も聞かされた。巧は男っぷりが良く、会社の若いＯＬなどにも人気があったらしい。当時、彼が複数の女性と関係を持っていたことは、玲子もよく知っていた。

雅美は、腹いせに自分も遊び回るような性格ではない。むしろ夫を軽蔑し、息子への愛情で不満を埋めようとするタイプだった。巧の女遊びが激しくなるのと比例して、雅美は智紀に過剰に干渉《かんしょう》するようになっていった。今日は学校でどんなことがあったの、授業で何を習ったの、給食のメニューは何、休み時間に何をして遊んだの……毎日たっぷり一時間も質問責めにされてウンザリするんだと、智紀は玲子のマンションに遊びに来るたびに愚痴《ぐち》っていた。

うるせえババアって言ってやったら、と玲子が冗談半分にけしかけると、智紀は可愛い顔に驚きの表情を浮かべてかぶりを振った。そんなこと言えるわけないよ……お母さん、ショックで自殺しちゃうよ……。

「ドルードは村を破壊し、少年は村人たちから責められて旅立つことになるんだったわね。それは……たとえば、智紀が学校でいじめられたりしたことがあった？　ゲーム中でいじめられる少年を見て、智紀が激しく感情移入した……とか？」

玲子は、まるでテストでも受けているような気分になってきた。正解を手探りし、面接官に恐る恐る提示してみる。こんな解答はどうでしょうか？　百点ではなくても、良いところをついていますか？　壮太は眉一つ動かさずに玲子を睨んでいるだけだった。

「私は智紀の学校生活をよく知っているわけじゃないけど、でも、あの子はいじめられっ子ではなかったと思う。友達は少なかったようだけど、学校の話をするときはいつも楽しそうだったわ。村を追われた少年を自分と重ね合わせるような体験は、智紀にはなかったはずよ」

何も見えてこなかった。新しい発見など、何もない。

壮太は、玲子に何を言わせたいのだろう。何か含むところがあるなら、ストレートに言えば良いのに。苛立ちながら、玲子は続けた。

「主人公はセルグレイブの魔女に会い、試練を乗り越えて、剣を授かる。その剣によってドルードを倒し、母親を正気に返らせる。ようやく母と息子の絆が取り戻されて、めでたしめでたし。智紀には、セルグレイブの魔女に当たるような頼もしい助力者がいたかしら？　彼のそばにいた、母親以外の年長の女性といったら、私ぐらいなものじゃない？　私が魔女だったの？」

玲子は微笑した。

自分が智紀に授けたもの——あれこれ思い浮かぶ。誕生日にもクリスマスにも、甥へのプレゼントは欠かさなかった。玩具や本、子供向けのＤＶＤ。旅行に行けば必ず、智紀へのおみやげを真っ先に探した。ハワイのＴシャツ、パリの文房具セット、北欧の子供用食器、イギリスの写真集。玲子の心づくしの贈り物はいつも智紀を喜ばせた。

もちろん、剣やナイフのような物騒なものを与えたことはない。剣とは、何かのメタファーなのだろうか。少年に勇気と力を与えるような、何か……。

「あなたは、ストーリーの一番肝心な部分を見逃している」

壮太が口を開いた。玲子は回想を断ち切られて、壮太を睨んだ。

うに。

「鈍感すぎる」

玲子はむっとした。ろくにヒントも与えずに玲子に喋らせておいて、なんと失礼な言いぐさか。鍵になるポイントがあるなら、遠回りさせずに最初から明示すれば良かっただろうに。

壮太はまっすぐに玲子を睨みつけて続けた。

「主人公は、母親に殺されかけるんです。ドルードの術にかけられて正気を失った母親に」

「……え?」

どきっとした。壮太の口調は、急に人が変わったように力強かった。

「……どういうことよ?」

「どうもこうもない。今言った通りです」

玲子は呆然《ぼうぜん》とつぶやいた。

「まさか……あの子が……智紀が同じ体験をしたって言いたいの? 母親に殺されかけたって? まさか! 姉は自分の人生すべてを息子に捧《ささ》げるような人だったのよ。過保護すぎて心配になるくらい。そんな母親が、どうして……」

「智紀くんの家庭は崩壊していた。それはご存じでしょう?」

「肝心な部分?」

玲子は言葉を継げなかった。

——まさか。

浮かんだ疑念を、玲子は即座に打ち消した。この青年が、当時の事情など知るはずがない。智紀だって気づいていなかったのだ。彼らはまだ小学生だった。大人たちの世界など、理解できたはずがない。

「ゲームの世界で起きたのと同じことが、智紀くんの家庭でも起きたんです。ただ、男女の役割が逆だっただけです。魔獣に誘惑されたのは彼の母親じゃなく、父親だった」

「……何の話?」

玲子は両手を強く握りしめた。肌がざわざわと粟《あわ》だった。壮太は相変わらず汗を浮かべているが、玲子にはむしろ部屋の空気が冷たすぎるように感じられた。

「僕から言わせたいんですか?」

壮太はぎくしゃくした動きで汗をぬぐった。

「魔獣が少年の家に入りこんで、親を誘惑したんですよ。それが破滅への引き金になった。少年は、拾ってきた獣を可愛がり、自分の大切な相棒になってくれると信じきっていたのに。獣の正体はドルード——誘惑者だったんです」

玲子は震えを気取られないよう、歯を食いしばって壮太を睨んだ。目を逸らせたら、その瞬間にすべて瓦解してしまいそうな気がした。

まさか。この愚鈍そうなオタク青年が、知っているはずがない。彼は小学生だった。智紀も同じく。子供にわかる話じゃない。

「どういうこと？　智紀の父親が誰かに誘惑されて、智紀は母親に殺されかけた？　そんなことが、現実にあったって言いたいの？」

「まだ、とぼけるんですか？」

壮太は目を細めた。そこに宿った感情は、もはや敵意などと言えるものではなく――もっと激しい、憎しみだった。

「あんたじゃないですか。あんたが、自分のお姉さんの夫を誘惑したんです。智紀くんはあんたを自分の味方と信じてたのに」

「誘惑？　私が？」

玲子は壮太の目を見ていられなくなって、視線を落とした。テーブルの上に置かれた、ジュースの入ったグラス。ひっつかんで、この不潔なオタク野郎にぶつけてやったら、どんなにすっきりするだろう。

唐突に、巧の笑顔が脳裏に浮かんで、叫び出しそうになった。張りのある、陽気な声。的を射たジョークと、親身に見せかけた偽りの優しさ。嘘ぉ、玲子ちゃん、恋人いないの？　美人なのに、信じられないなあ……。

誘惑したのは玲子ではない。巧のほうだ。会社のＯＬや飲み屋の女の子だけでは飽き足らず、義妹にまで手を出した最低の男。

――私は、被害者だ。

玲子は、自分の顔がひどく歪《ゆが》んでいるのを自覚し、顔を上げられなくなった。

この青年が、これほど立ち入った事情に勘付いているということは――つまり、智紀が勘付いていたということだ。自分の父親と叔母の、ただならぬ関係に。

信じられなかった。誰にも知られるはずのない、秘密の関係だった。智紀はまだ小学生だったのだ。バレンタインデーのチョコレートすら、母親と叔母以外からはもらったことのない、無邪気な男の子だった。まさかあの子供が、気づくはずが――ない。

「大人っていうのは、本当に鈍感なんだ。智紀くんのお母さんだって、思ってもいなかったんです。まさか、自分の夫が妹と浮気してるなんてね。でも、夫が他の女と遊び回っていることに傷ついていた。ある晩、夫が深夜になっても帰宅しないことに苛立った彼女は、発作的に智紀くんの首を絞めて殺そうとしたんです。いわゆる無理心中ってやつですよ。自分だけ死んでしまうと残された子供がかわいそうだから、一緒に殺してあげようっていう――身勝手な親の論理です。幸い、智紀くんが泣き喚《わめ》いて抵抗したので、未遂に終わりましたけどね」

玲子は目を伏せたまままつぶやいた。

「……見てきたようなことを言うのね」

「僕が見たのは、智紀くんの首に残った痕だけです」

玲子は目を上げた。壮太は不格好な太い指で、自分の首筋を叩いた。

「ここに、残ってました。赤く腫《は》れたような痕が。彼はね、泣きじゃくる母親と共に、気が狂いそうな一晩を過ごして、そのまま登校したんです。そして放課後、僕に首筋の痕を見せて、ぶちまけました。魔獣が、彼の大事な家庭を破壊しようとしてるって」

「智紀が、そんなこと、言うはずが……」

「黙れ。あんたは恥知らずだ！」

壮太は急に声を荒らげ、自分の膝をこぶしで叩いた。玲子は、これほど恐ろしい声を聞いたことがなかった。

「智紀くんは自分の家族を愛してたんですよ。お父さんを尊敬してた。お母さんが大好きだった。そして、近所に住んでてよく遊びに来る優しい叔母さんにもなついてたんです。でも、その家庭をぶち壊したのは、他ならぬ叔母さんだった。叔母さんが隠していた牙をむいたとき、彼の大事な家庭は壊れてしまった」

「違う」

反射的に、玲子は叫んでいた。

「私は智紀を裏切るようなことなんてしてないわ。あの子の家庭を壊すようなことなんて……」

「智紀くんは見たんですよ。父親が、あんたのマンションから出てくるところを」

壮太は怒鳴り、急に我に返ったように声を落ち着けた。

「あんたのマンションに遊びに行ったとき、偶然見てしまったんです。彼の父親もあんたも、見られたことに気づいた。でも、小学生の彼に何もわかるはずがないと侮《あなど》って、適当な嘘でごまかそうとしたんです。旅行の土産の品を渡すために立ち寄ったんだとか、くだらない嘘をついてね」

——前に出張したときに買った土産を、玲子ちゃんに渡しそびれててさ。

肝を冷やしている玲子の前で、巧はほがらかに言った。智紀は、ぽかんとした顔で父と叔母を見上げていた。

——帰ろう、智紀。その前に一緒にデパートに行かないか。母の日のプレゼントを買いに。お母さんを驚かせてやろう。

巧は智紀の手を引いて歩き出した。ついさっきまで睦《むつ》み合っていた女のことなど、すっかり忘れ去っていた。智紀が一瞬だけ振り返ったので、玲子は手を振った。いつものように。優しい叔母の顔で。

あんな出来事だけで、気づくものだろうか？　どちらかといえば奥手の小学生の男の子が——理解できるものなのだろうか？

当然、玲子は気づかれたなどとは夢にも思わなかった。もちろん、巧も。お父さんが叔母さんのマンションにいた、などという話を智紀がうっかり雅美にしないよう、巧が適当な作り話で釘を刺したはずだ。

誰にも気づかれない関係なら、罪はない。誰も傷つけない関係なら——当人同士の駆け引きで終わる。それだけのことだ。そう思っていた。巧と玲子の関係は、互いに煮え切らないまま、あっさりと終わった。

軽はずみに持ってしまった義兄との関係を、玲子が悔やまなかったわけではない。だが、悩みを引きずるほど深いものではなかった。当人同士も割り切っていた。誰も傷つけることのない、スリリングな火遊び。それだけだった。

「ちょうどその頃、智紀くんは『ダーク・リデンプション』を始めたんです。そして、主人公の境遇を自分と重ね合わせた。ゲームは僕らにとっては難しくて、なかなか先に進めませんでした。智紀くんは、結末を知りたがっていました。お母さんは元に戻るのか。再び幸せな家庭を取り戻せるのかって」

「……それで？」

玲子は足を組み直し、片手を額に当てた。

「僕らにゲームの結末を教えてくれたのは、僕の従兄でした。僕より四つほど年上で、ゲームに詳しくて、僕らにとっては頼りになる先輩だったんです。彼が、智紀くんの導き手となったんです」

玲子は手で額を押さえたまま、上目遣いに壮太を見た。

「つまり、その人が〈セルグレイブの魔女〉ってことね？」

「そうです」

「――会わせてもらえる？」

「違う。あなたは、彼に会わなければならない」

芝居がかった調子で言うと、壮太は唐突に立ち上がった。彼は玲子を見下ろして言った。

「あなたのほうから連絡があったから驚いた。僕は、どうやってあなたとコンタクトを取ればいいのか考えてたんです。九年前に何があったのか、今こそあなたに伝えるべきだと思っていたんです」

「どこにいるの、魔女は」

「すぐ近く。今はN区のマンションで独り暮らしをしています」

隣の区だ。車なら二十分とかからずに行ける距離だった。

壮太は帰ろうとしていた。玄関に向かう彼を、玲子はソファに座ったまま呼び止めた。

「今起きてる事件に、その人は関係があるの？　二人の子供が殺された事件について、何か知ってるの？」

壮太は振り返り、馬鹿にしたように笑った。

「まだわかってないんですね。僕は、見も知らぬ子供が何人殺されようが、どうでもいいんです。僕が知りたいのは、智紀くんの行方。それだけです」

壮太はドタドタと足音を立てて、出て行った。

5

その老騎士は、滝の裏側の洞窟《どうくつ》に住んでいる。自分と同じくらい老いた亀だけを友として。

勇者トモキは三人の仲間たちと共に騎士に会いに行く。極彩色の鳥が舞う森を抜け、エメラルド色に輝く水辺に到達すると、ほっと一息つける。ここは、リヴァーエンド南部で最も美しい渓谷だ。澄みきった浅い川に、金銀のサカナが群《むれ》をなして泳いでいるのが見える。

気がせいているトモキは真っ先に川に踏みこんでいく。編み上げサンダルをはいた足が、水飛沫《しぶき》をまき散らす。

口の悪いシスター・ルカはブツブツ言いながら、美少女剣士エリーナはスカートの裾《すそ》をつまんで軽やかに、そしてお気楽な魔法騎士セラヴィはヘラヘラ軽口を叩きながら、浅い川を渡る。

滝の前には小さな虹がかかっている。前回訪れたときは、滝の仕掛けがわからず、すごすご帰らねばならなかった。今回はちゃんと、必要なアイテム——銀の竜の壺を手に入れてあるから大丈夫。岩の上に壺をセットして呪文を唱えると、たちまち滝が二つに割れて進むべき道が現れる。

老騎士は顔の半分が焼けただれた醜《みにく》い男だ。彼はすでに、トモキが訪れた理由を知っている。短い問答の後で、彼は深くうなずいてつぶやく。

——そなたに必要なのは黎明《れいめい》の剣。それを手に入れねば、ドルードを倒すことはかなわぬ。

——どこにあるのですか、その剣は？

——セルグレイブ。

地名を耳にして、一行はたじろぐ。セルグレイブは西の海の彼方、滅多《めった》に人の訪れぬ地の果てだ。シスター・ルカは肩をすくめて首を振る。

——ちょっと待ってよ、おじいちゃん。セルグレイブって……。

——そこに住む魔女が、黎明の剣を守っておる。

——セルグレイブの魔女って言ったら、子供をさらって食うバケモノだよ。罪を重ねて、地の果てに追放されたんだ。なんで、そんなやつが伝説の剣を持ってるのさ？

トモキたちは魔女の悪評をさんざん聞いてきた。シスター・ルカの抗議は当然だ。老騎士はうっとうしそうに身動きする。足下の金色の亀が、うっそりと首を回す。

——黎明の剣を望んでいるのはそなたらだろう。わしが行ってくれと頼んでいるわけではない。

トモキが進み出る。仲間たちの中では、彼が一番年少だが、長い旅の間にすっかりリーダーの風格を身につけている。

——その剣を手に入れれば、ドルードを倒せるのですね?

——その剣を手に入れねば、ドルードを倒せぬのだ。

——ならば、行きます。

トモキは決然と顔を上げ、言い切る。仲間たちはそれぞれ微妙な反応を示す。シスター・ルカは呆《あき》れたように肩をすくめ、エリーナは腕を組んでうつむき、セラヴィは額に手を当ててのけぞってみせる。

老騎士はトモキの額に骨張った手をかざし、おごそかに告げる。

——勇者よ、セルグレイブの魔女を訪ねよ。さすれば道は開けるだろう。

トモキはうなずき、老人に背を向ける。仲間たちはまだ戸惑っているが、彼に迷いはない。

セルグレイブの魔女を訪ね、黎明の剣を手に入れるのだ。母を取り戻すために。

黒崎由布子はコントローラーを持つ手を止めて、しばしトモキの勇姿に見惚《ほ》れた。主人公がセルグレイブ行きを決意するこの滝の洞窟の場面は、昔から、由布子の一番のお気に入りだ。

もう何十回もクリアしているゲームだが、この場面はいつ見ても心が震える。トモキのポーズが、表情が、あまりにも凛々《りり》しくて、切なくて、泣きそうになる。いくらしっかりしていると言っても、彼はまだ子供なのだ。ゲームの世界に飛びこんでいく以前は、平凡な小学生に過ぎなかった。

由布子は画面を見つめて、小さな勇者に心の中で呼びかけた。

〈トモキくん、がんばってますね。レベルも上げたし、装備も整ってるし、もうファイアードラゴンだって余裕で倒せますね。旅立ったばかりの頃は、あのちっぽけなラトルスネークにだって勝てなかったのに〉

こちら側の世界にいた頃、細谷智紀はまったく目立たない男の子だった。引っ込み思案で友達も少なく、いつも人の陰に隠れているような。遠足の班分けで、誰にも声をかけてもらえなくて最後まで残ってしまうような。由布子と同じくらい存在感のない、いてもいなくてもいいような男の子だったのだ。

だが、あちら側へ渡った彼は、本来の自分を取り戻した。つまらない小学生なんかじゃない、世界を救う勇者になることができた。

トモキだけではない。シスター・ルカもエリーナも、こちらの世界ではまったく価値のない子供だったのに、今ではどうだ。二人とも、勇者トモキを助ける仲間として、縦横無尽の活躍をしている。彼らの名は大陸の歴史に永久に刻まれることだろう。

〈私も、一緒に冒険したかったのよ、トモキくん〉

由布子はため息をつき、コントローラーを握り直した。

画面の中の冒険者たちは、再び軽やかに風を切って走り出す……。

☆

遠くサイレンの音が聞こえてきたのに気づいて、利明は足を止めた。シンゴに引っ張られても、身体が動かなかった。

公園で死体を発見したあの日から、利明はパトカーや救急車のサイレンにひどく敏感になった。以前なら気づきもしなかったような遠方の音でも、すべての行動を停止して耳をそばだててしまう。

過剰反応だと自分に言い聞かせて、気持ちを落ち着けることにしている。実際、毎日のように聞こえるサイレンは重大事件につながるものではなかった。この平凡な町でも、日々、事件や事故は発生している。信号を無視して飛び出してきた小学生をバイクが引っかけた、とか。老婆がバッグをひったくられた、とか。

だが、利明は動けなかった。このサイレンは不吉だった。時刻は朝の七時前……利明が子供の死体を発見したのとほぼ同じだ。

サイレンが止まった。パトカーは見えないが、音の聞こえ方からすると、三、四ブロックぐらい先だろうか。目と鼻の先で、何かが起きたのだ。

――どうか、大した事件ではありませんように。軽微な事故とか、喧嘩《けんか》とか、新聞記事にもならないような些細《ささい》な出来事でありますように。

何軒かの家のドアが開いて、申し合わせたように人が出てきた。窓からパジャマのまま顔をのぞかせている人もいる。サイレンに敏感なのは利明だけではなかった。

「何かあったんですか?」

ジャージ姿で出てきた中年女性から声をかけられて、利明は「さあ」と首を振り、それ以上の会話を避けた。女性はサイレンが止まった方角へ小走りに駆けていった。

シンゴもつられたようにそちらの方角へ行こうとする。利明はリードを強く引き寄せた。シンゴには気の毒だが、今朝は散歩コースを短縮して帰りたかった。街全体に、不安が蔓延《まんえん》する前に。

嫌がるシンゴをなだめすかしてリードを引いたとき、利明は前方から歩いてくる人物に気がついた。黒崎由布子だ。

「……黒崎さん？」

利明が声をかける前から、由布子のほうは気づいていたらしい。微笑《ほほえ》みを浮かべて近づいてきた。薄手のワンピースに軽いカーディガンを羽織った格好で、素足に涼しげなサンダルをはいている。家からふらりと出てきたところなのか、手には何も持っていなかった。

同窓会のときも、遺体発見現場で出会ったときも、由布子は地味なパンツスタイルだった。やわらかそうなワンピースをまとった由布子はドキッとするほど色っぽく見えて、利明は柄にもなく緊張し、うわずった声で挨拶をした。

「おはよう」

由布子はか細い声で「おはよう」と応《こた》えた。

彼女がそのまま行き過ぎてしまいそうなので、利明はとっさに言葉をかけた。

「今のサイレンの音、聞いた？」

由布子は微笑を消してうなずいた。

「この近くで止まったよね」

「……ええ」

家から出てくる人の数が増えた。利明と由布子は道路の脇に寄って、人々が走っていく方角を見た。

「何かあったのかな?」

懸念《けねん》を口にするのが怖くて、利明はとぼけた台詞を言った。由布子は何も言わず、不安そうに瞬いている。

ばったり会ったのが由布子で良かった、と利明は思った。これがみゆきや毬恵などのガサツな連中だったら、利明が一番聞きたくない言葉をずけずけと口にし、確かめに行こうと利明をうながして走り出したに違いない。

「……行ってみましょうか?」

由布子がためらいがちな口調で尋ねた。利明は強く首を横に振った。

「見たくない。大事件だったら、どうせ後でわかることだよ」

「……そうよね」

二人は申し合わせたように、人の流れとは逆の方向に歩き出した。シンゴも諦《あきら》めたようについて来る。同行者が珍しいのか、由布子の足元をくんくん嗅ぎ回ろうとするので、利明は犬を叱《しか》ってリードを短く持ち直した。

「俺、毎朝この時刻にこのへんを散歩してるんだけど。黒崎さんと会うのは初めてだね」

利明がぎこちなく言うと、由布子はうなずいた。

「私、普段は朝寝坊なの。今朝はたまたま……徹夜明けで肩が凝《こ》っちゃったから、ちょっとだけ散歩して外の空気を吸おうと思ったの。これから帰って寝るつもり」

「徹夜？　黒崎さんが？」

「レポート書いてたら、なかなか終わらなくて」

「……あ、そういう徹夜か」

徹夜といったら夜遊びしか思い浮かばず、黒崎さんらしくないなととっさに思ってしまった自分に、利明は苦笑を浮かべた。世の中には真面目な徹夜もあるのだ。言われてみれば、由布子の目はぽってりと眠そうに腫《は》れている。そのせいで、いつもより色っぽく見えるのかもしれない。

「英文科だっけ？」

「そう」

「翻訳家になりたいって言ってたよね、確か。児童文学の」

「よく覚えてるのね」

「うん……」

すっかり美しくなった君が印象的で……とは、まさか言えない。利明は笑ってごまかした。

由布子はうつむいてつぶやいた。

「祖母の影響なの。私が小さい頃、祖母が外国の絵本を自己流で翻訳して、よく読み聞かせてくれたから」

「おばあさんが？　へえ、かっこいいね」

「正しい翻訳かどうだったかはあやしいけど。英語なんか喋れないくせに、勝手に絵を見て話を作ってただけかもしれない」

「いいおばあさんだね。一緒に住んでるの？」

由布子は目を伏せて首を振った。

「住んでた。でも亡くなったの。今年の一月に」

淡々とした口調の底に、深い悲しみが感じられた。利明はあわてたが、謝《あやま》るのもかえって由布子を傷つけそうな気がした。気まずい思いで、話題を変えた。

「黒崎さんって、一人っ子？」

由布子は怪訝そうに利明を見た。

「妹と弟がいるけど。どうして？」

「別に……俺、一人っ子だから、きょうだいがいるって羨《うらや》ましくてさ。可愛いだろうな、妹や弟って」

「さあ。年が離れてるから。あんまり話もしないの」

由布子は話に乗ってこない。迷惑がられているのだろうかという気がして、利明は気詰まりだった。由布子の外見はずいぶん垢《あか》抜けたが、性格はやはり昔のまま、人付き合いが苦手なようだ。

適当に犬の散歩を口実にして別れたほうがいいのだろうか。そんなことを考え始めたとき、ふいに由布子が足を止めた。一瞬遅れて、利明も気づいた。

ふらふらと身体を揺らしながら、女性が歩いてくる。黒いシャツと黒いロングスカートを身につけているが、足元はスリッパだった。長い髪はぼさぼさに乱れて顔にかかり、表情を隠している。見るからに、普通の状態ではない。

利明は息を呑んで女を見つめた。由布子との会話でいくぶん気が逸《そ》れていたとはいえ、サイレンの音にかき立てられた不安は消えていない。

鳥肌が立った。異様な風体の女は、スリッパをぱたんぱたんと引きずりながら近づいてくる。シンゴが唸り始めたので、利明はあわててリードを引っ張って道の脇によけた。由布子も不安そうに身を寄せた。

「あの人……」

由布子がつぶやいた。

「細谷くんのお母さん……じゃないかな」

「え?」

利明は驚き、影絵のような女にあらためて視線を向けた。顔が髪に隠れているので確信は持てなかったが、直感的に、由布子の勘は正しいと思った。

小学生の頃の記憶がよみがえる。息子を失って弱り果てた女性を、悪ガキどもが声高にからから。魔女がいたよ、という叫びに素早く反応し、足をもつらせながら走る哀れな母親。

あの頃の彼女はもっと動きが機敏で、髪もちゃんと整えていたが、記憶のシルエットが重なった。利明は視線を逸らすことができなかった。魔女だ、ととっさに思った。あの女性は九年前から魔女を捜し続けているが、今では彼女自身の風体が魔女そのものだ。

少しずつ、黒い女が近づいてくる。利明は迷った。由布子の手を引いて逃げ出そうか。それとも彼女の顔を確かめようか。知らず知らずのうちに、シンゴのリードを握る手に力をこめていた。

由布子も不安らしい。利明の陰に隠れるように後じさった。利明は由布子を庇《かば》うように手を広げて、女を見守った。

二人の横を通り過ぎようとした瞬間、ふいに女は立ち止まり、長い前髪をうっとうしそうに払いのけて利明を見た。利明はぎょっとして、思わず身体をのけぞらせた。

それは確かに細谷智紀の母親だった。開ききった目とこけた頰が不気味だが、昔の面影は残っている。同じクラスの母親たちの中でも、目立つ美人だった。身につけている服も他の母親たちとはセンスが違った。授業参観のときも運動会のときも、一番品がよくて取り澄ましていて、ちょっと気取った嫌味すら感じさせるような女性だった。だからこそ、息子を失った後の半狂乱の姿が悪ガキどもを余計に面白がらせたのかもしれない。

美貌のなごりは、確かにある。だが、驚くほど老けこんでいた。年齢は利明の母親よりもっと若かったはずだ――せいぜい四十代の半《なか》ばか。だが、つやのない肌と落ちくぼんだ目は、ほとんど老婆のようだった。

絶句している利明を見て、女は口を開いた。そこから漏れたのは、意外にもおとなしい、おずおずした声だった。

「あの……知りませんか？」

利明は声も出せずにいた。由布子も息を詰めて女を見つめている。

「セルグレイブの魔女を、見かけませんでした？」

利明は呆然《ぼうぜん》と首を振った。女は失望したようにため息をつくと、再び髪で顔を隠して歩き出した。ぱたん、ぱたんというスリッパの足音が遠ざかっていく。

女が角を曲がって姿を消しても、しばらく利明も由布子も黙っていた。シンゴが一声鳴いたので、やっと利明は我に返った。由布子が言った。

「まだ……捜してるのね。セルグレイブの魔女を」

「たぶん、事件のせいで症状がぶり返してるんだよ」

寒気と共に、利明は確信していた。

さっきのサイレンは、魔女と無関係ではない。三人目の犠牲者が出たのだ。あの忌まわしいメッセージと共に。

☆

待ち合わせに十五分遅刻した。玲子は必死に走ってきたのだが、待たされた赤城壮太は不機嫌きわまりない顔で腕を組み、駅前のロータリーのベンチに座っていた。

「ごめんなさい、遅れてしまって……」

肩で息をしながら頭を下げると、壮太は「あと五分待って来なかったら帰ろうと思いました」と嫌味《いやみ》ったらしい口調で言って玲子を睨《にら》んだ。

「時間を指定したのはそちらなのに。遅れるなんて」

「ごめんなさい。急に用事ができてしまって」

「従兄は気むずかしいんですよ。約束の時刻に遅れたら、機嫌を損《そこ》ねて追い返されるかもしれませんよ」

「電話をしておきましょう。番号を……」

「無駄です。出ちゃくれません」

壮太は立ち上がり、太った身体を揺すって歩き出した。玲子は息を整えながら彼の後に続き、改札を通った。

約束の時刻に遅れたのは、姉のためだった。午前中に警察から電話があり、姉を保護しているから引き取って欲しいと言われた。早朝、三人目の被害者の遺体が発見された現場の近くをうろついているところを職務質問され、まるで要領を得ない応答を繰り返すばかりなので、そのまま保護されたのだという。

赤城壮太の連絡先を尋ねるために姉のマンションを訪れたのは、ほんの三日ほど前のことだ。しかし、たった三日の間に雅美は激しく面変《おもが》わりしていた。婦人警官になだめられながら椅子に座っている姉を見たとき、玲子はショックのあまり、しばらく口をきけなかった。

もつれた髪が顔にかかり、その合間から異様に見開かれた目がのぞいていた。肌はすっかり血の気を失って、土のような色をしていた。

雅美はスリッパをつっかけた格好で現場に近づき、誰彼かまわず話しかけていたらしい。セルグレイブの魔女を見かけませんでしたか、と。

多数の警官が集まっていたのは、その街角で遺体が発見されたからだった。七歳の女の子の遺体は、これまでとは違い、ビニール袋に入れられて放置されていたという。胸にピンで紙が留められ、あの一文が記されていた。紙の質やプリンターのフォントは、これまでの二つの事件で使用されたのと同じものだという。

被害者は、近所に住む小学生、鈴木《すずき》優花《ゆうか》ちゃん。一人っ子で、両親と共に暮らしていたということ以外には、まだ詳しい情報は公開されていない。死因は鋭利な刃物による刺殺だった。

雅美の奇行は以前から有名だったが、今回の行動はさすがに疑惑を招いた。警察はただちに雅美の足取りを調べたが、結局、事件とは無関係と断定された。マンションの防犯カメラが、一人でふらふらと外出する雅美の姿をとらえていたのだ。時刻は死体が発見されたのとほぼ同時で、アリバイが成立した。

容疑さえ晴れれば、九年前の事情を知っている地元警察は彼女に同情的だった。身柄を保護し、肉親である玲子に連絡をよこしたというわけだった。

玲子は姉を迎えに行き、マンションに連れ帰って寝かしつけ、落ち着かせようと言葉をかけ続けた。姉が正常な状態なら、言いたいことや尋ねたいことは山ほどあった。壮太から聞いた話を、玲子はまだ自分の中で整理しきれていなかった。

――姉さん、あなたは本当に智紀を殺そうとしたことがあったの？　智紀が行方不明になったのは、そのことと関係がある？　あの子は自分から姿を消したの？　あなたから逃げるために？

だが、とてもそんな話ができる状態ではなかった。玲子は子供をあやすように姉をなだめ、睡眠導入剤を飲ませた。とりとめのないことを断片的に口走っていた雅美は、眠りに落ちる直前につぶやいた。

――電話があったの。それで、私……。

——電話？

玲子は驚いて聞き返した。現在の雅美に、電話をかけてくるような友人はいないはずだった。故郷の両親だろうか？　何か伝達があるなら、雅美ではなく玲子にかけてきそうなものだが。

別れた夫か？　だが、あの男が今さら雅美に連絡を取るとは思えなかった。

——誰から？　誰の電話だったの？　姉さん？

玲子は姉の唇に耳を寄せて聞き取ろうとしたが、雅美はとろとろとまどろみ始めてしまい、それ以上のことは聞けなかった。薬を投じたことを悔やんだが、後の祭りだった。壮太との約束の時刻が迫っていることに気づいてあわてて飛び出してきたのだが、間に合わなかった。

壮太は電車を待つ間じゅう不機嫌そうに黙りこんでいたが、電車に乗りこむと突然、口を開いた。

「言っときますけど、従兄は気むずかしい人ですからね」

「それは聞いたわ」

何気なく打った相槌は、壮太のカンに障ったらしい。彼は眉を吊り上げて続けた。

「会う前に一通り紹介しておきます。名前は篠塚彰久《しのづかあきひさ》。今、大学院生です。僕の母の兄の息子で、僕のことは子供の頃から可愛がってくれました。智紀くんとも何度も一緒に遊んだことがあります。すごく頭のいい人ですが、性格はひねくれています。あなたを怒らせるようなことをいろいろ言うと思いますが、絶対に喧嘩《けんか》腰にならないように。怒らせたらもう二度と会ってくれませんよ」

「……わかったわ」

不愉快なことなら、壮太本人から嫌というほど言われている。彼が「ひねくれている」と評する従兄とは、いったいどんな人物なのか。想像しただけで気が滅入《めい》る。こんな事情でもなければ絶対に会いたくない。

駅から徒歩三分。交通至便な古いマンションの四階が、篠塚彰久の住まいだった。玲子は壮太と共にガタガタするエレベータに乗りこみ、いよいよ気の乗らない会見に臨むことになった。

篠塚彰久は、玲子が想像していたのとはだいぶん印象の違う青年だった。

壮太の従兄で、しかも壮太をしのぐ性格の悪さらしいから、容貌も似たようなものだろうと予想していた。ふてぶてしく、斜に構えた、汗っかきのオタク青年。

だが、インターホンに応じてドアを開けた彰久は、小柄な痩《や》せた青年だった。「いらっしゃい」と言った声は明るく、人なつこささえ感じさせた。髪には寝癖がついているし、服は安っぽいTシャツで、決してお洒落《しゃれ》なタイプではなさそうだが、顔立ちは整っている。大学院生とのことだったが、むしろ壮太よりも若く見える。

「ごめんなさい、彰久さん。約束の時間に遅れて……」

壮太はびくびくした様子で謝った。彰久は「いいよ」と明るく笑い、二人を部屋の中へ招き入れた。

部屋の中も、男の独り暮らしにしてはきれいに片付いている。四方の壁のうち二面は天井まで届く本棚に占拠されており、コンピュータ関連の本やマンガの単行本などが脈絡なく並べられていた。

「座ってください」

彰久は玲子にソファを勧め、キッチンの小さな冷蔵庫から冷えたペットボトルの茶を三本つかみ出してきて、テーブルの上に置いた。自分は玲子と向き合う位置に座り、早速ペットボトルの栓をひねりながら続けた。

「はじめまして。壮太の従兄の篠塚です」

「はじめまして」

玲子はホッとしていた。彰久は想像していたよりもずっとまともで、話しやすそうだ。

九年前の自分の恥を、今さら若者たちの前でさらけ出すのは、生やさしいことではない。壮太と従兄の二人がかりで責められ、古い傷をえぐられることを想像しただけで、心が折れそうだった。

それでも自分を励ましてここまでやって来たのは、九年前の真実をどうしても知らずにはいられなかったからだ。智紀が何を考え、何をしたのか。あの子はさらわれたのか、それとも自分の意志で姿を消したのか。すっかり諦めていた手がかりが、思いがけないところで見つかったのだ。どんなにつらい思いをしても、この機会を逃してはならないと覚悟を決めたのだった。

彰久が予想外に人当たりのよさそうな青年なので、玲子の緊張は少しほぐれた。少なくとも、壮太とふたり分の圧迫感に苦しめられるようなことはなさそうだ。

彰久はペットボトルの茶を一口飲んで、玲子を見た。

「壮太からだいたい聞きましたけど。いま起きてる連続児童殺害事件が、九年前の智紀くんの失踪と何か関係があるんじゃないかとお考えなんですね?」

「……確信があるわけではありません」

玲子は彼の目を見つめ返して答えた。

「でも、やはり『セルグレイブの魔女』というメッセージが気になって。犯人は、智紀の行方を知っている人物ではないかと思ったんです。それで赤城さんに連絡を取って、当時のことをいろいろ教えてもらって……」

「これまで想像もしなかった事実がボロボロ出てきたってわけですね」

彰久は少し顎《あご》を引いて、上目遣いになった。瞳の奥のほうだけで笑っているような、奇妙な表情だった。

玲子に何も言わせず、彼は続けた。

「最初に言っときますが、僕は智紀くんの行方なんて知らないし、今さら九年前の出来事を掘り返したところで彼を取り戻せるとも思わない。あの子は、消えちゃったんですよ。ゲームのデータが初期化されるみたいに、さくっと」

玲子はかすかに眉をひそめた。甥をゲームのデータに例《たと》えられるのは快《こころよ》いものではない。

それに、彰久の声音にはどこか玲子を不安にさせるものがあった。相変わらず声はなごやかで優しいが、人の悪さがちらちらと見え隠れしているようにも思える。

見かけ通りの好青年ではないのかもしれない。だが、それはもともと覚悟していたことだ。玲子は静かに言った。

「私も、あの子を見つけられると思っているわけではありません。もちろん、その希望は捨てていませんけれども。ただ、知らないままではいられないんです」

「九年間、知らずにいたんじゃないですか」

「気づかなかったからです。自分がどれほど、あの子のことを何もわかってなかったか。でも、赤城さんから話を聞いて……」

玲子は隣に座っている壮太にちらっと目を向けた。壮太は飲み物に手をつけようとせず、しきりに汗をぬぐっている。

「あの子が傷ついていたこと……私が傷つけていたことを知りました。開きかけた扉をまた閉じてしまうことはできません。私には知る義務があると思うんです」

「義務……ねえ」

彰久は飲みかけのペットボトルをテーブルに置き、寝癖のついた髪をくしゃくしゃとした。再び上目遣いに玲子を見た目は、やはり人なつこさを感じさせた。

「じゃあ、まあ、話しますけど。まずは、僕と智紀くんの出会い編から。彼が小学五年生で、僕が……中二だったかな。まあ、そんな頃です。こいつが僕の家に急に連れてきたんです」

視線を向けられた壮太はびくっとして汗をぬぐい、弁解じみた口調で言った。

「急にじゃないよ。事前に電話したよ。友達を連れてっていいかって……」

「そうだっけ?　覚えてねえや。とにかく壮太が連れてきたんですよ。ゲーム目当てでね」

「目当てってわけじゃ……」

「黙ってろ」

突き放すように言われて、壮太はおとなしくなった。彼はずいぶんこの年上の従兄を怖《こわ》がっているらしい。

「当時の僕の部屋はゲームだらけでしたから。両親が甘くてね。欲しいのを片っ端から買ってもらって、速攻でクリアして売り飛ばして、その金でまた新しいのを買って。学校もサボりまくってゲーム三昧《ざんまい》だったんです。馬鹿な中学生でした」

そうは見えない、と玲子は思ったが黙っていた。この青年の話し方には、独特のとっつきにくい癖はあるが、独りよがりなオタクっぽさはない。頭の良し悪《あ》しはともかく、引きこもりのゲームオタクだったようには見えない。

「壮太にとっては、自慢の従兄ですよ。何しろゲームソフトを山ほど持ってる。あらゆるゲームに精通していて、アーケードの対戦ゲームでは無敵。壮太はゲーム好きの友達に、僕を自慢したかったんです」

壮太は何か言いかけたが、黙ってろと言われたのを思い出したのか、無言でうなずいた。深く、ゆっくりと。

「智紀くんは最初、人見知りをしてましたが、僕に打ち解けるのは早かった。何しろ共通の話題がありましたからね。僕が持ってたゲームの山に、たちまち智紀くんは夢中になった。中でも彼が一番のめりこんだのが、問題のあれです。『セルグレイブの魔女』」

「違う。『ダーク・リデンプション』だよ」

壮太が小声で訂正した。どんなに従兄が恐ろしくても、ゲームの正式タイトルは譲れないところらしい。彰久のほうは、こだわりなど全然ないらしく、「そうだっけ」と受け流して話を続けた。

「とにかく壮太も智紀くんも、そのゲームを絶賛した。そしてすぐにふたりとも、ゲームソフトを買ってもらったんです。僕がプレイしてるのを後ろで見てるだけじゃ満足できなくなり、自分たちも始めたんです。ところがこのゲームは、小学生の彼らにとっては少々手ごわかった。凝《こ》った謎かけや複雑な迷路が多くてね。彼らはたびたび僕のところへやってきて、ヒントを求めました」

玲子はうなずきながら聞いていた。

まるで知らなかった。智紀にこんな年上の友人がいたとは。きっと、雅美だって知らなかっただろう。学校と家庭だけだと思っていた智紀の世界には、彼だけが知る別世界への扉があった。

「智紀くんが何かに悩んでることは、僕は最初から気づいてました。ゲームの話をしている間だけは明るかったけど、どことなく表情に影がありましたから。でもまあ、彼のほうから言い出さない限り、僕の知ったことではない。そう思ってたんですけどね――ゲームを進めるにつれて、彼の表情はどんどん深刻になっていっちゃって」

「ゲームの内容が、自分の家庭と重なり始めたからね？」

彰久の顔が一瞬不快そうに見えて、玲子は自分の発言を後悔した。彼は、話の途中で他人から発言されるのが嫌いらしい。相槌は打たずに、黙って聞いていたほうが良さそうだ。

「ゲームのストーリーは壮太から聞いてるでしょう？　制作者が意図していたとかいう陳腐な暗喩《あんゆ》も。一応言っておくと、その制作者の真意とやらが明らかにされたのは、ゲームの発売から数年後ですよ。雑誌のインタビューで『実はあのゲームは……』と披露《ひろう》されたんです。みっともないですよね。秘めた意図なんて、黙っておけばいいのに」

「あの……」

遮ってはいけないと思いつつも、玲子は口をはさまずにはいられなかった。今度は彰久は機嫌を損ねた様子もなく「なんです？」と聞き返してきた。

「では、智紀は知らなかったの？　そのゲームのストーリーが、母親と情夫の密通を暗示している、というようなことは」

「知るわけないでしょう。彼は小学五年生だったんですよ。ゲームのストーリーはストーリーとして、そのまま受け止めていた。でもね、後にゲーム制作者が得々と語ったりしなくても、智紀くんのような敏感な子の心には響いてたんです。ゲーム世界で起きている残酷な出来事が、現実にもありうるんだってことがね」

彰久はまたあの奇妙な表情を浮かべた。口もとは笑っていないのに、瞳の奥で面白がっているような。

「彼を取り巻く状況は、ゲームの世界と奇妙なくらいシンクロしてたんです。彼はゲームの主人公の名を、自分と同じ〈トモキ〉にしていたから、なおさら現実味があったのかもしれない。ゲームの主人公が父母から『トモキ』と呼ばれるたびに、自分の家庭を思い浮かべてたんでしょう」

彰久はソファの背にもたれかかった。

「ある日、彼は学校帰りに僕の家にやって来た。壮太と一緒じゃなく、ひとりで。そんなことは初めてでした。どうやらその日、壮太は掃除当番だったらしくてね。のろくさい掃除が終わるのを待っていられなくて、智紀くんはひとりで僕の家に遊びにきたんです。いつも通り、ゲームで遊びながら、彼は『最後はどうなるの』と尋ねました。彼はそのときにはもう、ゲームのクライマックス手前まで進めてたんですよ。ちょうど、『セルグレイブの魔女を訪ねよ』っていうメッセージを聞くあたりまで。それなのに、結末を知りたいなんて、奇妙なことです。一足飛びに結末を聞いちゃったらクリアする楽しみが減るよって僕は言ったんですが、彼はそれでもいいと言い張りました。とにかく結末がどうなるのかを知りたいって。だから、教えました」

彰久はちらっと壮太を見た。壮太はあわてて背筋を伸ばし、うなずいて言った。

「ちょうどその話の途中で、僕が到着したんです。彰久さんが智紀くんに話してました。主人公は最後に黎明の剣を使って魔獣を倒す。そうしたらお母さんにかかっている術がとけて、お母さんは正気に返る。悔《く》いる母を主人公は許し、二人で故郷に帰る」

「智紀くんは、しつこいくらいに何度も確認しました。魔獣を倒せばお母さんは正気に返るんだね、それ以外にお母さんを取り戻す方法はないんだねって。実際、魔獣を倒さなきゃゲームは終わらない。僕がそう言うと、彼はひどく思い詰めた様子になりました」

彰久の謎めいた視線を受けて、玲子は思わず身をすくめた。

智紀にとって、魔獣は玲子だった。親を惑《まど》わせ、家庭を破壊した諸悪の根源だ。それは、壮太から聞いていた。

魔獣を倒す――叔母を倒す。本当にあの智紀が、そんな敵意を持っていたというのだろうか。思い当たることはまるでなかった。智紀は玲子になついており、しょっちゅうマンションにも遊びに来た。そして、干渉しすぎる母のことを愚痴《ぐち》ったり、学校の勉強のことを話したりした。

あの子は甘いものが好きだった。玲子が手作りするクッキーやシュークリームを好んで食べた。時にはビストロ・エクレールに連れて行くこともあった。もちろん、今のような人気店になる前の、街の小さな食堂だった頃の店だ。店長の芳雄が作るプリンが智紀のお気に入りだった。ママの作るプリンよりずっとおいしい、おじさんのプリンは世界一おいしい、と褒《ほ》めちぎる智紀を、芳雄はとても気に入っていた。玲子が一人で立ち寄ると、「今日は智紀くんは？」と尋ねるくらいに……。

あの無邪気な男の子の心の底に、そんな暗い執念が芽生えていたというのか。叔母を倒したい、なんて。目を輝かせてケーキやプリンをぱくついていた、あの可愛らしい子供に——?

信じられなかったし、信じたくもなかった。彰久が意地の悪い脚色を加えているのではないか。智紀のちょっとした愚痴を百倍にも拡大して伝え、玲子を動揺させて面白がっているのではないか。そんな疑いを抱かずにはいられなかった。

「彼の表情があまりにも深刻すぎて、こいつはヤバいんじゃないかと思ったのでね、僕はちょっとした悪戯を仕掛けたんです」

「悪戯?」

「彼に、剣を渡したんです。魔獣を倒すための必須アイテム、黎明の剣を」

笑いを含んだ口調に、玲子はぞくりとした。

「剣?　まさか、あなた……」

「セルグレイブの魔女が主人公に授ける剣ですよ。それがなければ、魔獣を倒すことはできない。ゲーム中、最も大事なキーアイテムです」

「智紀に渡したの?　剣って……そんな危険なものを……!」

「本物じゃないです」

あわてたように壮太が言ったが、彰久に睨まれて、赤くなってうつむいてしまった。彰久が続けた。

「そう、もちろん本物じゃありません。玩具の剣ですよ。すごくよくできてて、まるで本物の短剣のようでしたけど、実際には何も斬れない。僕は当時、そういうファンタジーグッズを集めるのが好きで、レプリカの剣とか凝った意匠の鍵とかをたくさん持ってたんです。その中で一番よくできた剣を智紀くんに貸したんです」

「智紀は……？」

「恐ろしいほど真剣な表情で短剣を受け取りました。彼はそれが玩具だなんて思ってなかった。本当に、魔獣を倒す力を持った剣だと思いこんでました」

彰久は従弟に目をやり、「続きはおまえが話せ」とぶっきらぼうに命じた。壮太はせわしなく汗をぬぐってうなずいた。

「僕も、そのときは贋物《にせもの》の剣だなんて知りませんでした。てっきり本物だと思って、怖かったんです。智紀くんと一緒に彰久さんの部屋を出たけど、智紀くんはいつもとは様子が違って、ひどく思い詰めてる感じだったんです。だから僕は言ったんです。その剣、返したほうがいい。そんなの持ってたら警察につかまっちゃうし、大変なことになるって。でも智紀くんは耳を貸さずに歩いて行ってしまうから、僕は必死で言いました。魔獣なんかゲームの中にしかいない、本当はいないのに、智紀くんはその剣で何と戦う気なのかって。そしたら、智紀くんは急に立ち止まって……」

壮太はそのときのことを生々《なまなま》しく思い出したのか、唾《つば》を飲みこんで続けた。

「首を見せたんです。僕に」

「首?」

「彼はその日、襟《えり》の詰まったセーターを着てました。その襟を引き下げて、僕に見せたんです。首に、真っ赤な痕が残っていました。指の痕だってはっきりわかりました。びっくりしてる僕に、智紀くんは言ったんです。お母さんに絞められたって。その前の晩、寝ている智紀くんに急にお母さんがのしかかってきて、両手で首を絞めたんだそうです。智紀くんは必死に抵抗して泣き喚いて、お母さんから逃れたそうです。その後、お母さんは一晩中泣き続けていて、智紀くんは怖くて眠れなくて、気が遠くなるほど長い時間を我慢して、朝を迎えたんです。お父さんは一晩、帰ってきませんでした。智紀くんはお母さんから逃げるように登校し、なんでもないような顔で授業を受けて、そして放課後、急いで彰久さんのところへ行ったんです」

玲子は息を吸い込み、無意識に自分の首を撫でた。

子供の細い首筋に指をかけるなんて、正気でできることではない。当時、姉はどれほど精神を病《や》んでいたのだろう。女遊びのやまない夫にプライドを傷つけられ、息子に過剰な愛を注ぎ、息子の命を自分の従属物と錯覚し……。

そこまで姉を追いこんだのは、自分だった。常に優越感たっぷりの姉を憎み、その夫をひそかに奪うことに、隠微な快感を覚えていたのは。

彰久が口を開いた。

「『ダーク・リデンプション』の主人公も、母親に殺されかけます。母親は魔獣に操られて正気を失い、息子に襲いかかるんです。このゲームにおいて、主人公が一番最初に戦う敵は母親です。でももちろん殺すことはできないから、必死に逃げなければならない。母親から無事に逃げ切ることが、主人公の最初の試練なんです。なんとも憂鬱《ゆううつ》なゲームでしょう」

再び彰久の視線を受けて、壮太が続けた。

「智紀くんは、お母さんを正気に返したかったんです。智紀くんはお父さんとお母さんが大好きで、家族が仲良く暮らしていた日々をどうしても取り戻したかったんです。そのためには、家庭を壊した魔獣を倒さなければならない。重要な武器は手に入れた。だから彼はまっすぐ、目的地に向かいました。あなたが住んでたマンションへ」

「……智紀が……私を殺すつもりだったって言うの？」

玲子の声は、自分でも嫌になるほどみじめだった。壮太は容赦《ようしゃ》なく「そうです」と言った。

「智紀くんはあなたを殺しに行ったんです。あなたが彼のお父さんを誘惑し、お母さんを錯乱させてることを知ってたから。お母さんを元に戻すには、絶対にあなたを倒さなきゃならなかったんです。彼は黎明の剣をズボンにさし、セーターで隠してマンションに入って行きました。僕はハラハラしながら、マンションの外で待ってました。しばらくして智紀くんは出てきました。そして、僕の前で急に泣き出しそうな表情になって、言ったんです。ダメだった、勇気が出なかった、殺せなかったって。僕はホッとして、智紀くんに言いました。それで良かった、もう叔母さんを殺そうなんて考えちゃダメだ、剣は彰久さんに返したほうがいいって。でも智紀くんは聞き入れませんでした。どうしてももう一度やるんだって言い張るから、僕はもう付き合いきれませんでした。門限が迫ってたんです。六時までに帰らなきゃ、すごく叱られるから。僕は帰ると言い、智紀くんと別れました」

「彼は剣を返しには来なかった」

　彰久が後を引き取った。

「その夜、家に帰宅しなかったんです。それきり、姿を消してしまった。僕が与えた剣もろともにね」

「……覚えているわ。その日のことなら、はっきりと」

　玲子はうつろにつぶやいた。壮太が何か言おうとしたが、彰久が遮った。玲子は目を伏せて続けた。

「あの子、確かに私のマンションに来たわ。用事もないのに、しばらくぐずぐずしてた。あの日の智紀は、確かに少し変だった。何か思い詰めてるようだったし、言いたいことを言えずにいるような態度だった。でも私は深く聞かなかった。小学五年生ともなれば、悩みもあるだろう、大人に言いづらいこともあるだろうって……物わかりのいい叔母のつもりだったから。智紀が、干渉しすぎる母親にウンザリしてることは聞いていたから……自分は智紀の避難所になるつもりだったの。まさか、あの子が」

声が震《ふる》えた。

好かれていると思っていた。智紀は実の母親よりむしろ叔母に心を許しているのではないかと思ったこともあった。口うるさい雅美をネタにして、智紀と笑い合うこともあった。

あの子が——まさか、殺したいほど玲子を憎んでいたなんて。

「智紀くんは、あなたのマンションに戻ってこなかったんですか?」

壮太が棘々《とげとげ》しく尋ねた。玲子は首を振った。

「あの子はいつものように出て行って、まっすぐ家に帰ったものだと思ってたわ。私はその後スポーツジムに行き、八時過ぎに家に帰って——姉からの連絡を受けたの。姉はもう半狂乱になってた。智紀が帰ってこないって。そんな時刻まであの子が帰らないことなんて、一度もなかった」

「実を言うとね、当時、壮太はあなたを疑ってたんですよ」

彰久が面白がるように言った。玲子が壮太を見ると、彼は分厚い唇をすり合わせて、弁解がましく言った。

「あの剣が玩具だなんて知りませんでしたから。僕は、智紀くんがあなたのマンションに引き返して、あなたに斬りかかったのだと思ったんです。ところがあなたが剣を奪い取って、逆に智紀くんを刺してしまった。そして死体をどこかに隠して知らん顔してるんだと」

「壮太が真っ青な顔で、そんなことを言い出したんでね。僕は辟易《へきえき》しましたよ。ありえないですから。だって、剣は玩具だったんだから。たとえ壮太の想像通りのことがあったとしても、智紀くんが死ぬわけはない」

「智紀は戻って来なかったのよ。仮に戻ったとしても、私がスポーツジムに出かけて留守にしていた間のことだわ。中に入れなくて、諦めて帰ったに違いない」

「家には帰らなかった。僕に剣を返しにも来なかった。彼はその晩、どこかへ消えてしまったんです」

どこへ？　なぜ？

何度となく繰り返してきた疑問がわいてくる。これまでは、一番可能性が高いのは誘拐だろうと考えていた。警察でもその線で捜査を進めていたはずだ。だが、あの日何が起きていたのかを知った今、単純な誘拐とは思えなくなった。

智紀が玩具のナイフと殺意を隠し持ってうろつき回っていた日に、たまたま誘拐犯にさらわれた、なんて。そんな偶然、信じられない。智紀が姿を消した理由は、彼の身に起きていた一連の出来事と無関係のはずはない。

「智紀は……自分から出て行ったの？」

玲子はつぶやいた。

「母親の元に帰れば、今度こそ殺されるかもしれない。だから、出て行ってしまったの？でも、どこへ？　小学生の男の子がたった一人で、どこへも行けるはずないのに」

「彼はもう、この世界に自分の居場所はないと感じてたんです」

彰久が言った。

「ゲームの主人公は冒険に旅立ち、魔物を倒し、世界を救って故郷に戻る。でも、現実の小学生にそんなことはできない。彼には世界を変えることはできなかった。彼だけじゃありません。そんな力を持ってる子供なんて、どこにもいやしない」

彰久は立ち上がり、リモコンを手に取った。壁際に据えつけられた大画面テレビの電源が入った。それから彼は、テレビに接続されているゲーム機のスイッチを入れた。デモ画面に続いて、「Dark Redemption」というタイトルが画面いっぱいに映し出された。

「これが、例のゲームです。ずっと忘れてたけど、昨晩、九年ぶりにやってみたんです。もう今じゃ生産中止の古いゲーム機を引っ張り出してね」

彰久は片手でコントローラーを握った。「つづきから」というメニューを選ぶと、画面が切り替わった。

「今見ると、さすがに古くさいけど、よくできてますよ。特にグラフィックは秀逸《しゅういつ》です」

玲子は画面に見入った。場面は、素朴な建物の中だった。宿屋だろうか。ベッドやタンスが置かれた室内に、四体のキャラクターが立っている。彰久が操作すると、キャラクターたちは一列に並んで部屋を出、階段を下りて、外に出た。

のどかな村らしい。可愛らしい家が連なり、人々が行き交っている。武器や薬草などの看板を掲げた商店も見える。軒下には犬が寝そべり、小鳥が巣を作っている。絵本のような、微笑ましい風景だった。

主人公たちの一行は村を出た。村から一歩出ると、そこには大草原が広がっていた。草がなびき、雲が流れる。軽快な音楽が聞こえてくる。

「どう思いますか？」

急に尋ねられて、玲子は戸惑った。どう思うも何も、まだ宿屋と村と草原のシーンを少しずつ見ただけだ。感想などあるはずもない。

「きれいね。風景が映画のようにリアルだわ」

思ったことを口にすると、彰久は振り返って玲子を見た。

「きれい。映画のようにリアル。ですか」

馬鹿にしきった口調で言うと、彼はコントローラーを壮太に突きつけた。壮太はあわてて受け取り、従兄の顔とゲーム画面をちらちら見比べながら、ゲームの続きを引き受けた。

「あなたは、物語に夢中になったことがありますか？」

彰久はソファに座り直した。玲子は黙って彼の顔を見返した。

「小説でもマンガでも映画でも、あるいは自分が考えたお話でもいいです。虚構の世界にのめりこんで、寝食を忘れたことがありますか？」

「――本は好きだったわ、昔から。図書館の本をよく借りて……」

「夢中になったことがあるかと訊いてるんです」

玲子はなんと答えてよいのかわからなかった。というより、彰久が何を訊きたがっているのかがわからなかった。

子供の頃から本は好きだった。今でもよく書店に立ち寄るし、話題の新刊に手を伸ばすこともある。推理小説を途中でやめられず、つい夜更かししてしまった経験もある。だが、この青年が言っているのはそういうことではないような気がした。

玲子が答えられずにいるのを見てとると、彰久は言った。

「ないでしょうね。あなたにはたぶん、想像もつかない。現実よりも虚構の世界のほうにはるかにリアリティを感じるなんてことは」

「……リアリティ？」

「現実の世界よりも、虚構の世界のほうがずっと色鮮《あざ》やかに、生きた実感をもって迫ってくるんです。ひょっとしたら、現実のほうが嘘なんじゃないか。この物語の世界はどこかに存在していて、自分は本当はそっちの住人なんじゃないか。自分はそこに帰るべきなんじゃないか。そんな思いが頭から離れなくなる」

「妄想だわ」

玲子は、なんとはなしに不安を覚えてつぶやいた。彰久はうなずいた。

「もちろん、妄想です。現実世界で何の力も持たない者が抱く夢です。あなたのように現実に満足しきっている人にはわかるはずがない」

「満足？　私が？」

反射的に声を上げていた。あっけにとられ、思わず、ため息まじりの苦笑が漏れた。

玲子の生活や経歴について何も知らない学生から、こんな風に決めつけられるのは心外だった。皮肉屋を気取っているらしいこの青年の目に、玲子はどう映っているのか。退屈しのぎに姉の夫と寝た淫乱女か。夫の稼ぎに寄生する怠惰《たいだ》な主婦か。

思いもかけない言葉を浴びせられた驚きは、すぐに怒りに変わった。玲子が抱えてきた苦痛と後悔、甥を失った哀しみと痛みを、この青年は少しも知らない。所詮、ゲームオタクの人間観察なんてそんなものだ。主人公はあくまでも善で、魔獣は悪。そんな二分化しかできないくせに——人の心の織りなす綾など何もわからないくせに、単純なレッテルを貼りつけて理解した気になって。

唇を噛んだ玲子から目を逸らせて、彰久は言った。

「智紀くんはゲームの世界にのめりこんでいました。その世界でなら、彼は剣をふるって魔物を倒し、母を救うことができる。現実の彼にはできなかったことを、やってのけられるんですから」

壮太は二人に背を向けてゲームを続けている。突然、音楽が緊迫感のあるものに変わったので、玲子は画面を見た。主人公たちの前にモンスターが出現していた。

一行は素早く散開する。少年は剣を構え、賢者は杖《つえ》をかざし、魔女は呪文を唱え始める……。

「犯人も、たぶん同じですよ」

唐突な言葉だった。玲子は彰久の決めつけに覚えた怒りを一瞬忘れ、「え?」と聞き返した。

「今、子供たちを殺してる犯人。死体にいちいちメモを残していく律儀《りちぎ》なヤツ。彼——か彼女か知りませんが、そいつにとってこの現実は、薄闇につつまれたぼやけた夢でしかない。セルグレイブの魔女が住むゲーム世界のほうが、よっぽどリアルなんです」

「——なぜ、そんなことがわかるの?」

玲子は顔をこわばらせて尋ねた。この青年の、いかにも何もかも見通していると言わんばかりの決めつけは、やはり不愉快だった。

彰久は肩をすくめ、無邪気といっていいような明るい笑顔になった。

「僕が思いついたわけじゃない。テレビに出てた識者の先生が言ってたんですよ」

「テレビ？」

「犯罪心理学者とかいう肩書きの人。犯人は現実にうまく適応できなくて、ゲームと現実を混同してるんだって。人の命はリセットできないのに、その重みをわかっていない。子供の頃からゲーム漬けで、いわゆるゲーム脳の持ち主なのだろうって言ってましたよ」

ゲームを続けていた壮太が、不服そうな顔で振り返ったが、彰久は彼に一瞥《いちべつ》もくれなかった。

「なかなか的を射てるじゃないですか。僕も同感ですよ。ただ、そこまでわかってるなら、どうして肝心なことがわかんないんだろうとは思いますけどね」

「何？　肝心なことって？」

「犯人が、なぜ子供を殺すのか」

彰久は楽しそうに目を細めた。玲子は彼の顔を睨んで、尋ねた。

「あなたには、犯人の動機がわかるというの？」

「そりゃ、犯人がゲーム漬けの人間だっていうなら、動機なんて一つしかない」

「何？」

「わかりませんか？　殺されてるのは、力のない子供ばかりなんですよ。ゲームで言えばザコキャラです」

「ザコ……キャラ？」

「ゲームをやらない人にはわからないかな。つまり、弱い敵です。主人公によって一瞬で殺される、ゴミみたいなモンスターのこと」

玲子は絶句した。殺された哀れな子供たちをそんなものに例えるなんて――あまりに非情で無神経すぎる。

だが彰久はまったく悪びれずに、非難をこめた玲子の視線を受け止めた。

「勇者がザコキャラを殺す理由なんて、ひとつしかないじゃないですか」

玲子は何も言えず、彰久を凝視した。

この青年は、やはりどこかおかしい。なぜ、こんな朗《ほが》らかな顔で、こんな残酷な言葉を口にできるのか。理不尽に幼い命を奪われた哀れな三人の子供たちが……ザコキャラ？

彰久は目を細め、確信に満ちた口調で言った。

「レベルを上げるためですよ」

玲子はしばらく、口もきけずにいた。彰久が口にした言葉が、理解できなかった。

意味はわかる。だが、正気の沙汰《さた》とは思えない。

彰久は壮太がプレイしているゲーム画面に目をやり、「右だよ」と言った。迷路にもたついていた壮太は、言われた通り右の道を進み、落とし穴に落ちて毒虫の集団に襲われた。

「あなた……」

玲子は彰久の横顔を見つめた。彼は、嘘のアドバイスにひっかかった壮太を、にたにたしながら見ている。壮太は顔を真っ赤にし、本気で悔しがっている。玲子を呆然とさせた彰久の言葉は、壮太にとっては何の意外性もないらしかった。

「本気で言ってるの？　そんなこと」

「本気です、もちろん」

「殺された子供たちが、ザコやゴミだというの？　犯人が……自分のレベルを上げるために殺した……？」

ゲームのキャラクターが、経験値を稼《かせ》いで強くなってゆくように、子供を殺すことによって犯人は強くなれるというのか。

狂っている。血の通った人間の発想ではない。鳥肌が立った。

彰久は、青ざめて震えだした玲子をつまらなそうに見て、言った。

「僕自身が思ってるわけじゃないですよ。子供たちがザコだなんて。犯人はそういうつもりだろうなあと推理しただけです」

「ゲームに侵食された脳の持ち主でなきゃ、想像もできない考え方ね」

彰久は玲子の精一杯の嫌味を軽く聞き流して言った。

「勇者がなぜレベルを上げるのか、わかりますか?」

「――強くなるためでしょう」

「なぜ強くなる必要があるんです?」

玲子は首を振った。わからなかったし、こんな会話を続けたくもなかった。

「当然、強い敵を倒すためです。最終的には、ラスボスを倒すために、レベルを上げなきゃならないんです」

「ラスボス?」

「最後の敵のことです。『ダーク・リデンプション』で言えば、魔獣ドルード。普通はゲームのラストに配置されてて、最も強い力を持ってます。冒険を始めたばかりの勇者は、とても弱くて装備も貧弱です。当然、そのままではラスボスに立ち向かうことなんてできない。だから、じっくりレベルを上げるんです。ザコキャラを倒して経験値を稼ぎながら」

「もう、いいわ」

玲子は強く首を振った。ゲーム漬けのオタクたちが紡《つむ》ぎ出す狂った世界は、玲子には理解できない。得意げなオタク青年の妄想を、これ以上聞きたくなかった。

だが彰久は、ペットボトルを再び取り上げて蓋《ふた》を開け、喉をうるおして続けた。

「まだわからないんですか？　あまりにも無防備だと思うんですが」

「……無防備？」

「いいですか。犯人は子供を殺して、着々とレベルを上げてるんですよ。ラスボス――魔獣ドルードを倒すために」

玲子は眉を寄せて青年を見た。彰久は顎を引き、悪戯っぽい目で玲子を見た。

「ドルードはあなたです。もう少し危機感を持ったほうがいいと思いますけどねえ？」

6

集合場所は駅前のカラオケボックスだった。

受付で主催者の津島の名を言うと、部屋番号を案内された。まるでお手軽な秘密結社みたいだな、と利明は思った。はたから見れば、日曜の午後にひまな学生が集まって盛り上がっているようにしか見えないだろう。だが、これから密室で行われるのはカラオケではない。

昨日の夜、津島から電話があった。三人目の被害者を出した連続殺人事件について、有志で集まって話し合いたいという。探偵ごっこは気が進まなかったが、かつての同窓生たちの間でどのような話題が出るのか気にかかり、出席すると答えた。

到着したのは利明が最後だった。狭い部屋に身を寄せ合うように座っているのは、津島昌也、村井みゆき、須藤拓真、古田孝典、小野毬恵の五人。

「これだけ？」

利明が毬恵の隣に腰を下ろして尋ねると、津島が答えた。

「他にも何人か声かけたんだけどね。鳥居や神田は、今日は先約があるって。他の連中は、あんまり関わりたくなさそうだった」

「黒崎さんは?」

つい、気になる名前が口をついて出た。全員から探るような目を向けられて、利明は少しあわてた。

「いや、この間、この会のことを村井さんから聞いたときに、黒崎さんも一緒だったからさ。あのときは黒崎さんも会に加わるみたいなこと言ってたから……」

「彼女の携帯の番号がわからなくて、連絡取れなかったの」

みゆきが答えた。

「同窓会のときに、メールアドレスを交換し合ったでしょ。でも、黒崎さんは自分のメアドも携帯番号も教えてくれなかった。携帯、持ってないんだとか言ってた……ほんとかどうか、知らないけど。私たちとは関わりたくないのかもね」

好意的とは言い難いみゆきの言い方に反発を感じ、利明はむっとした。拓真がにやにやしながら利明の顔を見た。

「おまえ、わかりやすいやつだな。昔からだけど」

「……何が」

「誰か好きな子ができると、露骨にそわそわしたり、その子の話題に特に敏感になったり。すがすがしいよ、その秘密の無さは」

「あのなぁ、中学生じゃないんだから。俺は別にそういう意味で言ったんじゃ……」

「そこまで。私たち、雑談をするために集まったわけじゃないのよ」

きびきびと、みゆきが仕切った。宴会の幹事ならば几帳面《きちょうめん》な津島が適役だが、議事進行となるとやはり、姉御肌のみゆきが向いている。利明は、小学校の頃の学級会を思い出した。皆、身体は大きくなったが、性格や人間関係は昔のままだ。

みゆきは厳しい表情で、全員の顔を見回した。

「みんな、三人目の被害者が出たことは知ってるよね。これだけ大きく報道されて、警察が警戒を強めてるっていうのに、犯人は捜査の網をかいくぐって狭い地域で犯行を重ねてる。どう思う？」

みゆきの目が自分に向けられたので、利明は苦笑いを浮かべて言った。

「まるで魔女の仕業だ……って言ってたよ。朝の情報番組で、識者のおっちゃんが。気のきいたコメントのつもりなのかな」

「犯人は魔女なんかじゃない。生身の人間だ」

古田が真面目くさった顔で言った。直球すぎる言葉に、皆一瞬きょとんとした。毬恵が笑ってまぜっ返そうとしたが、古田はむっつりと続けた。

「特別な魔法なんか必要ないんだ。親が子供をほったらかしてるんだから。警察がいくら警戒しようが無駄だよ」

「……犯人は、そういう子をわざと狙ってるのかな」

利明がつぶやくと、津島が首を振った。

「ていうより、親に虐《しいた》げられてる子ほど、他人に甘えたいんだろうな。これだけ騒ぎになってるんだから、普通の家の子なら、知らない人にはまず絶対についていかない。親からもしつこく注意されてるはずだし。でも、そうじゃない子は……」

「警戒心より、声をかけてもらう嬉しさのほうが大きいんだろうね」

みゆきが暗いため息をついた。利明は拓真に尋ねた。

「三人目の子も虐待されてたのか？　へアサロンに、何か情報入ってる？」

「……情報ってほどじゃないけど」

拓真は浮かぬ顔で答えた。

「一昨日が、三人目の被害者の葬式だったんだ。殺されたのは鈴木優花って名前の小学二年生だった。同じクラスの子供たちが葬式に参列したんだけど、そこでちょっとした騒ぎがあったらしい」

「騒ぎ？」

「数人の子供たちが、優花ちゃんを本当のお父さんとお母さんのところに帰してあげてって訴えたんだってさ」

「……どういうこと?」

　みゆきが声を低くして尋ねた。

「優花ちゃんって子は養子だったの?　本当の両親っていうのは……?」

「いや、そうじゃなくて。優花ちゃんは正真正銘、鈴木家の子供。近所の人たちだって優花ちゃんが生まれたときから知ってるんだから、間違いない。ただ、何年か前にお父さんがリストラされて、生活が結構苦しかったらしくてさ。そのせいか、優花ちゃんは友達に作り話をしてたんだ。自分は本当は金持ちの子なんだけど、財産争いに巻きこまれて殺されそうになったから、今の両親に預けられているんだって。今は狭いアパート住まいだけど、赤ちゃんの頃、お城みたいなお屋敷に住んでたことを覚えてるとかなんとか」

「あるある!　あたしも小さい頃、そんな想像してた……」

　毬恵が笑いかけたが、そんな話題ではないと気づいたのか、すぐに神妙な顔になった。

「じゃ、同級生の子たちは、優花ちゃんの作り話を信じてたの?」

「もちろん、嘘に決まってるってバカにしてる子たちも大勢いただろうけど、優花ちゃんがあんな殺され方したからね。みんな、感情が高ぶっちゃったんだろう。女の子数人が集団ヒステリーみたいな状態になって、優花ちゃんを本当の家に帰してあげてって泣き叫び出したもんだから、周囲騒然」

「そりゃ、両親はいたたまれないな」

津島が複雑な表情でつぶやいた。

「よりにもよって葬式の場で、そんなこと言われたらさ。子供の他愛ない作り話も、残酷なもんだな」

「優花ちゃんって子は、虐待されてたわけじゃなかったの？」

みゆきが尋ねると、拓真はうなずいた。

「それはないと思うよ。普通に、仲のいい家族だったって噂だ。優花ちゃんだって、本気で自分はこの家の子じゃないなんて思ってたわけじゃないだろ。ちょっとしたお姫様願望で嘘をついてただけだと思う」

「とすると、前の二人の被害者とは、ちょっと家庭環境が違うな」

古田が言って、腕を組んで天井を見上げた。

「親に放置されて、寂しくて……ってわけじゃなさそうだ。犯人はどうやって優花ちゃんに近づいたんだろう」

「その、お姫様願望を利用したんじゃないのー？」

毬恵が、ソフトドリンクを一口すすって言った。

「犯人が恭《うやうや》しい態度で近づいてきたら、子供は信用しちゃうんじゃない？　大金持ちの実家から自分を迎えに来たんだ、とか思って」

「信用させて、密室に連れこんで、滅多刺しにしたわけね」

みゆきが吐き捨てるように言った。利明は一瞬、ぞくっとしてみゆきの顔を見た。怒りに染まった顔で、みゆきは続けた。

「これまでの二件と同じく、凶器は見つかってない。でも、鋭い刃物で数か所を刺して殺したんだよね？」

「……テレビでそう言ってたよ」

毬恵が気味悪そうにうなずいた。津島が付け加えた。

「しかも、前の二件とは違って、遺体をビニール袋に詰めて人目につくところに放置してる。犯行がどんどん計画的になってるっていうか……挑戦的になってる気がするな」

「残されたメッセージは相変わらず同じ。セルグレイブの魔女」

みゆきは硬い表情で言い、テーブルの上に置いた手を組んだ。

「犯人にとって、セルグレイブの魔女っていうのはやっぱり特別なキーワードなんだと思う。昔やったことのあるゲームをサイン代わりに使ってる、なんて軽いものじゃなくてね」

誰も、何も言わなかった。みゆきはしばらく間をおいて、続けた。

「犯人は、九年前の細谷くんの事件に関わった人物だとしか思えないのよ。どうしても。細谷くんの事件と、今起きてる連続殺人は、絶対にどこかでつながってるはず」

「同一犯だっていうのか？」

津島が硬い声で尋ねたが、みゆきは答えず、逆に問い返すように津島を見た。津島は気弱そうに目を逸らせて続けた。

「九年前に細谷くんをさらった犯人が、またこの町に戻ってきたってことか？　でも、なぜだよ？　九年も経った今になって、どうして……」

「同一犯だとは限らない」

みゆきは強い口調で言って、全員の顔を見回した。

「九年前の事件は、私たち同級生にとって大きなトラウマになった。それはみんなも自覚してるよね？　昨日まで机を並べてた友達が、ある日ふっと消えてしまったんだから。まるで神隠しにあったみたいに。しかも、『セルグレイブの魔女を訪ねよ』なんて謎めいたメッセージを残して、ね」

「別に、謎でも何でもない。あれはただのゲームのメモだった」

古田が指摘すると、みゆきはうなずいた。

「そう。細谷くん自身は、ゲームのヒントを忘れないように手近な紙に書き留めただけだった。あんな事件がなければ、数日後に丸めて捨てられちゃうような走り書きでしかなかったのよ。でも、直後に細谷くんが行方不明になったために、あのメモは不気味な重みを持つようになった」

「……どういう意味だよ」

古田が眉をひそめた。みゆきは声を落ち着けて答えた。

「細谷くんのお母さんは、あのメモのせいでおかしくなった。魔女が細谷くんを連れ去ったのだと思いこんで、魔女捜しを始めたよね。周りの人間は彼女を笑ったり哀れんだりしたけど、中にはひそかに彼女を信じた人もいたかもしれない」

「信じた？」

「細谷くんは魔女に連れ去られたんだって思いこんだ人が、他にもいたかもしれないってこと」

「誰よ？」

毬恵の単純な問いに、みゆきは苦笑めいた表情で答えた。

「誰とも言ってない。ただの仮説よ。その人物は、私たちの同級生の中にいたかもしれない。みんなが細谷くんのお母さんをからかってるのを苦々しくながめながら、ひそかに自分も魔女捜しを始めた子が……」

「……おい、よせよ」

利明が止めた。みゆきが何を仄《ほの》めかそうとしているのか、思い当たったのだ。だが、みゆきは利明の制止を無視して続けた。

「その子は細谷くんと仲が良くて、彼の安否を一番心配してた。しかもゲームが大好きで、セルグレイブの魔女ってゲームも、細谷くんと一緒にプレイしてたほどだった。彼にとって、細谷くんの母親の言動はとても笑いものにできるようなものじゃなかったはずよ。空想癖の強い彼は、いつしか細谷くんの母親に同調し、魔女を捜し始めるようになった……」

「それって、ひょっとして赤城のこと？」

毬恵が目を丸くして尋ねた。

「村井さん、何か知ってるの？　赤城からそんな話を聞いたことがあるの？」

「何もないわよ。ただの想像。仮説だって言ってるでしょ」

「赤城を疑ってるのか？　今起きてる連続殺人が、あいつの仕業だって？」

古田が尋ねたが、みゆきは答えなかった。利明は、みゆきの強引な話運びに不快感を覚えて、口を開いた。

「そんなもの、仮説じゃなくて妄想って言うんだよ。赤城が怪しいって言いたいなら、想像じゃなくて証拠を出せよ」

利明の発言をまったく無視したのは、毬恵だった。細く引いた眉を釣り上げて、毬恵は叫んだ。

「つまり、赤城はあのおばさんと同じく、子供をさらう魔女が本当にいるって信じてるわけ？　だけど、それと連続殺人事件とどういう関係があるの？」

「彼は、今でも細谷くんが魔女にとらわれてるって信じてるのよ。つまり、身代わりになる子供を差し出せば、細谷くんが戻ってくると……」

「やめろよ」

利明は本格的に腹を立て、大声を出した。

「何の証拠もないのに、同級生を疑うようなこと言うな」

みゆきは大きな目に力をこめて、利明を睨んだ。

「赤城くんの肩を持つの？」

「そんなのじゃねえよ。赤城のことなんて、何も知らないし。ただ、妄想だけで人に疑いをかけるなって言ってるんだよ」

「でもさあ、言われてみれば確かに、赤城ってちょっと怪しくない？」

毬恵の声ははずんでいた。利明を不快にしたみゆきの発言は、毬恵をむしろ興奮させてしまったらしい。派手なメイクをした毬恵の顔が、一瞬、小学生だった当時の幼い顔に重なって見えた。

そういえば、こいつは昔からこういうやつだった。考えもなく尻馬にのって同級生を責め立て、あとはケロリとしているのだ。誰かの持ち物がなくなったと言っては騒ぎ、面白がって犯人捜しに乗り出し、遺失物がひょっこり出てくると臆面もなく「そんなことだと思ってた」と言ってのける。無邪気な無神経さは、今も昔も変わらない。

毬恵は目を輝かせて身を乗り出した。

「あいつ、細谷くんと仲良かったのは事実だし、見た目からしてロリコンっぽいし。ずっと同窓会に来てなかったのに、今年に限って急に顔出したのも変じゃない？　自分の犯行がどんな波紋を広げてるのか、確かめに来たのかもよ」

「何だよ、犯行って。そんな決めつけはやめろって。今年初めて同窓会に来たのは、赤城だけじゃなかっただろ」

「――でも」

毬恵のテンションとは正反対の落ち着いた口調で、みゆきが言った。

「同窓会の席で、赤城くんは殺人事件に露骨に興味を示してたよね。皆が避けようとするような話題を、自分から持ち出した」

津島が腕を組み、まじめくさった顔でうなずいた。

「そうだったな。同窓会での赤城は、最初からピリピリして、変な雰囲気だった気がする」

「それだけじゃないわ。私、赤城くんに会ったのよ。二人目の被害者の遺体が遺棄されてた場所で」

毬恵が「マジで⁉」と素っ頓狂な声を上げた。利明は素早く遮った。

「そこには俺もいたし、黒崎さんも来てた。近所の子供が殺されたんだ、冥福を祈ろうと思うのはおかしなことじゃないだろ。俺たち以外にも、花や玩具を手向ける人がたくさんいた」

「その通りよ。でも、赤城くんは花を供えに来たんじゃなかった。彼は何も持ってなかったんだから」

みゆきは威圧的に利明を睨み、静かに続けた。

「お花もお菓子も持たずに、死体遺棄現場をうろついてたのよ。変じゃない？　あそこに集まってた人たちはみんな、亡くなった女の子の冥福を祈ってたのに。赤城くんはそうじゃなかった。ただ現場を偵察しに来てたと思われても仕方ないんじゃない？」

「偵察？」

「犯人は現場に戻るって言うもんね」

毬恵がはしゃいだ声を上げた。

「自分の犯罪がどんな反響を巻き起こしてるか、自分の目で確かめたくなるんだよ。だから現場に戻ってくる……」

「まるで赤城が犯人と確定したみたいだな」

古田が皮肉な口調で言った。みゆきは首を横に振った。

「そんなこと言ってないわ。証拠はないし、確信してるわけじゃない。ただ、気にかかることをそのまま放っておくことはできないってだけよ」

みゆきは、威圧的な目で利明たちを睨みつけた。

「赤城くんは細谷くんの親友だった。セルグレイブの魔女というゲームに特別な思い入れがあった。人付き合いが苦手で内向的な性格。死体遺棄現場を意味もなくうろついてた。そうした要素をどう判断するかは、私じゃなくて専門家が考えることよ。私、警察に相談してみようと思ってる」

「……相談って？」

「事実を話すのよ。今ここで話したようなことを、全部」

利明はしらけた気分で、拓真や古田を見た。古田は辛辣《しんらつ》な口調で言った。

「何の証拠もないってのに、自分の思いこみだけで赤城を警察に突き出すのか？」

「変な言い方しないでよ。私は情報を提供するだけ。赤城くんが事件に関わってるのかどうか、調べるのは警察の仕事でしょ」

「クラスメートの上履きがなくなったなんて事件とは、わけが違うんだぞ」

古田の言葉を聞いて、利明は小学校時代の小さな事件を思い出した。

上履きがなくなって半泣きになったのは、赤城だった。上履きは結局、ゴミ箱から出てきた。犯人はわからずじまいだったが、利明は、目配せを交わして意地悪な笑いを浮かべる数人の女子に気づいていた。

あの当時から、赤城は「なんとなく気持ち悪い」「どんくさい」「近づきたくない」生徒だった。男子から見ても、あまり友達になりたいタイプではなかったが、女子が彼に対して抱く嫌悪はもっと激しく、生理的なものだった。赤城を排除することにかけては女子は一致団結していたし——その中心にいたのは、もちろん、姉御肌の村井みゆきだった。

みゆきは、古田の発言に冷笑で答えた。

「当たり前でしょ、そんなこと。小さな事件じゃないからこそ、気にかかることを警察に話すべきだって言ってるのよ。あまり意味のないような通報が解決の糸口になるってことだって、よくあるでしょう」

古田は顔を歪めた。険悪な雰囲気をとりなすように、拓真が口を開いた。

「あのさ、村井さんが赤城を疑うのは、あいつが子供の頃に細谷くんと仲が良くて、『セルグレイブの魔女』って言葉に特別な思い入れを持ってるから……なんだろ?」

みゆきは答えず、不審げに拓真を見た。拓真は大げさに首をすくめて続けた。

「それだったら、赤城だけじゃないと思うんだ。九年前の事件に深く関わってて、『セルグレイブの魔女』ってキーワードに今も縛られてる人間は」

「……他に心あたりがあるっていうの?」

「たとえば——細谷くん自身とか」

拓真は芝居がかった調子で言った。皆、狐につままれたような顔で拓真を見つめた。みゆきは露骨に不愉快そうに「ふざけないでよ」と言った。

「ふざけてねえよ。村井さんの仮説と同じく、俺のもただの仮説だよ。『セルグレイブの魔女』って言葉に一番関係の深い人物っていったら、赤城より誰より、まず細谷くん自身じゃないか。そう思っただけだよ」

「おまえ、細谷くんが生きてるって言いたいのか?」

利明はひどく驚いて声を上げた。拓真は、はぐらかすようにヘラヘラした笑顔になった。

「いや、だから、仮説だって。仮説なら何でもアリだろ? 死体は発見されてないんだ。細谷くんが今でも生きてる可能性はゼロじゃない」

「九年間、人知れず生きてた細谷くんがこの町に戻ってきて、連続殺人を重ねてるっていうの? 何のために?」

みゆきが苛立った口調で問い詰めると、拓真は途端に気弱そうに首をすくめた。

「知らねえよ、そんなの。ただの思いつきだもん」

「無責任な発言はやめてよ。私は真面目に話してるのよ」

「無責任って言ったら、どっちもどっちだと思うけどね。赤城犯人説も、細谷犯人説も」

古田がせせら笑った。みゆきは不機嫌そうに黙りこんだが、代わって毬恵が言った。

「仮説でいいなら、あたしだって一つ思いついたよ。犯人は、細谷くんのお母さんっていうのはどう?」

ふざけた口調だったが、利明はびくっとした。数日前の朝の光景が脳裏によみがえった。

　スリッパばきの異様な格好で、遺体が遺棄された現場のすぐ近くをうろついていた細谷の母親。セルグレイブの魔女を知りませんか――と利明に尋ねた弱々しい声が、まだ耳に残っている。

　彼女はなぜあの場所に現れたのか。あんな早朝に。

　もちろん、毬恵の発言に意味はない。お調子者が面白がっているだけだ。それはわかっていても、利明には聞き過ごせなかった。彼は全身をこわばらせて、毬恵の顔を見守った。

　古田があきれたようにため息をついたが、毬恵は構わず、得意げに続けた。

「細谷くんが生きてたなんて説より、ずっと現実味があると思うけどな。あのオバサン、いよいよ本格的に頭がおかしくなって、息子を取り返そうとしてるんだよ。子供を殺す動機は、さっきみゆきが言ったのと同じ。魔女に生け贄《にえ》を捧げれば息子が帰ってくると思いこんでるから！」

「いい加減にしろよな！　誰でもいい、片っ端から怪しい怪しいって決めつけて面白がるために、わざわざ集まったのか？」

　古田が声を荒らげた。毬恵は悪びれずに笑い出した。軽薄な笑い声が、古田を余計に怒らせたらしい。

「時間の無駄だ。俺は帰る」

古田は乱暴に立ち上がった。気まずくなった雰囲気を察した拓真が「俺たちも行こうぜ」と利明をつついた。

「あ……うん」

利明は席を立ち、毬恵を見下ろした。視線に気づいた毬恵は、不思議そうに利明を見返した。幹事の津島に請求されて一時間分の室料を払い、二人は古田を追って部屋を出た。

古田はエレベータの前で待っていた。二人を見ると、彼は腹立たしげに言った。

「やっぱり来るんじゃなかった。津島からの呼び出しだったんで油断した。仕切ってたのは村井だったんだ」

「津島は昔から村井さんのパシリだもん」

拓真がおかしそうに笑った。

「昔と同じだ。村井さんってさ、すげえ強気で場を仕切るくせに、意外と気が小さいっていうか、一人じゃ行動しないんだよな。周りに取り巻きを集めてから、ハイ先生って手を挙げるタイプ」

「俺たちは取り巻き扱いかよ」

「自分に賛同してくれる味方が欲しかったんだろうな。そうだ赤城が怪しいって声を盛り上げて、じゃあ警察に相談しましょう、みんなも賛成でしょって風に話を運ぶつもりだったんだろ」

「ああいうやり方は腹が立つ」

「まあね。俺だっていい気はしないけど」

「——俺は、昔から赤城が大嫌いだった」

古田は憤然とした口調で宣言した。

「暗くて、気持ち悪かったからな。それに、団体行動を平気で乱すやつだった。修学旅行のとき、俺の班にあいつがいたんだ。俺は班長だったから、苦労させられた。みんなで同じコースを回らなきゃいけないのに、一人だけ勝手に宿に戻って、こっそり携帯ゲームで遊んでるようなヤツだった」

「そういえばあったよなあ、そんな事件。なぜか連帯責任ってことになって、おまえの班は全員、先生の前で正座させられて怒られた……」

拓真は、いまだに根に持っているらしい古田を面白そうにながめて、尋ねた。

「じゃ、どうして赤城を庇《かば》ったんだよ?」

古田は首を振った。

「庇ってなんかいねえよ。不自然だと思っただけだ」

「不自然?」

「赤城ってのは、他人に好かれるタイプじゃないんだよ。特に女子からは徹底的に毛嫌いされてた。キモい、クサい、ゴミ扱いだった」

「……まあな。それが？」

「あんなやつに、小さい女の子が気を許すと思うか？」

「え……？」

「あんなのに声かけられて、ひょいひょいついていく子なんかいねえよ。俺は赤城にはあんな犯行は絶対無理だと思う」

「そう決めつけられるかな？」

拓真は首をかしげた。

「俺だって別に、赤城がほんとに犯人だと思ってるわけじゃないけど。でも、絶対ありえないとも言い切れないんじゃないか？　ああいうやつって意外と子供と気が合うのかもしれない。アニメとかゲームとかの話題でさ。殺された子たちは親に虐待されたり、放置されたりしてた。構ってくれる相手がいて嬉しかったんじゃ……？」

「三人目の子はそうじゃなかったって、おまえが言ったじゃないか」

「……それはそうだけど」

拓真はまだ納得しかねるのか、しきりに首をひねっている。

「菅原は？　どう思う？」

ずっと黙りこくっている利明を、古田が振り返った。利明はつぶやいた。

「俺、発見者なんだよ。一人目の遺体の」

二人とも、驚いたように足を止めた。忘れていたわけではないだろうが、利明が急にこの話題に触れるとは思っていなかったのだろう。

利明は、自分の声があまり深刻に響かぬようにと願いながら続けた。

「やっぱり、死体を見つけたショックって大きくてさ。あのときの光景が目に焼きついちゃったおかげで、俺は、当たり前のことを忘れてた気がする」

「何だよ。当たり前のことって」

「今、古田が言ったことだよ。俺の頭の中では、あの子の遺体はあの茂みの陰にポンと急に現れたようなイメージだったんだ。当然、そんなはずはない。その前の段階があるんだ。事件を巻き戻してみるとさ……」

利明は眉を寄せ、次々に思い浮かぶ具体的なイメージを、なるべく意識下に抑えつけようとした。想像が先走りすぎるのを防ぐために。

「死体遺棄の前には当然、殺害があった。そしてその前には、犯人が女の子に声をかけるシーンがあったはずだ。ひょっとしたら、事件当日に初めて声をかけたんじゃなくて、前々から親しくなってたのかもしれない。殺された子供たちには抵抗した痕がないそうだし、無理に連れ去られたんじゃなくて、自分から犯人についてった可能性が高い。テレビでそう言ってた」

「……なんだよ」

急にぶつぶつ言い始めた利明が気味悪かったのか、拓真が口をはさもうとしたが、古田が身振りで止めた。

「小さい女の子は、赤城みたいな見るからに不潔そうな男に気を許したりしない。俺もそう思う。女の子が抵抗なく近づくのは、どんな人物だろう？　優しそうで、綺麗な……女性じゃないかと思うんだ」

古田と拓真は顔を見合わせた。利明は青ざめた顔で二人を見た。

「もちろん、あまり若くて派手な女じゃダメだ。子供が一番安心できるのは、母親タイプの女性だよ。家庭的で、子供好きな……」

「なんなんだよ、急に。犯人が中年女性だって意味？」

「ひょっとして、小野が言ったことを真に受けてるのか？　細谷くんの母親が怪しいって？」

古田が怒ったように言った。

「あいつの言うことなんか、口からでまかせばかりだ。すぐに他人の尻馬にのってきゃあきゃあ騒ぐけど、根拠なんかありゃしない。思いつきで他人を責めて、真相が明らかになる頃にはもうケロッとしてる。昔からそういうやつじゃないか」

「わかってるよ。別に、細谷くんのお母さんを疑ってるわけじゃない」

——セルグレイブの魔女を知りませんか。

哀れっぽい問いかけが、耳の奥にこびりついている。気がつくと、背中に嫌な汗をかいていた。

子供を求める女性と、大人の愛情に飢えた子供。出会いは容易だ。いくら警察が目を光らせていても、死角は無数にある。見るからに怪しいロリコン男やオタク青年を血眼で警戒している連中には、まるで見えない場所。子供と母親だけがするりと身を隠すことのできる、優しい死角が——。

「俺、帰るよ。じゃあ」

利明は取り繕《つくろ》った声で言い、二人に背を向けて、早足で歩き出した。

7

——立ち去れ、罪深き子よ。

焼け落ちた建物に囲まれた広場。白髯《しろひげ》の長老が、厳しい目で少年を睨《にら》む。つい昨日まで、村の子供たちみんなの祖父のように慈愛に満ちていた老人が、まるで忌《い》まわしい魔物でも見るかのような目を少年に向ける。

すくみ上がった少年には、まだその理由がわかっていない。自分は被害者なのに。魔獣に父を殺され、母をさらわれ、身寄りをなくしてしまった孤独な子供に、なぜそんな厳しい視線を向けるのか。

——おまえのせいで何人の村人が命を落としたと思っておる。収穫を控えた畑は荒らされ、せっかく架けた橋は壊された。多くの人が瀕死《ひんし》の重傷を負い、苦しんでいるのだぞ。すべて、おまえがあの獣を村に招き入れたせいではないか。

少年は驚き、その場にひざまずく。

——長老さま！　僕は知らなかったんです。あいつがあんな恐ろしい魔獣だったなんて。可愛い迷子の獣だと思ったから……だから……。

——知らぬで済むことではない。立ち去れ、罪深き子よ。二度とこの地を踏むでない。

——長老さま、僕はここより他に行く場所がありません。

——旅立つのだ。おのれの犯した罪を贖《あがな》うために。

——罪を贖う……？　わかりません。僕はどうすれば良いのですか？

——それを探すための旅に出るのだ。

☆

篠塚彰久はリクライニングチェアにだらしなく寝そべって、ゲーム画面を見つめていた。主人公の少年が故郷を追われ、旅立つ場面だ。

このゲームには、キャラクターボイスがついていない。台詞はすべて文字で表示されるだけだ。だが、彼の耳には主人公の台詞が声になって聞こえてきた。細谷智紀は、小生意気で利発そうな、耳に心地よい声を持っていた。

——この主人公の行動って、すごく変だと思うんだ。だって、罪を償《つぐな》うために旅に出たのに、モンスターをたくさん殺して強くなるんだよ。それだって、罪じゃないのかな？

彰久の部屋で、膝を抱えこむようにしてゲーム画面に見入りながら、智紀はぽつんとつぶやいた。その日は壮太が来ておらず、部屋には彰久と智紀の二人だけだった。二人の間には菓子を盛った皿が置かれていたが、智紀は珍しく手をつけようとしなかった。

寝そべってマンガを読んでいた彰久は、適当に答えた。

――それを言ったらゲームの主人公なんてみんな極悪だろ。ザコを片っ端からぶち殺してレベルを上げるんだから。しかも勝手に他人の家のタンスは開けるわ、見つけたアイテムはいただくわ。強盗みたいなもんだよ。

軽い冗談のつもりだったが、智紀は思い詰めた目を彰久に向けた。

――それでも許されるの？　お母さんを救い出すっていう目的のためには、何をしてもいいの？

彰久はマンガから顔を上げなかった。ただ、なんとなくヤバいなと感じながら智紀の言葉を反芻《はんすう》していた。

何日か前から智紀の様子がおかしいことに、彰久は気づいていた。壮太や彰久の前では普段通り明るく振る舞おうとしているものの、時折、暗い目をして何か考えこんでいる。そんな表情をすると、いつも子供っぽい智紀が、奇妙に大人びて見えた。

智紀には、どこか近寄りがたい影があった。大人たちの目から見れば、手のかからない良い子にしか見えなかっただろうけれど、彼が見かけほど単純な優等生ではないことに、彰久は薄々勘づいていた。智紀の心の内側には秘密の領域があって、壮太や彰久でさえも、その中には決して入ることができない。その秘密の領域で、何かが——暗くて凶悪な魔物が育ちつつある。彰久にはそう感じられてならなかった。

智紀はじっと彰久に視線を注ぎ、答えを待っていた。彰久はマンガからちらっと目だけ上げて言った。

——許されるに決まってるだろ。主人公は、どれほど殺しても、他人のものを奪っても許される。

——ゲームだから？

——違う。

智紀は不安そうに瞬いて彰久を見た。彰久は片手を伸ばし、チョコ菓子を口に放りこんで続けた。

——未成年だからだよ。

——……え？

——この主人公の設定って十歳だろ。少年法に守られてるから、無垢《むく》なモンスターを何匹ぶち殺そうが他人のものを盗もうが、ノープロブレム。罪には問われない。

智紀は一瞬、狐につままれたような顔をした。彰久がマンガ雑誌を脇に置いてにやっと笑うと、からかわれたと思ったのか、ちょっとすねたような表情になった。

――僕は本気で訊いてるのに！

――俺だって本気だよ。このゲームには本質的な矛盾があるんだ。

――矛盾？

――リデンプションっていうのは、罪を償うって意味だって前に話したよな？　だけど実際には、主人公はなんにも償ってない。おまえの言う通り、罪もないザコキャラを殺しまくってレベルを上げて、魔獣を殺して母親を取り返しただけだ。この主人公のせいで焼き払われた村に対して賠償金も払ってないし、孤児になってしまった子供たちを救ってもいない。贖罪《しょくざい》がテーマだと大見得きってるくせに、結局こいつのやったことって、自分勝手な復讐と母親奪還だけなんだよな。

智紀は、わかったようなわからないような、曖昧な顔で聞いていた。彰久は、思わずうわずりそうになる声を抑え、彼らしい白《しら》けた調子に戻って続けた。

――なんでそんな矛盾が生じてしまったのか？　十歳のガキを主人公にしたからだ。贖罪がテーマなのに、主人公は罪を償う力のない……つまり罪を犯す資格すらない子供だ。だからこのゲームには説得力がない。俺がこれをリメイクするとしたら、主人公の年齢を引き上げるね。せめて十八歳ぐらいまで。

――十八歳？

――自分のやったことの落とし前をつけられる年齢ってことさ。

彰久はまたマンガを取り上げ、読みふけるふりをした。智紀もコントローラーを握り直してゲームに戻った。その小さな背中を見て、彰久は考えていた。

こいつは、どんな罪を犯そうとしてるんだろう？　誰を憎み、誰を殺したいと思ってるんだろう？　学校でいじめられているのか？　大嫌いな先生がいるのか？　それとも親にひどく叱られたのか？

当時の彰久は、学校にほとんど通わず部屋に引きこもってゲーム三昧《ざんまい》、マンガ三昧の日々を送る問題児だった。両親とは一年以上も口をきいていなかった。だが、誰から見ても問題児の自分より、智紀のほうがはるかに危《あや》うい精神状態にあることを彰久は知っていた。真面目でおとなしい、この小さな友人のことが、ひどく心配だった。

今、とっさの思いつきで彰久が口にした言葉を、智紀はどう受け取っただろう。自分に対する牽制《けんせい》だと気づいただろうか？

馬鹿な考えは捨てろ。キレて突っ走って同級生をナイフで刺して、なんて真似は絶対やめてくれ。おまえはまだ小学生で、罪を背負える年齢じゃないんだから。自分を苦しめるモンスターを殺して勇者になれるのは、ゲームの主人公だけだ。現実には、そんな都合のいいことは絶対にありえないんだから。

その日、智紀はゲームの結末についてしつこく知りたがり、彰久の説明に耳を傾けた。

——魔獣を倒せばお母さんは元に戻るんだね？　それ以外に、ゲームをクリアする方法はないんだね？

何度も確認する様子は、また彰久を不安にしたが、会話の途中で壮太がやって来た。事情を知らない壮太は無邪気にゲームの話題に加わろうとしたが、妙な雰囲気に気づいて、黙りこんでしまった。智紀は、壮太が来たばかりなのに「帰る」と言い出し、思い詰めた顔で彰久を見上げた。

——彰久さん、ナイフ持ってるよね？　前に見せてくれたよね？　あれ、どこで買ったの？

不穏な質問を聞いて、壮太はジュースの入ったコップをひっくり返すほどうろたえた。彰久の内心の動揺は壮太と同じか、それ以上だったが、彼はいつものニヤニヤ笑いを浮かべて答えた。

——どうするんだよ、そんなこと聞いて。

——別に……。

——ナイフ欲しいのか？　じゃ、貸してやるよ。

彰久は机の引き出しから小さな武器を取り出し、仰々しい身振りで智紀に渡した。それは、竜の浮き彫りのある鞘《さや》に収められた美しい短剣で、彼はそれを以前に壮太と智紀に見せたことがあった。ゲームグッズを扱う店で買った玩具だったが、もちろん二人には本物の短剣だと嘘をつき、大いに自慢した。壮太も智紀もすっかり信じこんで、羨ましがったのだった。

智紀は一瞬、目をみはり、厳粛《げんしゅく》な表情で受け取った。壮太は泣き出しそうなほどおろおろしていたが、何も言えずにいた。智紀は神聖な儀式に臨《のぞ》むような顔をしており、軽く声をかけられる雰囲気ではなかった。

——使ったら返せよ。大事な剣なんだから。

彰久が言うと、智紀は深くうなずき、剣を胸に抱いて「ありがとう」と言った。壮太は咎《とが》めるような視線を彰久に向け、あたふたしながら智紀と共に出て行った。

それが、彰久が智紀を見た最後だった。その夜、彼は姿を消してしまった。ゲームの主人公のように、生まれ故郷から旅立ってしまったのだ。ドラゴンの鞘をもつ神聖な短剣は、ついに返ってこなかった。

あれから九年が過ぎた。智紀は、生きていれば今年で十八歳になる。

☆

遠慮がちなノックの音とほとんど同時に、ドアが開いた。

彰久が応えようが応えまいが、壮太は勝手にドアを開けて入ってくる。子供の頃からの習慣だ。壮太に言わせれば、彰久はゲームに夢中になっているとノックに気づいてくれないので、返事を待つ意味がないのだそうだ。

それならノック自体やめれば良いのにと思うのだが、壮太には変に律儀《りちぎ》なところがあって、一応「ドアを叩いて来訪を知らせた」という事実だけは作っておきたいらしい。ともあれ、この太った不細工な従弟は、彰久の部屋に自由に出入りできる唯一の人間だった。

それは、もう十年近く前から変わらない。当時、中学生だった彰久は、もちろん実家で両親と共に暮らしていたが、自分の部屋には母親すら踏み入らせなかった。マンガやゲームで要塞《ようさい》のように守られた彼の部屋に入ることを許されていたのは、壮太と智紀だけだった。

大して暑い日でもないのに、壮太は噴き出る汗をふきながら、ゲーム画面が映った薄型テレビをちらっと見、彰久に視線を向け直した。長い沈黙の後で、彼は遠慮がちに口を開いた。

「犯人は智紀くんだって、本気で思ってる?」

彰久はリクライニングチェアに寝そべった姿勢で、じろっと目だけ動かして従弟を睨《にら》んだ。

「なんの話だ?」

壮太は落ち着かなげに目を瞬き、いったんポケットにおさめたハンカチをまた取り出して汗をふいた。

「この間、智紀くんの叔母さんに話したことだけど……あれ、本気?」

「覚えてねえよ」

「次に狙われるのは彼女だって警告したよね。犯人はそのためにレベル上げをしてるんだって。叔母さん、すっかり本気にして震え上がってた」

彰久は壮太から視線を外して微笑《ほほえ》んだ。青ざめ、絶句した玲子の顔は、まだ目に焼きついていた。

おそらく彼女はスポーツジム通いもショッピングもやめて、部屋に閉じこもっているに違いない。刃物を握った甥の幻影に、すっかり怯《おび》えきって。

「もしそうだとしたら……いま子供たちを次々に殺してる犯人は、叔母さんを魔獣と見なしてる人間、つまり智紀くんってことになるよね?」

彰久はおもむろに立ち上がり、冷蔵庫で冷やしたグラスにコーラを注いで、壮太に渡してやった。壮太は滑稽なほど恐縮しながらグラスを押しいただいた。

「あんなもん、冗談に決まってんだろ。智紀が生きてるなんて、おまえこそ本気でそんなこと考えてるのか?」

嘲笑《あざわら》うように言うと、壮太はおどおどと答えた。

「僕は……智紀くんの生死がはっきりしない限りは、生きてる可能性を信じたいと思ってる。でも、彼は絶対に無差別殺人なんかしない。そんな性格じゃないって信じてる」

彰久は鼻で笑った。

「生きてるわけがねえだろう。あの子は九年前、頭のおかしい変質者に殺されて、どこかの山にでも埋められたんだ。当然、いま続いてる殺人事件と関係なんかあるはずない」

壮太は傷ついたような顔でうつむいた。彼はいまだに、細谷智紀は生きていると信じている。いや、信じたがっている。智紀は壮太にとって、生涯唯一の、真の友人だった。

「……じゃ、どうして智紀くんの叔母さんにあんなことを言ったの？」

「気に入らねえから」

さらっと答えると、壮太は「叔母さんが？　なんで？」と尋ねた。

「嫌いなんだよ、俺。ああいう想像力のかけらもないババア」

「想像力？」

「ああいうオバチャンは、自分の周囲せいぜい三メートルの範囲で起きてることしか理解できない。三メートルより向こう側にも世界はちゃんと存在してるんだってことが全然わかってない」

「……三メートル……って？　え？」

壮太の鈍い表情に苛立って、彰久は乱暴な口調で続けた。

「あのオバチャンは、自分がどれほど智紀を傷つけてたかなんて考えもせずに、この九年間のうのうと生きてきたんだよ。小学生に大人の事情なんてわかるはずがないとたかをくくって、不倫を楽しんでた。智紀の殺意なんて気づきもせずに、自分は優しい叔母を演じきってるとうぬぼれてた。呆《あき》れるほど無神経でいながら、自分はナイーブな人間だって信じきってる。俺はね、ああいう鈍感なオバチャンが何より嫌いなの」

壮太のひるんだ表情を見て、彰久は自分が少々興奮しすぎたことを悟った。彼はリクライニングチェアに身体を預け直し、声を落ち着けた。

「俺は、智紀は九年前にどこかの変質者に殺されたと思ってるよ。でも、あのオバチャンはちょっと怖い思いをすればいい。あいつはこの九年間、何も知らずに過ごしてきたんだから。自分がどれほど智紀を傷つけてたか、考えてみればいいんだよ」

壮太はしばらく黙っていたが、やがて小さな声で「そうだよね」と言った。

「智紀くんはかわいそうだった。一見、幸せそうな家庭だったよ。うちよりもずっと広くて綺麗《きれい》なマンションに住んでたし、お母さんは美人で優しそうだった。でも、家庭はめちゃくちゃだったんだよね。優しそうなお母さんは、智紀くんを絞め殺そうとした。お父さんは、義妹と不倫してた。その義妹は、いかにも優しい叔母さんのふりをして智紀くんを欺《あざむ》いてた。智紀くんにはどこにも逃げ場がなかったんだ。周りの大人が、寄ってたかって彼を押しつぶした」

壮太は苦しげに息を継いで続けた。

「彼が今も生きてるんだとしたら——僕は、彼には復讐の権利があると思う。お父さんやお母さんや叔母さんに対して、彼は抗議していいと思う。だけど、そのために無関係な子供たちを殺すなんてことは絶対に許されない……」

「生きちゃいねえよ」

彰久は腹の上で手を組んで、薄ら笑いを浮かべた。

「智紀はもう生きてない。九年前に殺されてる」

「証拠はないよ」

「生きてるはずがねえだろ。冷静に考えろ。失踪当時、小学五年だぞ。赤ん坊ならともかく、そんな大きなガキを、誰がどこでどうやって隠し育ててるんだよ」

壮太はしばらく黙って考えていたが、力なく肩を落として尋ねた。

「……じゃ、今起きてる事件は？　誰の仕業だと思う？」

彰久は「わかるわけねえだろ」と突き放した。壮太はぐずぐずと言った。

「智紀くんの事件と無関係なはずはないじゃないか。犯人があんなメッセージを残してるんだから。そいつは、智紀くんのことを知ってるに違いないんだ。九年前に智紀くんをさらった本人か……少なくとも、行方不明事件のことを知ってるヤツだ」

「セルグレイブの魔女を訪ねよ」

彰久はつぶやき、ゲームのコントローラーを取り上げた。

静止していた場面が再び動き出す。長老に追放を申し渡された少年は、寂しそうに何度も振り返りながら村を出て行く。村人たちは怒りと同情のいりまじった目で少年を見送る。少年の長い旅が始まる。

「犯人は、誰に向けて、どういう意図であのメッセージを残してるんだと思う?」

問いかけると、ゲームに見入っていた壮太は彰久を振り返った。

「警察に対する挑戦っていうか……犯行声明だと思う……けど?」

「新聞やテレビがそう報じてるからか? バカか、おまえは。ちょっとは自分の頭で考えろ。犯行声明なら、もっと自分の犯罪を誇示するような言葉を遣うだろ。セルグレイブの魔女なんて言葉は、ゲームを知らない人間にとっては、まるで意味がない。あれは、警察やマスコミに向けたメッセージなんかじゃない」

壮太は混乱したような顔で考えこんだ。彰久は構わずに続けた。

「俺は、犯人の意図はごくシンプルだと思う。あのメッセージには、深い意味なんてありゃしない。文字通りに受け止めればいい。犯人は誰かに、『セルグレイブの魔女を訪ねなさい』と命令……あるいはアドバイスをしているにすぎないんだ」

「誰かって?」

「少しは頭を使えって言ってるだろ。犯人はどこにメッセージを残してる?」

「被害者の服だよ。胸や背中にピンで留めてる」

「明白じゃないか。メッセージが誰に対するものなのか」

壮太はぼんやりした顔で彰久を見ている。思考停止してしまったようなその無表情に、彰久は苛立ちをぶつけた。

「どうしてこんな簡単なことがわかんねえのかなあ、おまえも、警察やマスコミのバカどもも。犯人は被害者たちに向けて書いてるんだよ。あれは、死者への助言だ」

壮太の顔には変化が表れなかった。相変わらず、さっぱり理解できない難解な講義でも聴いているような目で彰久を見ている。

「犯人は、自分が殺した子供たちに対して言ってるんだ。セルグレイブの魔女のとこへ行けって。犯行声明なんかじゃない。あれは、死後の道案内だよ」

「道……案内？」

壮太は細い目をせわしなく瞬かせ、鼻の頭の汗を指でぬぐった。

「どういう意味？」

「道案内の意味もわかんねえのか。おまえ、どこまでバカなんだ？」

「そうじゃなくて……セルグレイブの魔女って、どういうこと？　どこかにそう名乗る人物が実在してるってこと？　ハンドルネームとか……？」

「知らねえよ」

彰久はゲーム画面を見つめた。三頭身の主人公が、草原の道をとぼとぼと歩いて行く。彼はまだ幼く、装備も貧弱なレベル1の冒険者にすぎない。両親を失い、故郷を追われた孤独な子供だ。

この後、彼はモンスターと戦い、徐々に力をつけていく。旅の途中で仲間たちに出会い、数多くの助言を得て、壊れた世界を修復してゆく。セルグレイブの魔女は、彼に究極の武器を授ける最後の助言者だ。彼女に会うことで、ようやく主人公は救われる。

——セルグレイブの魔女を訪ねよ。

最初の事件で、そんなメモが被害者の衣服に貼られていたと聞いたときから、彰久はぼんやりと考えていた。メモは挑戦状でも声明文でもなく、文面通りの「旅のヒント」なのではないだろうか、と。

殺された子供が日頃から親に虐待されていたと聞き、その思いはさらに深まった。第二、第三と事件が進むにつれて、それは確信に変わった。

犯人は、面白半分に子供を殺しているのではない。きわめて生真面目に、子供たちを送り出している。セルグレイブの魔女のもとへ。この世界では居場所のない、村を追われた子供たちを——輝かしい冒険の旅へ導いているつもりなのだ。

壮太はいつのまにかいなくなっていたが、彰久は気づかなかった。彼の心は狭苦しいマンションの一室を離れ、広大なゲームの世界を漂っていた。

犯人は、絶対にこの世界のどこかにいる。鬱蒼《うつそう》と茂った人面樹の森の中に。あるいは、古き神々をまつる神殿の柱の陰に。ありふれた旅人の服装に身を包んで顔を伏せ、虎視《こし》眈々《たんたん》と次の獲物を狙っているに違いない。

旅人が集う暗い酒場の隅に、あやしい青年が座っている。薄汚れたフードに隠された横顔がなんとなく智紀に似ているように思えて、彰久はぎょっとする。彰久はさりげなくカウンター席に腰かけて、青年の様子をうかがう。

似ていると思ったのは、むろん錯覚だった。青年は、この世界にごまんといる、あてもない旅人の一人にすぎなかった。彼はすぐに店を出て行く。入れ替わり立ち替わり、旅人たちが酒場にやって来る。

「なあ、誰か知らねえか?」

彰久は店じゅうに響く声で尋ねる。旅人たちの視線が一斉に向けられる。

「このあたりに、子供を次々に殺す極悪な犯罪者がいるらしいんだ。何か情報はねえか?」

「ああ、その話なら知ってるよ。教えてやってもいいが、お代はいただくよ」

老いた大道芸人が物欲しそうな顔で話に乗ってくる。彰久は老人の汚い両手に金貨を握らせ、話をうながす。老人は歯のない口を開けて笑い、ささやくように告げる。

「犯人は男か、あるいは女だよ」

そして老人は彰久に斬られないうちに、けらけら笑いながら酒場を飛び出して行ってしまう……。

町から町へ夢想の旅は続き、気がつくと部屋はすっかり暗くなっていた。彰久は、立ち上がってカーテンを閉め、明かりをつけた。胡散《うさん》臭い酒場の幻はかき消え、彼は平凡なマンションの一室にいた。

彰久はゲーム機のスイッチを切り、大きく伸びをした。同じ姿勢でディスプレイを凝視しすぎたせいで、身体の節々が痛んだ。

「ダーク・リデンプション」に夢中になったのは、もう九年も前のことだ。その後、これよりはるかに進化したゲームを何百本もプレイしてきたのに、今でもこの世界の隅々まで覚えているのは不思議なことだった。

どの町のどの通りにどんな店があるか。どの橋を渡れば、どんなモンスターに遭遇するか。彼はなんでも知っていた。それほど、このゲームにはハマった。徹夜どころか、二晩ぶっ通しでプレイし続けたこともある。しまいには意識が朦朧《もうろう》とし、コントローラーを握っている自分が、どこの誰だかわからなくなった。本当の自分は、ゲームの中で自由に動き回っている。こちら側の世界でコントローラーを操作しているのは、ただの影。そんな風にも感じられた。

子供たちを殺している犯人がどんなやつなのかは、もちろんわからない。ただ、彰久は確信していた。

そいつは、彰久自身ときわめてよく似た性向を持っているはずだ。ゲームでもマンガでも、のめりこむと寝食を忘れて、その世界に没入してしまう。幻想の世界の空気を呼吸し、その温度や湿気まで肌で感じることができる。彼（か、彼女か知らないが）は間違いなく、「ダーク・リデンプション」の世界の住人だ。彰久や壮太や智紀と同じく。

ただし——どこかの宿屋の一室にひっそりと身を隠しているに違いない凶悪な冒険者を思い浮かべながら、彰久は思った。

〈俺とオマエには、決定的な違いがある。俺は、見知らぬ子供をこの残酷な現実世界から解放してやろうなんてお節介な考えは一切持ち合わせていない。ましてや、そのために自分が犯罪者になる気なんて、これっぽっちもない〉

犯人は、過剰に発達した想像力の持ち主に違いない。ただ、その想像力は架空の世界にしか向けられることがない。ちょうど、あの半径三メートルの視野しかないオバチャンの逆だ。犯人には、現実世界で起きていることが理解できない。孤独な子供を導くという役割に酔い痴《し》れるばかりで、殺された子供の恐怖も痛みも想像できないのだ。

オバチャンも犯人も、結局は同じ。自分の見たいものしか見ない人間のネガとポジにすぎない。

彰久は、そういう人間が大嫌いだった。

☆

従兄を初めて本気で怖いと思ったのは、壮太が小学六年生のときだった。

それ以前から、折々の気まぐれで優しくなったり残酷になったりする彰久は、壮太にとって威圧感のある存在ではあったが、彼が暴力を振るうのは見たことがなかった。彰久は毒舌で不遜《ふそん》で反抗的だが、物理的な暴力には縁遠い——なんの疑問もなくそう思いこんでいた。壮太自身が、こぶしで語るタイプの人間を軽蔑していたから、尊敬する従兄も当然そうだと信じていたのだ。

その頃の彰久は、形ばかりの高校生だった。一応、学校に籍はあったものの、ほとんど登校していなかった。壮太の母は彰久を毛嫌いしており、あんな不良とつきあっちゃいけないと壮太に言い聞かせていたが、壮太は母の目を盗んでしばしば彰久の部屋に出入りしていた。

壮太の目に映る彰久は、母の言う「不良」とは正反対だった。煙草も吸わないし酒も飲まないし、悪い友達や女の子を部屋に連れこんだりもしない。一日中、黙々とマンガに読みふけったり、ゲームに熱中していたりするだけだ。親をも寄せつけない彰久の個室は、妹と共同の子供部屋しか与えられていなかった壮太にとっては、秘密の基地のように魅力的だった。

その彰久が事件を起こしたのは、夏休み直前のことだった。気まぐれにふらっと登校した彰久は、同級生にからかわれ、何か屈辱的なことを言われたらしい。彼は何も言わずに下校し、その翌日、くだんの同級生の部屋に手製の爆弾を投げこんだ。ペットボトルを使った簡易なもので、爆発力は大したことはなかったが、窓ガラスは割れ、室内の照明器具などは粉々に破砕された。

幸い、同級生は外出中だったが、もし在室していたら大怪我を負っていたはずだ。逮捕されてもおかしくない悪質な事件だったが、彰久の態度が殊勝《しゅしょう》で、他に非行歴もなかったので、軽い処分にとどまった。彰久は反省文を書き、夏休み中の自宅謹慎を言い渡された。

もちろん、殊勝な反省など、うわべだけのポーズにすぎなかった。謹慎処分も、もともと部屋に引きこもりきりの彰久にはなんの影響もなかった。心配して訪れた壮太に、彰久は薄笑いを浮かべてうそぶいた。

――あいつが部屋にいない時間を狙ってやったんだよ。爆弾の威力もわざと弱めた。殺そうと思えばいつでも殺せるってことさ。あいつもそれはよくわかってる。二度と俺の前でふざけた口のきき方はしないだろう。

壮太は何も言えず、ただ、首の後ろがちりちりするような嫌な悪寒《おかん》を感じていた。彰久は、大人から見れば問題児でも、壮太にとっては誇らしい従兄だった。親も教師も社会もバカにしきったような生活態度は、小心な壮太にはとても真似のできるものではなく、そのスタイルに憧れていた。

だが、この事件以降、壮太は彰久に対して距離をおくようになった。以前とは全然違う意味で、彼が怖くなったのだ。彼の暴力的な行動そのものよりも、相手に恐怖を与えることを楽しんでいる陰湿《いんしつ》さが怖かった。

彰久の部屋を訪れる回数はめっきり減ったが、彰久はそのことについてまったく無関心だった。少なくとも壮太にはそう見えた。たまに恐る恐る立ち寄ってみると、以前と同じようにぶっきらぼうに迎えられ、新作ゲームやマンガの話をした。彼との会話は壮太にとってはやはり楽しかったが、部屋に滞在する時間はずっと短くなった。もう、昔のようにだらだらと長居する気にはなれなかった。

彰久のマンションを出て自宅への道をたどりながら、壮太は考えていた。

新聞やテレビは、被害者たちの遺体に残された例のメモを「犯人の自己顕示」としかとらえていない。それがゲームからの引用文であることに触れ、現実の世界になじめないゲームオタクによる独りよがりな犯行声明だという見方を強めている。壮太が知る限り、彰久が提示したようなとらえ方をしたメディアは一つもない。

〈死んだ子の道案内、だって?〉

最初は突飛な発想に驚いたが、道々考えるうちに、その推理は的を射ているような気がしてきた。むしろ、これまで誰もその可能性を指摘しなかったのが不思議に思えてくる。

さすがだな、と思う。彰久はしょっちゅう他人を見下したような態度を取るが、それは根拠のない虚勢ではない。世の中の常識とされているものを笑い飛ばして、独自の論理を組み立てる術に長《た》けているのだ。今では、昔のように無邪気に彰久に心酔する気にはなれなかったが、彼の独特の発想力には素直に感服する。

しかしその一方で、不気味な疑いが頭をもたげ始めていた。

〈なぜあの人は、あんなに自信たっぷりに、犯人がメッセージにこめた意図を解説できるんだろう?　まるで、最初からわかってたみたいに〉

また汗が噴き出してきた。もともと壮太は汗っかきだが、今日は特にひどい。自分の汗のにおいが不快でたまらない。

〈あの人が犯人だなんてことが、あるだろうか?〉

疑念がはっきり言葉になった瞬間、壮太はあわててそれを打ち消した。

彰久が反社会的な人間であることは知っている。穏和《おんわ》そうな見かけとは裏腹に、危ない破壊衝動を内に秘めていることも。だが、彼の不気味な衝動は、小さな子供たちに向かうものではない。それは絶対にないと確信できる。

彰久がかつてペットボトルを投げこんだ部屋の主は、彰久よりもはるかに体格がよく、同級生にたびたび暴力をふるうような生徒だった。あの事件の後はめっきりおとなしくなり、二度と彰久には関わらなかったらしい。

彰久が、いじめっ子をこらしめる正義の味方だったなんて言うつもりは毛頭ない。彼は確かに、単純ないじめっ子以上の危険人物だ。だが、少なくとも、弱い者をいたぶることに快感を覚えるタイプではない。壮太は彰久にいじめられたことが幾度となくあるが、ぎりぎりまで追い詰められたと感じたことは一度もなかった。こっぴどい暴言を吐き、壮太がめそめそするのを面白がりはするが、壮太のプライドまで叩き折るようなことを彼は決してしなかった。一見、明るい良い子ぞろいのクラスの連中——特に女子たち——のほうが、弱者に対してはるかに陰湿で容赦ないことを、壮太はよく知っていた。

彰久には、両極端な二面性がある。残酷なくせに、意外に思いやり深い。乱暴なくせに、時々はっとするほど繊細《せんさい》な気遣いを見せる。特に、自分より小さなもの、弱いもの、傷ついているものに対しては、彼は奇妙なほど優しかった。

〈殺された子たちは、傷ついていた〉

壮太は、汗をぬぐいながら思い返した。

最初は近所の噂レベルのあやふやな情報だったが、今ではマスメディアでも報道されている。最初の被害者は母親から連日の暴行を受けていた。二番目の被害者は、新興宗教かぶれの親に放置されていた。

これは、ただの偶然なのか。それとも、犯人がわざわざそういう子供たちを選んでいるのか。傷つき、居場所のない子供たちを――。

三番目の被害者については、まだ詳しい情報が流れていなかった。その子もやはり親から虐待されていたのかどうか、調べてみる必要がある。

☆

「食べないの？」

夫に尋ねられて、玲子は食器を片手に振り返り、作り笑いを浮かべた。

「もう食べたわ」

「ヨーグルトだけじゃないか」

「ダイエットしてるのよ。しばらくジム通いをサボってたら、体重が増えちゃって」

「嘘つけ」

芳雄は決めつけるように言って、玲子の顔をのぞきこむように見た。夫が心配していることはよくわかっていたが、構われるのがうっとうしくて、玲子は彼に背を向けた。

「ひどい顔色だよ。具合が悪いんじゃないか？」

「そんなことない。元気よ」

「お義姉さんのことを気にかけてるのか？」

玲子は使った食器を食洗機に入れて、首を振った。

「気にしてもしょうがないわ。病気なんだから」

「警察に何か言われたのか？」

「そりゃ、言われるわよ。朝っぱらから髪振り乱して、スリッパばきで、死体が見つかった現場の近くをうろつき回ってればね」

つっけんどんに言ってしまってから、後悔した。これでは八つ当たりだ。夫は玲子の様子を心配してくれているのに。

玲子は椅子《いす》に座り直し、夫と向き合った。芳雄の前には、例によって、たっぷりとボリュームのある朝食が並べられている。その量を見ただけで、玲子は気分が悪くなった。

「もちろん、事件に関与してるなんて疑われてるわけじゃないのよ。かえって同情されて、いろいろ気を遣ってもらっただけ。警察署の人は、お姉さんの病状のこと、よく知ってるから」

夫は納得できないような顔で玲子を見たが、「そうか」とつぶやいて、とろりとしたオムレツを口に運んだ。

夫は、また病状がぶり返している姉のことで玲子が落ちこんでいると思っている。そう思わせておいたほうがいい。本当のことは絶対に話せない。

——もう少し危機感を持ったほうがいいと思いますけどねえ。

彰久の陽気な声を思い出すと、恐怖で身体が強ばった。あの若者は、一見明るくて愛想がよさそうだが、笑顔の下に恐ろしく残酷な心を隠し持っている。鋭く刺すナイフではなく、じわじわと締め上げるロープのような悪意を。

彼の言うことなど、取るに足らない。玲子を怖がらせて面白がっているだけだ。ありえない妄想だ……智紀が生きていて、玲子を殺す技術を磨くために子供たちを殺している、なんて。

そう思っても、やはり怖かった。今朝がたは、嫌な夢をみた。玲子は真っ暗な道を歩いている。後ろから足音が聞こえる。振り返っても誰もいない。だが歩き出すと、また足音がついてくる。ぱたぱたと軽い、子供の足音が。我慢できなくなって足を止め、振り返って闇を凝視する。子供の足音も止まるが、代わりに押し殺した息づかいが聞こえてくる。

智紀だ……ドラゴンの短剣を握りしめ、息を殺して、獲物を狙っている。突然、玲子は自分の姿が変わってしまったことに気づく。いつのまにか彼女は両手を地について、獣の姿勢を取っている。全身が硬い毛で覆われている。長く伸びた鼻面から、生臭い息がもれる。驚いて悲鳴を上げると、それはもう獣の咆哮《ほうこう》に変わっている……。

目覚めてからもしばらく、全身の震えが止まらなかった。何も気づかずに眠り続けている夫の呑気な寝息を耳にしているうちに、ようやく気持ちが落ち着いた。


なぜ、義兄と寝たりしたのか？

好きでもなんでもなかったことは確かだ。長身で見栄えのいい男ではあったが、過剰な自信がにじみ出た派手な顔立ちは、どちらかと言えば玲子の好みとは正反対だった。付き合っていた男と別れたばかりで、寂しかった。だが、それだけが理由ではない。あの当時の自分の心情を思い返すと、今でも胸がふさがれたような苦しさを感じる。投げやりで、攻撃的で、卑屈《ひくつ》だった。

仕事に打ち込んでも思うような評価を得られず、ていよく残業を押しつけられる生活に、苛立《いらだ》ちばかり募《つの》らせていた。努力も苦労も惜《お》しまない自分が一向に報われないのに、姉はといえば絵に描いたような幸福を手に入れている。自分の力では何もできないくせに、人生の勝者のような顔をして玲子に説教を垂れる。

姉のような生き方はしたくない。夫に依存し、子供に寄りかかり、家庭に縛《しば》られるような生き方は。

あの頃は、全身で姉を軽蔑《けいべつ》している気でいた。だが、今ではわかる。あの当時の玲子は、姉が妬《ねた》ましかったのだ。誰からも羨《うらや》ましがられる幸福を簡単に手に入れた姉が焼けつくほど妬ましく、ことさらに彼女の全人生を否定しようとしていた。

巧は――あの狡猾《こうかつ》な義兄は、きっと玲子の心に巣くった醜《みにく》い獣に気づいていたのだろう。彼は、理想の高すぎる妻について玲子に冗談めかして愚痴《ぐち》るようになり、それと引き替えに玲子の不服や悩みに耳を傾けてくれるようになった。姉に隠れて二人で食事したり、酒を飲みに行ったりするようになるのに、時間はかからなかった。

最初に食事を共にしたとき、すでに玲子はその後の展開を予感していた気がする。望んでいた、と言ってもいいかもしれない。自分が隙を見せればたちまち二人の関係が進展するだろうことも、義兄がそれを期待していることも、わかっていた。

そして玲子は、期待された通りに振る舞った。罪悪感は感じなかった。姉の幸福を支えている力の源を奪った――そのことに陰湿な喜びを覚えた。

あの頃、一瞬でも智紀のことを気にかけたことがあっただろうか？　思い出せない。ということは、たぶん甥のことなどまったく眼中になかったのだろう。玲子は智紀を心から愛していたが、義兄との関係はまた別次元の話だった。巧が智紀の父親であること、自分が破壊しようとしている家庭が他ならぬ智紀の家庭であること。そんな当たり前のことを、あの頃の玲子はあまりにも省《かえり》みなかった。

智紀はまだ子供だから。無邪気で素直で、大人の事情なんてわかるはずがない天使だから。彼の前では巧は相変わらず優しい父親で、自分は物わかりのいい叔母だと信じきっていた。甥を欺《あざむ》いているという意識すらなかった。智紀と遊んでいるときの自分と、情事にふけっているときの自分は、玲子の中でなんの矛盾もなく両立していたのだった。

智紀は知っていた。自分の家庭が壊れつつあることも、その原因が叔母にあることも。あの子はまったく、玲子が思っていたような無知な子供でも、無垢な天使でもなかった。自分を傷つけるものから必死に身を守ろうとしている、弱々しい冒険者だった。

彼には、敵を憎む理由があった。魔獣と戦う理由が。

青ざめた顔で立ち尽くす智紀の幻影が、片時も頭から離れない。幻の智紀は今も九歳の姿のまま、竜の浮き彫りのある美しい短剣を握りしめている。レベルを上げるのだ。経験を積んで、真の敵を倒すための力を得るのだ。

だから彼は旅に出た。故郷を離れ、強くなるために。

〈そのために、殺してるの？　罪もない小さな子供たちを。自分のレベルを上げるためだけに？〉

ありえない、ひどい話だ。あの小生意気な、薄気味の悪いオタク青年がでっち上げた妄想にすぎない。

だが、その妄想は玲子の心を食い荒らす。小さな勇者は、短剣を手に身軽に跳躍し、正義の名のもとに魔物を切り裂いていく。爪も牙も持たない、弱々しい魔物たちを。

勇者の目は宝石のように輝き、まっすぐに最後の敵を睨み据えている。小さな魔物たちの骸《むくろ》の向こうに立ちはだかる、邪悪な魔獣を。

（仲間の名前を変更しますか？）

イエス。ボタンを押すと、カナ入力画面に切り替わった。

魔法騎士セラヴィは、名前を「ユウカ」に変更した。由布子はうっとりと目を細めて、しばらく画面に見入った。

〈あの子の名前、ユウカじゃなくてユウコなら良かったのに。それなら、まるで私自身がパーティに加われたかのような幻想にひたれたのに〉

まあ、仕方がない。実際にゲームの世界に旅立っていったのは、由布子ではなく優花なのだから。

8

ともかく、トモキの心強い仲間がこれで揃《そろ》った。押しつけのパーティではなく、トモキは本当の仲間たちと巡り合えたのだ。ルカ、エリーナ、ユウカ、そしてトモキ。

ここから、彼らの真実の冒険が始まる。

☆

菅原利明は十二階建ての瀟洒《しょうしゃ》なマンションを見上げ、考えこんでいた。

細谷智紀の母親——細谷雅美の住まいは、この建物の十一階。エレベータは二基あり、いずれも管理人室の前を通らねば利用できない。管理人室には、朝九時から夕方六時まで人が詰めている。それ以外の時間は監視カメラが人の出入りを厳しくチェックしているはずだ。

裏手には非常用の階段があるが、ここにもカメラが設置されている。まったく人目につかずに建物内に入ることはできない。

つまり、このマンションの住人が誰にも知られずに幼い子供を部屋に連れこむことは、不可能と言っていい。それを確認して、利明は少しほっとした。

発見された遺体の状況などから、犯人は人目につかない場所で子供たちを殺害したことがほぼ確定的とされている。犯人は子供に声をかけ、油断させて秘密の隠れ家に連れこんでから犯行に及んでいるのだ。

しかも、犯行は偶発的に行われたのではない。三人の被害者が出ているということは、犯人は計画的に使える秘密の部屋を持っていると考えていいだろう。絶対に人目に触れない自信があるからこそ、犯行はより大胆に、挑戦的にエスカレートしている。

もちろん、本気で疑っていたわけではない。細谷智紀の母親が犯人かもしれない——なんて。だが、このマンションが惨劇の現場となったわけではなさそうだと確認すると、ずいぶん気が楽になった。

彼はマンションを後にして歩き出しながら、ジーンズのポケットに手をやった。二軒の住所と簡単な地図がメモされている。一軒目は今のマンション。そして二軒目は赤城壮太の自宅だった。いずれも、小学校の卒業アルバムの名簿から書き留めてきたものだ。

壮太の家は、細谷智紀のマンションからさほど遠くない。智紀の事件が起きる前には、よく互いの家を行き来していたのだろうな、と利明は考えてみた。あの二人は仲が良かった。クラスの他の連中にはあまり溶けこまず、二人だけで遊んでいることがよくあった。

壮太の家はすぐに見つかった。智紀のマンションとは対照的な、古ぼけた一軒家だった。玄関前に並べられたいくつかの植木鉢は、どれも良く手入れされている。二階の軒先には、洗濯物が干されていた。Lサイズとおぼしきシャツは、壮太のものだろうか。

利明は立ち止まって洗濯物を見上げ、拍子抜けするほど普通の家だなと思った。赤城らしくないな、という気もした。こんな家は、明るくて溌剌《はつらつ》としたホームドラマみたいな一家にこそふさわしい。

ちょうど二階の窓が開き、小太りの中年女性が洗濯物を取りこみ始めた。壮太の母親であることは一目瞭然だった。体型も顔つきもそっくりだ。ただ、全身からうっそりと負のオーラをまき散らしている息子とは対照的に、母親のほうは陽性らしい。明るい表情と、てきぱきした動きを見ればわかる。

窓が閉まってからも、利明はしばらくその場に立って家を見上げていた。なんとなく、苦笑がこみ上げてきた。

いったい自分は、何を期待して同級生の家めぐりなんてやっているんだろう。赤城壮太がどんな家に住んでいると思っていたんだろう。見るからにおどろおどろしい、惨劇にふさわしい離れのあるお屋敷か。もしも壮太の自宅がそんなお屋敷だったら、彼への疑いをますます募らせたというのか。ばかばかしい……。

ともかく、この家は惨劇の舞台ではありえない。秘密の地下室も屋根裏もない、こんな普通の家で、陽気そうな母親と顔を突き合わせて住んでいる男が、こっそり子供を連れこめるわけがない。

わざわざ二軒の家を確かめに歩いた自分の行動が、急に気恥ずかしくなり、利明はそそくさとその場を離れた。

赤城壮太本人を見つけたのは、自宅へ戻る途中にある、小さな児童公園だった。

公園を突っ切ると近道になる。利明はぶらぶらと公園に入って行き、ベンチに腰かけている暑苦しい人影に気づいて足を止めた。壮太は一人ではなかった。小さな女の子が、壮太の隣に座っていた。

小学校の制服を着ている。一、二年生だろう。長い髪を二つに結った、可愛い子だった。壮太は小さな声で何やらぼそぼそと話しかけている。女の子は首をかしげたりうなずいたりしながら、答えている様子だった。

利明は息を詰めて見守った。夕暮れ時の公園には、他に人影がない。背を丸めて女の子に話しかける壮太の太った姿は、ひどく不潔に見えた。

利明は何度か唾を飲み下し、ぎこちなく両手を握りしめた。

――何をやってるんだ、あいつは？

知り合いの子供だろうか？　幼い女の子が、さして警戒した様子もなく、壮太に対して気安く笑いかけているのがかえって気になる。あんな陰気な男に子供がなつくなんて思えない。お菓子でも与えたのか……？

「赤城！」

思わず声をかけていた。自分でも驚くほど棘々《とげとげ》しい声になった。壮太は顔を上げ、驚いたように利明を見た。

「よぉ。何やってんだ？」

わざとらしく話しかけながら、利明は二人に近づいた。女の子は目を瞬かせて利明を見上げると、急にふてくされたような表情になり、ぱっと立ち上がった。

「じゃーね！」

壮太に手を振り、駆けだしていく。その背に壮太は「バイバイ」と声をかけたが、女の子は振り返らなかった。

「……なんだよ？」

壮太はいかにも迷惑げに利明を睨んだ。利明は、たった今まで女の子が座っていたところに勢いよく腰を下ろした。

「おまえこそなんだよ？　今の子、誰だ？」

「……誰でもいいだろ」

「よくねえよ」

利明はベンチの背に腕をかけて、壮太を睨んだ。

壮太は、何を疑われているのかさっぱりわかっていないような、鈍《にぶ》い顔で利明を見ている。それが演技なのか自然体なのか判断がつかないまま、利明は声を荒らげた。

「おまえな、今、露骨《ろこつ》に怪しかったぞ」

「……怪しい？」

「町全体がピリピリしてんだよ。おまえみたいなやつと小さい女の子が話してたら、どう思われるか考えてみろ。俺だから声をかけたんだぞ。おまえ、通報されても不思議じゃねえぞ」

「通報……？」

壮太は、やっと事情を理解したように目を見開き、気色《けしき》ばんで利明に食ってかかった。

「どういう意味だよ⁉　まさか僕があの子を殺そうとしてたっていうのかよ⁉」

「そんなこと言ってねえよ。ただ、今のは誰が見ても怪しいって……」

「話してただけなのに、僕を疑ってるのか⁉　僕が連続殺人の犯人だって思ってるのか⁉」

唾《つば》が飛んできたので、利明は顔をしかめて頬をぬぐった。まったく、うんざりする。

「そんなこと、思ってねえよ」

「思ってるって言ったじゃないか！　通報する気だって！　俺が何をしたって言うんだよ⁉　ただあの子と話をしてただけじゃないか！」

こいつは犯人ではない。利明は確信を深めた。こんなにわかりやすく興奮する男に、連続殺人なんて真似ができるとは思えない。

「だから、誰なんだよ、今の子は？　親戚か？」

辟易《へきえき》して言うと、壮太は急にしおらしく態度を改めた。

「……いや」

「誰？」

壮太はきょときょとと周囲をうかがい、小声で答えた。

「鈴木優花ちゃんの同級生だ」

「鈴木……？」

「三人目の被害者だよ。今の子は、優花ちゃんといちばん仲の良かった子なんだ」

利明は眉を寄せた。壮太は早口に続けた。

「優花ちゃんの葬式でちょっとした騒動があったって、知ってるか？」

「騒動？」

「同級生数人が騒ぎを起こしたんだ。その中心になったのが今の子だ」

利明は、拓真から聞いた話を思い出した。

「優花ちゃんをほんとの両親のもとに返せってやつか？」

「知ってるのか」

「噂で聞いたよ。今の女の子が……？」

「騒ぎを起こした張本人だ」

壮太は真面目くさった顔で腕を組んだ。

「優花ちゃんって子は、自分は両親の子じゃないって話をしばしば同級生たちにしてたらしい。本当の自分はお姫様で、今の家に預けられてるだけだって」

「……聞いたよ」

「もちろん、でたらめだ。優花ちゃんは正真正銘、平凡な鈴木家の子供だった。でも優花ちゃんの親友だった翠《みどり》ちゃんは優花ちゃんの嘘を信じてた。それで、葬式の場で興奮して泣き出したんだ」

「翠ちゃんっていうのが今の子の名前か？」

「そうだよ」

「で、おまえはその翠ちゃんって子と何を話してたんだよ？　どうやって知り合ったんだよ？」

不信感をあらわにして問うと、壮太はまた憤慨《ふんがい》したように顔を赤くし、厚ぼったいレンズのはまった眼鏡を指で押し上げて、逆に問い返した。

「一番目と二番目の被害者と、三番目の優花ちゃんの間には大きな違いがある。わかるか？」

「あ？」

「最初の二人は親から虐待もしくは放置されてた。でも優花ちゃんはそんなことはなかった」

何が言いたいのか。利明は睨むように壮太を見た。壮太は鼻の頭に浮いた汗をぬぐって続けた。

「俺は、犯人の動機は、子供たちの境遇と関係があると思ってる。犯人は、恵まれない子供を救済してるつもりなんだ」

「救済……？」

鸚鵡《おうむ》返しに口にして、利明は眉を寄せた。

「子供を殺すことが救済だっていうのか？」

「もちろん狂った考えだ。でも、犯人はそのつもりだと思う。現場に残されてるメモがその手がかりだ」

「セルグレイブの魔女ってやつ？」

「そうだよ。あれは犯行声明でも犯人のサインでもない。犯人から子供たちにあてたメッセージだと思う。セルグレイブの魔女を訪ねよ、そうすれば幸せになれる。犯人は、虐待されてる子供たちを、ゲームの主人公に重ね合わせてる。子供の魂をこの世から解き放って、本当の幸福が待ってるゲーム世界に導いてやってるつもりなんだ」

「おまえ……」

頭おかしいんじゃないか、という言葉を利明はかろうじて呑みこんだ。

異常な動機だ。だが、幼い子供を三人も立て続けに殺している犯罪自体が異常なのだ。自身が世間離れしたゲームオタクである壮太の推理には、妙な説得力があった。

それに――こいつはゲームオタクだけど、案外、独りよがりではない。ちゃんと筋道を立てて話しているし、利明が話についてきているかどうか、時々言葉をとめて様子をみている。それは、利明にとっては意外な発見だった。まともなコミュニケーションが取れるヤツとは思っていなかった。

　壮太は利明がうなずいたのを見て、力を得たように話を続けた。

「でも、それなら優花ちゃんが殺される理由がない。優花ちゃんは先の二人と違って、虐待なんかされてなかったんだから。普通に、両親に可愛がられてた。僕は、犯人が誤解したんだと思う」

「誤解?」

「犯人は、優花ちゃんが友達に話した作り話を知ってたんだ。自分は本当の両親の子じゃないって話を。それで、優花ちゃんは不幸だと思いこんだ。救ってやらなきゃいけない。意地悪な継母や継父から解放してやらなければ。それが、犯人が優花ちゃんを殺した動機だと思う」

　利明は、自分が壮太の話に引きこまれていることを自覚した。まったく実体のない黒い影でしかなかった犯人像が、少しずつ形を取り始めた気がする。もちろん、年齢や背格好などがわかるわけではない。利明の頭に思い浮かんだイメージは、骨張った手だった。ゲームのコントローラーを力をこめて握りしめている、痩せた手だ。現実よりも虚構の世界にリアリティを感じている、歪んだ男の手。コントローラーは、その男にとって、自分と〈本当の世界〉をつないでくれる大事な通路で……。

「そう考えると、犯人像がある程度しぼれてくる。優花ちゃんの作り話を知ってる人間は限られてたからだ。自分が本当はお姫様だなんて、大人にはまず話さないだろう。親しい友達にだけ、こっそり打ち明け話のように話したに決まってる」

「……うん」

「それで、調べてみたんだよ。葬式で騒ぎを起こしたっていう子のことを。それが今の翠ちゃんって子だったんだ」

「そんなこと、よく調べられたな」

壮太の行動力が意外だった。人見知りの激しい引きこもりだとばかり思っていたのに、どうやって調べたのだろう。

壮太は嫌そうな顔で答えた。

「うちの家族は噂好きなんだ。おばあちゃん、おふくろ、姉二人に妹一人だ。おばあちゃんとおふくろは、しょっちゅう須藤の美容室に通ってる。町内の出来事で耳に入ってこないことなんて、まずない」

「……なるほど」

利明は、洗濯物を取りこんでいた中年女性を思い出した。似たような背格好のデブ一家が、食卓を囲んでわいわい話している様子が思い浮かび、つい笑いそうになった。人は見かけによらない。案外普通のやつかもな、と長年の印象を修正して、利明は彼の話にまた耳を傾けた。

「葬式で泣き出した子の名前は、おふくろたちの情報網のおかげですぐにわかった。黒崎《くろさき》翠ちゃんっていうんだ」

「黒崎？」

軽い引っかかりを覚えて問い返すと、壮太は利明を横目で睨んでうなずき、もったいぶった口調で付け加えた。

「そうだ。翠ちゃんて子は、あの黒崎由布子の妹なんだ」

利明は啞然として壮太を見つめ直した。マジかよ、とつぶやいたが、壮太は取り合わずに話を続けた。

「翠ちゃんは、葬式での振る舞いについて親から厳しく叱られたらしくて、ひどく不満を持ってる。今もまだ、優花ちゃんの本当の両親はどこかにいるって信じてるんだ。誰かに話を聞いて欲しくて仕方なかったみたいだ。声をかけたら、勢いこんで話してくれた」

壮太の言葉は、利明の耳を素通りしていった。彼はまだあっけにとられたまま、独《ひと》り言のようにつぶやいた。

「あの子が黒崎さんの妹？　マジなのかよ？」

利明は、由布子が以前に話していたことを思い出した。確か、弟妹がいると言っていた。年齢が離れているからあまり話をしない……と。今の子が妹だとすると、年齢差は十歳以上になるだろう。

　壮太は細い目で利明を見て、言った。

「僕も知ったときは驚いたけど、別に驚くようなことじゃない。同窓会のときに、誰かが言ってたよな。近所で事件が起きるってことは、被害者や目撃者や犯人が身近にいるってことだって。被害者の友達が、僕の昔の同級生の妹だなんてことくらい、驚くには当たらない。狭い地域で事件が連続して起きてるんだから、このくらいの接点は十分ありえる。普通は、そう考えるよな?」

「……うん?」

　畳みかけるような壮太の早口に、利明は面食らった。彼が何かを仄《ほの》めかしているように感じたが、それがなんなのかはわからなかった。壮太は沈んだ声で続けた。

「でも、翠ちゃんって子と話してるうちに、いろいろ引っかかり始めた。もっと詳《くわ》しく聞こうとしてたところを、おまえが邪魔した」

「悪かったな」

　でも俺が声をかけなきゃ、絶対に誰かに通報されてたぞ……と思いながら利明は言った。

「引っかかったって、何が?」

「優花ちゃんって子の例の身の上話を、事件前に誰かにしたことがあったかって尋ねたんだよ。翠ちゃんは最初、否定した。それは優花ちゃんの大事な秘密だったから、絶対に誰にも話したりしてないって。でも、いろいろ聞いてるうちに翠ちゃんの証言はあやふやになってきた。言いたくなさそうだったけど、おだてたり宥《なだ》めたりして聞き出した。実は一人だけ、話した相手がいたんだ」

利明は眉を寄せて壮太を見た。彼が回りくどく話してきたことの終着点が、ようやく見えた。

「まさか……？」

「そう、黒崎由布子だ」

壮太はもぞもぞと身動きして、うなずいた。

「翠ちゃんは姉とはあまり仲がよくない。というより、ほとんど顔を合わせることもないって言ってた。黒崎由布子は自分の部屋にこもりきりで、食事も家族とは別なんだってさ。ただ、彼女は大量のゲームソフトやマンガを持ってて、翠ちゃんはそれに興味がある。それで、友達が——優花ちゃんが遊びに来たとき、こっそり姉の部屋に入りこんだことがあったって言うんだ」

利明は、壮太の横顔を眺めて、妙に落ち着かない気分になった。

こいつはなぜこんなに喉をひくひく動かして、話しにくそうにしてるんだ？　さっきまでベラベラと、立て板に水だったのに。

「ところが、ゲームやマンガを物色してる途中で姉が帰ってきた。黒崎はすさまじく怒って、翠ちゃんと優花ちゃんを突き飛ばした。優花ちゃんは驚いて泣き出した。それで、翠ちゃんが怒って姉に食ってかかった。優花ちゃんは逃げ帰ったけど、翠ちゃんは姉に訴えたって言うんだ。優花ちゃんは本当はお姫様なんだから、乱暴なことをしたら後で罰されるに決まってる、あんたは死刑になる……って風に」

「……死刑、か」

利明はしらけた笑いを浮かべて壮太を見た。

「いかにも子供の脅し文句だな。他愛ない姉妹喧嘩じゃないか。で、それがどうかしたのか？」

利明には、あの黒崎由布子が小さな子供を突き飛ばす姿が想像できなかった。児童文学が好きで、翻訳家になりたくて……と恥ずかしそうに語っていた由布子は、子供好きの優しい女の子にしか見えなかった。

姉と不仲な、幼い妹の作り話ではないか。半ば疑いながら言うと、壮太は眉を寄せた。

「おまえ、黒崎のことどのくらい知ってる？」

「どのくらい……って。別に……」

「ろくに話したこともないだろう。あいつ、暗くて友達がいなかったからな。小学生の頃は」

おまえも同じだろ、と思いながら利明はうなずいた。同窓会で久々に会った由布子は、子供の頃とはまるで別人だった。

「僕は小学生の頃に何度も話したことがある。あいつもゲームが好きで、僕と細谷くんが話してると、仲間に加わりたそうに近寄ってくることがよくあった。僕は細谷くんとの話を邪魔されるみたいで気に食わなかったけど、細谷くんは優しかったから。黒崎が話しかけてくると、丁寧に答えてやってた」

利明は、小学校の教室の風景をおぼろげに思い出した。そういえば三人がこそこそ話しているのを何度か見たような気がする。利明たちのクラスは仲が良く、グループで盛り上がることが多かったが、三人はクラスになじんでいなかった。なんとなくみんなから浮いた、暗い連中……そんな印象を持っていたことを覚えている。

「黒崎は嘘つきだった。僕は、そういうところが大嫌いだった」

壮太はつぶやくように言って、両手を足の間にだらりと垂らした。

「嘘つき？」

「他愛ない嘘だけどな。ゲームですごい高得点を出したとか、伝説のアイテムを手に入れたとか、そんなことをよく言ってた。もったいぶって自慢するくせに、証拠を見せてみろよって言うと、ごまかすんだ。あいつ嘘つきだなって、僕はよく細谷くんに言ったよ。細谷くんは気にしない風だったけど」

「おまえたちの気を引きたかったんだろ」

「僕たちじゃなくて、細谷くんだよ。黒崎は細谷くんが好きだったんだと思う」

利明は、いつのまにか辺りがずいぶん暗くなっていることに気づいた。風が冷たい。昼のうちは晴れていたが、今は黒い雲が空を覆っていた。ひと雨来るかもな、と思いながら彼は壮太の話の続きを待った。

「明らかに嘘とわかるような、くだらない話も多かった。呪いの首飾りを持ってるとか、前世の記憶があるとか」

「前世って？」

「話すたびに違うんだ。古代ギリシアの巫女《みこ》だったり、海賊だったり。真顔でそんな話をしてくるから、僕は嫌だった。気味の悪いやつだと思ってた」

「……何が言いたいんだよ？」

利明は険しい顔で壮太を見た。壮太は声を落として答えた。

「あいつは優花ちゃんと同じタイプの子供だったってことだよ。ほんとの自分はこんな場所にいるはずじゃない、ほんとの自分はお姫様でギリシアの巫女で伝説の勇者だって具合に、夢ばっかりみてる子だったんだ」

「子供の頃の話だろ？　今の黒崎さんは普通の大学生だ」

「そんなこと、どうしてわかる？」

壮太は顔を上げ、利明に首を振ってみせた。

「黒崎由布子は、優花ちゃんの作り話を知ってた。優花ちゃんの同級生以外で唯一、だ」

利明は眉を寄せて壮太の丸い顔を見つめた。目が合うと、壮太は気恥ずかしげに顔を伏せてしまった。利明は口調を強めた。

「おまえさ。まさか……黒崎さんを疑ってるのか？」

壮太は答えなかった。その無言が答えだった。

利明は大声で笑った。がらんとした公園に、わざとらしい笑い声が響いた。

「冗談だろ！　まさか黒崎さんが犯人だって思ってるのか？　子供を三人も殺したって？ばーか、ありえねえ！」

「……どうしてありえないんだ？」

壮太はぼそっと尋ねた。その顔が、なぜか傷ついているように見えて、利明は笑いをおさめた。

「どうしてって？　常識で考えて、あるわけないだろ。あんな普通の女子大生がさ」

「女子大生は人を殺さないのかよ？」

こいつは本気で黒崎由布子を疑っている。そう感じた瞬間、利明は強い反発を感じて言った。

「動機がねえだろ。なんで黒崎さんが、妹の友達を殺すんだよ？」

「さっきから言ってるじゃないか。悪意で殺してるんじゃない。犯人は、不幸な子供たちを解放してる気でいる」

「そんなの、おまえの妄想だろ。黒崎さんの体格を思い返してみろよ。平均より細っこくて、ひ弱だぞ。あの身体で、どうやって殺すんだよ？　子供とは言っても、殺されかければ必死で抵抗するはずだ。小学生に全力で暴れられたら、俺だって押さえこめねえよ」

「子供たちには抵抗の痕がない。犯人は子供と親しくなって、油断させた上で殺害してるんだ。マンガやゲームで気を引いておいて、後ろから一気に首を絞め上げれば——あるいはナイフで急所をつけば、子供は抵抗できない。力なんて必要ない」

「一人目の子は公園で殺された。でも、二人目と三人目はどこかに連れこまれて殺されたんだぞ。黒崎さんは、両親や妹と一緒に住んでるんだ。家族にも知られずに小学生を家に連れこむことなんて、できると思うか？」

「黒崎の家は特殊なんだ」

　壮太は訴えるように利明を見た。

「翠ちゃんから聞いた。黒崎は家族とは断絶してる。同じ敷地に住んではいるけど、顔を合わせないんだ。家族は黒崎がいつ起きて、いつ寝てるかも知らない」

「この狭苦しい住宅街の一軒家でか？　あかずの間がいくつもあるような大豪邸じゃねえんだぞ。いくら鍵をかけて閉じこもってたって、家族が気配に気づかないなんてありえないだろ」

「黒崎は、優花ちゃんの作り話のことを知ってたんだ」

「そんなの、黒崎に限ったことかよ。優花ちゃんって子が自分で喋《しゃべ》ったかもしれない。近所のおばちゃんとか、学校の先生とかに」

壮太は首を振った。緩慢な、重い仕草だった。

「絶対に喋ってない。軽々しく話すはずがない」

「なんでそんなこと言い切れるんだよ？」

「……わかるんだよ、俺には」

壮太は暗い声で言って、顔を伏せた。

「自分がお姫様だってことは、優花ちゃんにとって嘘でも冗談でもなく、限りなく真実に近い夢だったんだ。きっと優花ちゃんの頭の中では、本当の両親の顔も名前も、自分の本当の名前も、本当の家であるお城の間取りまでも、正確にできあがってたはずだ」

壮太はため息をついて、首を振った。

「大人に喋れば、叱られたり笑われたりして、たちまち砕け散ってしまう。自分はお姫様なんかじゃなくて、ただの貧乏な嘘つきの子供なんだって思い知らされてしまう。だから絶対に、優花ちゃんは信用できる友達以外には喋ってない」

「何をブツブツ言ってんだよ？　おまえ、優花ちゃんって子と面識あったのか？」

「ないよ。でも、わかる。僕も同じだから」

「え？」

「おまえみたいなヤツには、絶対にわからないことなんだよ」

壮太はのろのろと立ち上がり、片方の手のひらを上へ向けた。その仕草につられて、利明は空を見上げた。頬に、最初の雨粒が落ちてきた。

「現実はどこか希薄で、実感がない。それよりも虚構のほうがはるかにリアルで生々しい。そんな感じ方をする人間がいるんだよ。信じられないだろ？　でも、そうなんだ。僕も、黒崎も、優花ちゃんも——智紀くんもそうだった」

壮太は肩を落とし、足を引きずるようにして歩き出した。

「……おい？」

中途半端に話を切り上げられてしまったような気がして、利明は面食らった。名前を呼んだが、壮太は振り返らなかった。彼が公園を出て行くのを見送ってから、利明も立ち上がった。

壮太の言葉は、利明にはほとんど理解できなかった。意味は通るが、文脈がわからない。現実よりも空想のほうがリアル……？　どう考えても、論理的におかしい。

彼は壮太の生真面目な表情を思い返し、笑い飛ばそうとした。やっぱりあいつはキモい。現実の女の子に相手にされなくて、二次元の女の子のほうがずっと魅力的だと言い張る、典型的オタクの発想だ。

だが、そう決めつけようとする心のどこかが、不思議に痛んだ。現実は淡《あわ》く、空想世界のほうがはるかに鮮やかで……そんな風に感じていたことが、自分にもあったかもしれない。もう思い出せないほど幼い頃に。

テレビのヒーローに同化してワクワクハラハラするのは、子供の特権だ。大学生になってまでそんな幼稚な想像力を持ち続けてる連中っていうのは、いったいなんなんだろう？ 赤城はともかく、黒崎由布子がそんなタイプとはどうしても思えなかった。彼女は、児童文学の翻訳家になりたいという、地に足のついた夢を持った真面目な女子大生だ。赤城とは違う。

利明は、由布子とばったり出くわした朝のことを思い出した。学校のレポートのために徹夜をした、と言っていた。寝不足を物語るぽってりした瞼《まぶた》が可愛いな、と思ったことを覚えている。

あれは——鈴木優花の死体が見つかった朝のことだった。しかも、現場から百メートルと離れていない場所。

〈まさか。何を考えてるんだ、赤城のやつ〉

ぽつぽつと降り出した雨は、急速に勢いを強めつつあった。利明は頭を振り、雨粒と不快な妄想を同時に払いのけて走り出した。

自宅に戻って夕食をとった後、利明は再び家を出た。

雨脚はますます強まり、ほとんど土砂降りの一歩手前になっていた。彼は傘を差し、背を丸めて足を速めた。

小さくたたんだメモが手の中にある。そこには、小学校の名簿から書き写した三軒目の住所が記されている。黒崎由布子の家は、利明の自宅からは徒歩で二十分ほどだった。

近所ではあるが、ほとんど足を運んだことのない一角だ。大型ストアの並ぶ国道を渡り、二本ほど裏道に入ると、そこはもう閑静な住宅街だった。

利明の家のあるあたりとは、家並みが違う。一軒一軒の敷地が広く、整然としている。比較的、新しい家が多いようだ。どの家の窓にもオレンジ色の明かりが灯り、温かな夕食の風景を想像させた。

〈あるわけねえだろ。こんなありふれた住宅街で、家族と一緒に住んでる女子大生が子供を家に連れこんで殺すなんて〉

細谷智紀の母や赤城を疑ったときより、もっと馬鹿馬鹿しい気分になった。こんな雨の中、わざわざ何を確かめに来たのだろう。だが利明は回れ右して帰ろうとはせず、メモと住居表示を見比べながらゆっくり歩き続けた。

あるわけがない。だが、実際には三件の殺人が起きているのだ。こうして立ち並んでいる家のいずれかが、残酷な事件の現場になったのかもしれない。幸せそうな明かりを灯す窓の向こうで何が起きているのかは、外からは決してわからない――そう考えるとぞっとした。

暗さと雨のせいで確認作業は困難だったが、利明は同じ通りを何度も行ったり来たりしながらメモの住所を捜した。雨風が少しずつ強まり、スニーカーの中まで水びたしになった。諦めて明日にでも出直そうかと思い始めたとき、ようやく「黒崎」と表札のある家が見つかった。

なんの変哲もない、周囲の家とまったく変わるところのない住宅だった。利明はその家の前を一度素通りして、二度目にやっと気づいた。

一階の窓から明かりが漏れていた。狭い庭に面したテラス窓に、カーテンが下りている。リビングルームだろうか。声は聞こえなかったが、家族団欒の光景が思い浮かんだ。

特に変わったことはない、ごく普通の家だ。家族と共に食事をする由布子の姿を思い浮かべ、利明はほっとした。この大雨の中、とんだくたびれ損だった。

二階の明かりは消えていた。みんな一階に集まっているのだろうと思いながら、利明は何気なく視線をすべらせ、この家に入り口が二つあることに気がついた。

二世帯住宅の造りだが、二つの玄関は均等ではない。訪れた客のほとんどは、正面玄関にしか気づかないだろう。だが、脇にも小さなドアがあった。

利明は壮太から聞いた話を思い出した。黒崎由布子は家族とは断絶して生活している。食事も別々。家族は、彼女がいつ起きて、いつ寝ているのかも知らない。ひょっとして、あの目立たないドアは、由布子専用なんだろうか。なぜこの家は、こんな造りになっているのだろう。二世帯の家族が同居しているというなら、玄関を分ける意味もわかるが、長女だけを隔離するなんて考えられない。

利明はしばらく明かりのついたリビングルームの窓を見つめていた。あそこには、ちゃんと由布子も加わっているのだろうか。それとも……？

外から眺めていても、何もわからない。利明は諦めてその場を去ろうとした。黒崎由布子の家族構成や大学生活などについて、もう少し詳しく調べてみようと思いながら。もちろん、彼女の行状を疑っているからではない。ただ、彼女がどんな暮らし方をしているのか、気になるだけだ。

傘を持ち直したとき、ふと妙な胸騒ぎを覚えて、彼は顔を上げた。二階の窓に、人影があった。

びくっとした。あやうく傘を取り落とすところだった。

部屋の明かりは消えたままだ。暗い窓際に、誰かが立っていた。その人影は、利明が見上げたことに気づいたのか、すっと室内に引っこんでしまった。素早く、カーテンが引かれた。

一瞬のことだった。利明はしばらくその場に立ち尽くして窓を見上げていた。我《われ》に返ったとき、彼はやっと、自分が震えていることに気づいた。動悸はなかなか静まらなかった。

〈なんだ、今の?〉

暗い室内をバックにした、黒いシルエットしか見えなかった。男か女かもわからない。

〈黒崎さん?〉

二階の窓は暗いままだった。

なぜ、明かりをつけようとしないのか。あんな暗い部屋で何をしているのか。家族はリビングルームに集まっているだろうに……。

彼は後じさり、傘を握り直して、足早にその場を離れた。カーテンの陰からじっと見つめられているような気がして、大通りに出るまで気が気ではなかった。

9

〈あの人、なんて名前だったっけ〉

思い出せなかった。同窓会で会った、昔の同級生のひとりであることは確かだが、名前は覚えていない。津島？　菅原？　須藤？　男子の名前がいくつか思い浮かぶ。でも、そのうちの誰だったかはあやふやだ。

犬を連れた彼とばったり出会ったことは覚えているが、記憶に残っているのはむしろ犬のほうだった。由布子の顔を見上げ、何か訴えたそうにしきりに尻尾を振っていた。飼い主にいじめられているのかもしれない。助けて、と言いたかったのかもしれない。思い出すと胸が痛む。

由布子はコンビニで買ったサンドイッチをかじりながら、古い小型テレビが映し出すゲーム画面を見つめていた。アンテナとの接続が悪いのか、テレビとしてはずいぶん前から用をなさなくなっているが、ゲーム用のモニターとしてはまだ使える。もともと由布子はテレビ番組になど全然興味がないから、問題ない。

祖母は、この小さなテレビで再放送の時代劇を見るのが好きだった。画面が乱れると、ぶつぶつ言いながらテレビを叩《たた》いていたものだ。由布子が叩いても直らないのに、祖母が叩くとなぜかテレビは直った。もちろん一時的にではあったが、歪《ゆが》まない映像を映し出してくれた。魔法みたい、と由布子が目を丸くすると、祖母は「叩き方にコツがあるのよ」と笑った。

それも、由布子が中学生ぐらいまでの話だ。テレビの状態はどんどん悪化し、いくら祖母が叩いても直らなくなってしまった。それで祖母は時代劇を見るのを諦め、日がな本を読むようになったのだった。若い頃に集めたという美しい洋書が、祖母の愛読書だった。

祖母がいなくなってから、由布子は部屋の明かりをほとんどつけなくなった。むしろ、日が落ちて部屋の中が暗くなる時間を心待ちにするようになった。そうなれば、目に入るのはゲーム画面だけ。余分なものを見なくてすむ。

〈なんて名前だったっけ、あの人。なぜ、この家の前にいたんだろう。私に、話したいことでもあった？〉

この土砂降りの中、わざわざやって来たということは、よほど大事な用件があったに違いない。なぜ、何も言わずに帰ってしまったんだろう？　考え始めると、気にかかって仕方がなかった。

ひょっとして、旅の仲間に入りたいのかもしれない。そう思いつくと、いよいよ落ち着かない気分になった。

トモキにはもう心強い仲間たちがいるのだ。ルカにエリーナにユウカ。パーティの人数は四人と決まっている。あの人の入る隙はない。

でも、犬ならなんとかなるかもしれない。パーティには入れてあげられなくても、フィールドに解き放ってやることはできる。きっとあの犬はのびのびと駆け回り、野生の本能を取り戻して、小さなモンスターを狩るようになるだろう。狭い犬小屋なんかで飼われているより、よほど幸せに違いない。

犬を解放する。それは、いい考えかもしれない。自由になりたいのは人間だけじゃないはずだ。

だが、その前にやることがある。由布子はゲーム画面に視線を戻し、ドラゴンの剣を手にセルグレイブの沼地にたたずんでいる勇者トモキに、優しく話しかけた。

「待っていて、トモキくん。あなたの旅はもうすぐ終わる。お母さんを、そちらの世界に連れて行ってあげる」

ゲームの電源を切って、由布子は立ち上がった。

公衆電話を使うには、家から十分少々歩かなければならない。この雨の中、外出は億劫《おっくう》だが、仕方がない。このくらいのこと、魔物たちと戦っている勇者トモキの苦労に比べれば、なんでもない。

☆

〈トモキくんが会いたがっています。彼のもとへ行きますか？〉

魔女からの通話には、やはりなんの前置きもなかった。

雅美は、もう前回のように取り乱したりしなかった。魔女に質問を浴びせることもなく、落ち着いた声で「行きます」とだけ答えて、静かに受話器を置いた。

待ちに待った、魔女からの二度目の連絡。一度目のときは、あまりに突然のことに気が動転し、錯乱してしまった。あなたは誰なのとか智紀は元気なのとか、つまらないことを言って魔女の気分を害してしまった。電話がぶつっと切れた後、あわてて街に飛び出してみたものの、魔女からの接触はなく、意地の悪い警察官に行く手を阻まれただけだった。

雅美は深く後悔し、心を定めたのだ。また魔女から連絡があったら、もう絶対に取り乱すまい。つまらない質問で魔女を怒らせぬよう気をつけなくては。

今回はうまく対応できたと思う。魔女は無言だったけれど、雅美の答えははっきり届いたはずだ。

行きます。智紀のもとへ。

雅美は、前回のように軽々しく家を飛び出したりせず、じっと待つことにした。電話番号を知っているということは、魔女はこの住所もちゃんと知っているはずだ。待っていれば、きっとやって来る。


九年間という年月は、長かったのか短かったのか、雅美にはなんとも言えない。

九年前、雅美は三十三歳だった。肌の手入れには人一倍熱心で、手間と金を惜《お》しまなかった。もともと色白だったこともあり、肌の美しさを誉められたり、羨ましがられたりすることが珍しくなかった。

今の彼女は、見る影もない。年齢以上に老けこんだ自分の顔を鏡で見ると、九年はやはり短い年月ではなかったと思う。しかし、この九年の間に何があり、どんな変化が起きたのか、考えてみてもほとんど思い出すことができなかった。気がついたら世間で九年間の歳月が流れていただけで、雅美自身の時間は止まっていたような気もする。

智紀が消えた当初の、気が狂うほどの心配と哀しみは、今も生々しく記憶に残っている。眠れない夜が続き、少しうとうとしても夢をみては飛び起きた。風の音にも車のエンジン音にも敏感になり、四六時ちゅう窓の外をうかがってばかりいた。

やがて周囲の人々が諦《あきら》め顔になり、気の毒そうに雅美を見るようになっても、彼女だけは絶対に希望を捨てなかった。智紀は絶対に生きている。魔女に監禁されて、外に出られないだけだ。

〈必ず、見つけてあげる。みんなが智紀のことを忘れてしまっても、私だけは決して忘れない。だってあの子の母親は、私しかいないんだから〉

智紀がいよいよ戻ってくる。待ち焦《こ》がれた日のはずなのに、嬉《うれ》しさよりも戸惑いのほうが大きかった。魔女を装った悪質な悪戯電話だったのでは、という考えも浮かんだが、彼女はそれをすぐに否定した。

悪戯電話なら、これまで何度もかかってきたことがある。最初の頃はいちいち本気にし、うろたえたり喜んだりしていたが、今の雅美にはわかる。悪意を持って人をからかおうとする者は、どんなに取り繕《つくろ》っていても、声に濁《にご》りがある。今回の電話は違った。落ち着いた、澄《す》んだ声をしていた。

本物の魔女だ。

今度こそ、本当に、智紀が帰ってくる。どんな姿になっているだろう。もう十八歳。すっかり青年らしくなった智紀を想像するのは難しかった。雅美の心の中に住んでいる智紀は、今も九歳の男の子のままだ。甘えたがりでおとなしい、心の優しい小学生。

智紀が帰ってきたら、今度こそ幸せな家庭を作ろう。笑顔が絶えない、温かい家庭を。毎日、智紀の好きな料理だけを作り、夜は一緒の部屋で眠ろう。互いに何の秘密もなく、何でも話せるような、理想の親子になろう。

もう夫はいない。涼しい顔で妻を裏切り続け、幾人も愛人を作って、家庭を破壊したあの男は。智紀と二人きりの、おだやかな日々を始めることができる――。

幸せな夢想に浸り始めた雅美の脳裏に、突然、恐怖にひきつった智紀の顔が浮かんだ。雅美はびくっとして、強く頭を振った。

智紀の可愛い笑顔は、アルバムに収まりきらないくらいたくさん思い出に残っているはずなのに、不意打ちのようによみがえるのはいつもあの顔だ。異様に大きく目を開き、絶叫する直前の。

なぜ、あんなことをしてしまったのか。九年経った今でも、後悔に胸が張り裂けそうになる。あのときの雅美の精神状態は普通ではなかった。よりにもよって、最愛の息子を殺そうとするなんて。

もちろん、怒りや憎しみのためなどではなかった。夫の裏切りに疲れ果てて、死にたかったのだ。智紀を残していくのはかわいそうだったし――それに、自分が一人で死ぬのは怖《こわ》かった。だから、共に死ぬつもりだった。心優しく、誰よりも母親が大好きだった智紀なら、きっとわかってくれると思った。

だが智紀の抵抗は激しかった。あんな華奢《きゃしゃ》な身体をしていたのに、暴れ出したら雅美には押さえきれなかった。恐怖にかられた雅美は何度も智紀を叩《たた》き、馬乗りになって細い首を絞め上げようとした。智紀の悲鳴と泣き喚く声でようやく我に返り、雅美のほうが泣き崩れた。

智紀がいなくなったのは、その翌日だった。

心中未遂のことを、雅美は誰にも話せなかった。夫にも、妹にも、もちろん警察にも。智紀の失踪は、前夜の出来事と関係があるのだろうか。彼は母を恐れて、自分から逃げ出してしまったのだろうか。

そう考えると胸が痛んで仕方がなかった。雅美は罪悪感に押しつぶされそうになり、その可能性を必死に否定した。

もしも智紀が母に怯《おび》えて行方をくらましたなら、あんな書き置きを残していくはずがない。彼は魔女にとらわれ、必死で母に救いを求めたのだ。

〈必ず助けてあげる。智紀、今度こそ必ずあなたを幸せにしてあげる〉

電話を切ってから三十分ほど経った頃、インターホンが鳴った。雅美は飛びつくようにモニターを確認した。黒い帽子をかぶり、黒いレインコートを着た小柄な姿が映っていた。

うつむいているので顔はわからない。雅美の胸は高鳴った。

「どうぞ、エレベータで上がってください。九階です。九〇一号室」

はしゃいだ声で告げると、魔女は無言でうなずき、開かれたエントランスの扉を通った。雅美は落ち着かず、立ったり座ったりしながら魔女の来訪を待った。まもなく部屋のインターホンが鳴り、雅美は急いでドアを開けた。

魔女は、想像していたよりもずっと若くて小柄だった。雅美よりも背が低い。二十歳そこそこに見えた。帽子を目深《まぶか》にかぶり、黒っぽいレインコートをはおって、濡れたビニール傘を手にしている。魔女なのに傘を差すのだと思うと、雅美はおかしくなった。雨に濡れない魔法はないのだろうか。

「あなたがセルグレイブの魔女ですか?」

雅美が興奮を押し隠して尋ねると、魔女は顔を上げた。

やはり若い。目がきょろりと大きく、子供っぽいと言っても良い。化粧っ気はないが、綺麗な顔立ちをしていた。

「違います。私は魔女じゃない」

電話で聞いた通りの声だった。雅美は眉をひそめて少女を見つめた。

魔女じゃない? 智紀の居場所を知っているのに? ではこの少女は何者だろう?

「上がってもいいですか?」

少女に尋ねられ、雅美は戸惑いながらうなずいた。少女は濡れた傘を傘立てに立てかけ、靴を脱いだ。

「お邪魔します」

ごく当たり前の挨拶を聞いて、雅美はいよいよ不安になった。

誰なのだろう。魔女ではないなら、なぜ智紀のことを知っている？　少女は明るい室内に入ると、照明を避けるように手をかざした。雅美はその背に尋ねかけた。

「あなた、誰なの？　セルグレイブの魔女ではない？」

「違います」

「ならば、誰？　智紀のことを……？」

「私は黒崎といいます。智紀くんとは、小学校の同級生でした」

少女は帽子を取って振り返った。

雅美の胸に失望が広がっていった。明るい照明の下で見れば、とりたてて特徴もない平凡な少女だった。顔立ちは整っているが、顔色が悪く、着ているコートも安っぽい。若いのに地味で、貧相な印象だった。

やはり悪戯なのか？　頭のおかしいオバサンをからかって嗤《わら》う、あのたちの悪い連中の一人なのか？

少女は雅美の感情を読み取ったかのように微笑《ほほえ》み、静かに言った。

「あなたをお迎えに来たのです。トモキくんが、あなたを取り返そうとがんばっているから」

「……智紀が!?」

雅美は混乱した。この少女は何者なのだ。魔女の手先だろうか？

それに、彼女の言葉の意味も不明瞭だった。智紀が家に帰りたがっているとか、母に会いたがっているとかいうならわかる。だが、「取り返そうとしている？」

「彼は今、ドルードの居城を目指して進軍中です。信頼できる仲間たちとともに」

「……ドルード？」

「そこが最後の戦場なのです。トモキくんは母を——あなたを魔獣の手から取り返すために、必死に戦っているんです」

雅美は眉間のしわをますます深くした。

何を言っているのかさっぱりわからない。ドルードって？　魔獣って？　智紀が、何と戦っているって？

この街の人たちは皆、雅美のことを、精神のバランスを崩したかわいそうなオバサンだと思っている。近所の人も、医師や看護師も、警察官も、妹の玲子ですらも。だが雅美は、四六時ちゅう頭にお花を咲かせているわけではない。断続的に妄想に苦しめられることもあるが、ふと風が吹いたように意識がはっきりすることもある。

今、少女の言葉を聞くうちに、雅美の意識は少しずつ醒《さ》め始めた。

この子こそ、頭がおかしいんじゃないだろうか。目つきが少し変だ。酔っぱらっているんだろうか？　いや、口調はしっかりしている。でも、何か様子が変だ……。

警戒しながら、雅美は尋ねた。

「あなた、本当に智紀の居場所を知ってるの？　あの子は元気にしてるの？」

「もちろん元気です。レベルも上がって、今や大陸にその名を轟《とどろ》かせる勇者です」

「……会わせてもらえるんでしょう？」

「あなたが望むなら」

「望むに決まってるでしょう」

間髪を入れずに雅美は言った。少女に対する警戒は高まる一方だったが、同時に期待も膨《ふく》れ上がった。

おかしな少女。だが、この子が本当に智紀の居場所を知っているのだとしたら。智紀を連れ戻してくれるのだとしたら。何を犠牲にしても構わなかった。

「智紀はどこにいるの？　知っているなら教えて。お願いだから……」

「彼はあなたを救うために戦ってるんです」

言いながら、少女はレインコートを脱いでソファの上に投げた。コートの下は、やはり黒っぽい地味なシャツと細身のパンツだった。

「私を……救う？」

「そうです。あなたは彼のもとへ行かなきゃいけない。こちらとあちらの世界は、つながってはいても、一方通行なんです。彼はもうこちら側へは帰ってこられない。だから、あなたがあちら側へ行ってあげてください」

　また、わけのわからない言葉の羅列《られつ》になった。こちら側とか、あちら側とか。だが雅美は、意味もわからぬままうなずいた。少女を刺激するよりも、とにかく話を理解したふりをして、手がかりを引き出したかった。

「わかった。どこへでも行くわ。私はどうすればいいの？」

「目を閉じてください。そして、何が起きても声を立てないで」

　雅美は言われた通り、目を固くつぶった。次の瞬間、腹に何かがぶつかってきた。鋭い衝撃に驚いて、雅美は目を開けた。衝撃は激痛に変わり、雅美は呻《うめ》いた。少女と目を見合わせ、おそるおそる視線を下に向けてみて、初めて自分が刺されたのだとわかった。

　少女はゆっくり包丁を引き抜くと、構え直して勢いよく振り上げた。刃先についた血が飛び散り、少女の白い頬を汚した。雅美はよろめき、反射的に後じさった。

「声を立てないで」

　少女は包丁を構えたまま、別人のように低い声で言った。雅美は腹を押さえた。指が、そして手のひらが、べったりと温かいもので濡れた。大きく口を開けた雅美に、少女はもう一度「声を立てないで」と繰り返した。

「苦しみは一瞬です。目覚めたときあなたは、あちらの世界にいる。トモキくんが待ってるんです」

雅美が声を上げなかったのは、少女の命令を受け入れたからではない。大声を出す力が、もうなかったのだ。

雅美はようやく悟った。自分が今、殺されつつあるのだということを。そして、目前に死を突きつけられるのがどれほど恐ろしく、耐え難いものであるかということを。

智紀の悲鳴が、ひきつった顔が思い浮かんだ。あの子も怖かったんだろうか。あの細い喉《のど》を絞め上げたとき、雅美は感極まって涙ぐんだ。この子と二人で、苦しみのない世界へ行けるのだという思いに酔った。だが――あの子は、怖かったのだろうか？　今の雅美と同じように。

斜めに胸を裂かれた。焼けた鉄を押し当てられたような痛みが走ったが、雅美の喉から漏れたのは小さな呻きだけだった。自分にまだ痛みを感じる余地が残っていることが、雅美にはむしろ不思議だった。

青白かった少女の顔に、ようやく生気が宿った。彼女は息をはずませて、包丁を両手で構え直した。黒いワンピースは返り血を浴びても目立たない。ただ、白い肌に散った血だけが異様に赤かった。

「セルグレイブの魔女を訪ねなさい。あの方が道を示してくれます」

少女は早口でつぶやき、包丁を横に薙《な》いだ。雅美の喉から噴きだした血は、滑稽《こっけい》なほど勢いよく高く上がって、天井を染めた。

雅美は天井を見上げながら、仰向けに倒れた。のぞきこむように屈《かが》みこんだ少女の顔が、大きく見えた。

〈ああ。智紀が帰ってきたんだ〉

薄れ始めた意識の中で、雅美は唐突に気づいた。

なぜ、すぐにわからなかったのだろう。この娘は、智紀だ。あの子が戻ってきたのだ。九年ぶりに。

女の子の格好をしても、まったく違和感がない。智紀は赤ちゃんの頃から、しょっちゅう女の子と間違えられるくらい可愛い顔をしていた。

〈これは、復讐？　九年前のあの晩の？〉

ぼうっと浮かんだその考えを、雅美はすぐに打ち消した。智紀はそんな子ではない。優しくて思いやり深い、天使のような子だった。あの子は復讐なんて考えない。

〈智紀は、私を助けに来てくれたのだ。私の苦しみを終わらせるために帰って来たのだ〉

覆い被さるようにのぞきこんでいた黒崎由布子が退き、天井の照明の光が雅美の目に入った。だが雅美にはもうそんなことはわからなかった。ただ、ふいに明るく、白くなった視界を不思議に思っただけだった。

光の中に、剣を構えた少年の幻が見えた。少年は高く、誇らしげに剣を掲げた。幼いけれど力強い、真の勇者らしく。

雅美は声にならない声で息子の名前を呼んだ。そして、引き返すことのできない一本道をまっすぐに走り出した。

☆

雨は勢いを強めたり弱めたりしながら降り続いている。大雨警報が出され、各地で浸水などの被害が相次いでいた。

長雨は街を暗くするだけではなく、音までも吸収してしまうかのようだ。街全体がひどく静かだった。人々は外出を控えて家にこもっているようだし、車の量まで減っているように思える。

この雨は永遠にやまないかもしれない。そんな非現実的な夢想にひたりながら、玲子は窓際に立ち、外を眺めていた。雨に閉ざされた街はあらゆる色彩を失い、灰色の膜に覆われたように見えた。

一目でマスコミ関係者とわかる連中が、ぽつぽつと傘を差してマンション前をうろついているのが見て取れる。今や玲子は、マスコミが取材したい女性ナンバーワンかもしれない。一介の主婦にすぎないのに、姉が無残な殺され方をしたおかげで、セレブ級の注目を集めるようになった。玲子は皮肉な考えを弄《もてあそ》び、唇を歪《ゆが》めた。

連続殺人事件の四人目の犠牲が出た。しかも今度の被害者はこれまでのような子供ではなく、四十代の主婦だ。彼女の息子が九年前、「セルグレイブのまじょをたずねよ」という走り書きを残して行方不明になってしまったことが、新聞でもテレビでも大きく報道されている。殺された細谷雅美の服にも、やはりこのメッセージを記した紙がピンで留められていた。三人の子供たちと同じく。

九年の時を経た不気味な一致は、何を意味しているのか？

犯人は、九年前に細谷智紀を誘拐したのと同一人物だろうか？　とすると、細谷母子に積年の恨みを持つ人物なのではないか？

犠牲となった三人の子供たちは、犯人にとってなんらかの「儀式」に必要な「生け贄」にすぎず、本当の狙いは細谷雅美だったのでは？

それとも、今回の事件は、前の三件とは別の犯人によるものだろうか？　残されていたメッセージは、同一犯の犯行に見せようとする、第二の犯人の工作か？

推理ゲームめいた憶測は高まる一方だった。被害者の妹である玲子に取材しようとするメディアも後を絶たないが、夫の芳雄が身を張ってシャットアウトしてくれている。

死体を発見したのは玲子だった。電話をしても通じないので心配になり、合鍵を使って中に入ったのだ。

不思議なことに、死体を見つけたときの衝撃はほとんど記憶にない。乾いた血のこびりついた絨毯《じゆうたん》、仰向けに倒れた姉、胸に留められた紙切れ、そこに残されたメッセージ……そんな映像は断片的に覚えているが、自分がそれらに対してどんな反応を示したのかが思い出せない。後に警官から聞いたところによれば、一一〇番通報した玲子は他人事のように冷静に「姉が死んでいます。滅多刺しにされて殺されています」と報告し、住所や自分の携帯番号などを淡々と伝えたという。電話を切った玲子は、パニックに陥ることもなく、悲鳴を上げて逃げ出すこともなく、姉の死体のかたわらに座りこんで警官の到着を待っていたのだった。

ショックで感覚が麻痺《まひ》していたのだろうと、後から慰《なぐさ》められた。そうかもしれない。だがむしろ、ショックすらなかったように思う。起きるべきことが、やはり起きた——そんな虚《むな》しさを抱えて、ただうずくまっていた気がする。

起きるべきこと。ザコキャラを殺してレベルを上げた勇者が、いよいよ本格的な戦いを始めたのだ。

姉の遺体は司法解剖され、発見時に死後二十四時間ほど経過していたことがわかった。独り暮らしで近所付き合いもない雅美が、死後丸一日で発見されたのは、むしろ運が良かったと言えるだろう。近所に住んではいても、玲子が姉に何日も連絡を取らないことはよくあった。

玲子が姉に電話をかけたのは、別に、虫の知らせなどという綺麗な理由からではない。玲子は気が進まなかったのだが、夫にしつこく言われたのだ。お義姉さんの精神状態は不安定になってるんだから、こまめに連絡しなくてはいけない、何かあってからでは遅い、と説教めいた口調で言われ、しぶしぶ姉に電話をした。通じないのでさすがに不安になってマンションを訪れたというわけだった。

その後の警察への対応も、葬式の手配も、すべて芳雄が仕切ってくれた。葬式に参列したのは、田舎から駆けつけた両親と数名の親族のみだった。老いた母の悲嘆は、九年前に孫を失ったときよりはるかに大きく、手がつけられないほど泣きじゃくった。慰める気力もなくぼんやりしている玲子に代わって、母をいたわってくれたのはやはり芳雄だった。

その後も芳雄は玲子の精神状態を気遣い、ビストロも臨時休業にして、ずっと玲子に付き添っている。買い物、料理などはすべて引き受けてくれるし、新聞やテレビなどの過熱報道が玲子の目に入らぬよう、さりげなく遠ざけてくれてもいる。

夫の気配りは、玲子にはありがたいが、同時に重荷でもあった。夫が優しく接してくれれば、それだけ自分も気丈にがんばらねばと思ってしまう。泣き喚《わめ》きたい発作にとらわれる瞬間がしばしば訪れても、玲子は歯を食いしばってこらえた。玲子は、他人に弱味を見せることにあまりにも不慣れだった。たとえ夫に対してでも。

「メシにしよう」

声をかけられて、玲子はやっと窓際から離れた。

遅めの昼食。夫は、彼にしてはシンプルな食卓を調えていた。それでも、トマトやパプリカをあしらったサラダやハーブ入りオムレツなど、色彩の美しさにはこだわりを崩《くず》さない。玲子にはまったく食欲はなかったが、夫のこうした配慮には感謝した。

「しかし、よく降るねえ。今年は冷夏だっていうし、野菜の値段が上がりそうで今から気が滅入るよ」

芳雄は大げさにため息をついて肩をすくめた。愛敬のある丸顔と体型のせいか、こういう外人めいた仕草が板についている。

夫がわざと呑気な口調で、当たり障りのない天気の話を持ち出してくれたことはよくわかった。玲子は微笑もうとしたが、どうしても笑顔にはなれなかった。

「やまないほうがいいわ」

玲子はサラダを小皿に取り分けながらつぶやいた。夫は「うん?」と明るい顔で聞き返した。

「ずっと、雨が続けばいいって言ったのよ。そうすれば、大雨のニュースのほうが重大になって、うっとうしいマスコミの人たちもいなくなってくれるでしょ」

本当に言いたかったのはそんなことではなかった。永遠の雨が、罪も嘘も怯《おび》えも死体もすべて洗い流してくれればいい……そう思ったのだ。だが、そんな感傷的な言葉を夫の前で口にする気にはなれなかった。

夫は「野菜の値段のことも心配してくれよ」と朗《ほが》らかに笑った。その笑顔を見て、ふいに玲子は胸に鈍い痛みを感じた。

これまで、夫の前で弱味を見せたことは一度もない。スポーツジムの人間関係のことなどで弱音を吐いたり、愚痴《ぐち》を言ったりしたことはあったが、それはあくまでも玲子自身のプライドを傷つけない範囲に注意深くとどめていた。

本当に深刻な悩みや隠し事は、誰にも言えない。言えば、楽になるどころか、後悔にのたうち回るに決まっている。子供の頃から玲子は、本音を隠すことに慣れていた。

だが今、夫の大らかな笑顔と向き合って、玲子は初めて泣きたくなった。こんな包容力のある夫に恵まれながら、虚勢を保ち続ける意味がわからなくなった。

彼は、玲子が姉の死に動転しているのだと思い、気遣ってくれている。だが、本当はそうではなかった。彼の前で、すべて話してしまいたい衝動にかられて、玲子は口を開いた。

「誰が姉さんを殺したんだと思う？」

芳雄は、はっとしたようにフォークを持つ手を止めた。玲子は畳みかけるように続けた。

「なぜ、姉さんが狙われたんだと思う？　犯人は、次に誰を狙うかわかる？」

「玲子……」

芳雄はあわてた表情で珍しく妻の名を呼び、彼女を落ち着かせようとした。だが玲子は頭を振った。

「私よ、次に殺されるのは。犯人の本当の狙いは私なのよ」

「何を言ってる。落ち着いて。そんな馬鹿なこと、あるはずが……」

「馬鹿じゃないわ。私は、あなたに……」

ずっと、隠し続けてきたことがある。かつて、姉の夫と不倫関係を持ったこと。それを甥に気づかれたこと。

玲子は何度も息を呑みこんだ。すべて打ち明けてしまうことなど、やはりできるわけがなかった。代わりに玲子は、声を震わせて言った。

「犯人は、智紀なの」

芳雄は目を見開き、異様な表情で妻を見つめた。玲子は訴えかけた。

「あの子が戻ってきたのよ。私を殺すために」

「ば……」

「馬鹿じゃないわ！」

玲子はこみ上げてくる涙をこらえられなかった。悔恨《かいこん》と恐怖が大きく膨れ上がって、胸が詰まった。それを吐き出すように大きく呼吸をして、続けた。

「あの子は死んでなんかいなかった。この九年間、ずっとどこかから私を見張ってたのよ。小さい子供たちを練習台にして殺し方を覚えて、ついに姉さんを手にかけたのよ。次は私。あの子が本当に狙《ねら》ってるのは……」

「玲子」

芳雄はひきつった表情で遮った。彼の声は、叱りつけるように厳しかった。

「やめなさい。そんな支離滅裂《しりめつれつ》な考えで自分を傷つけてどうする?」

「支離滅裂なんかじゃ……」

「仮に、本当に智紀くんが今もどこかで生きているとしても」

彼はフォークを慎重に皿の上に置き、ゆっくり手を組んだ。

「彼が義姉さんを殺すはずがないだろ。母親なんだぞ。そして君は、彼の叔母だ。彼は君にとてもなついてた。僕はよく覚えてるよ。あの子が君と一緒によくうちの店に来てくれたことを。仲良かったじゃないか。まるで母親と息子みたいで微笑ましかった」

「あの子は……」

玲子は言葉を続けられなかった。

あの子は、傷ついていた。いや、周囲の大人たちから深く傷つけられていた。優しい叔母を装っていた玲子は、あの子の父親を奪い、家庭を壊した。母親の雅美は、あの子の首を絞めて殺そうとした。智紀には、二人に復讐する理由が十分ある——。

玲子はしゃくり上げ、唇を手で押さえた。言えることではない。打ち明ければ、この家庭も崩壊してしまう。

すべてぶちまけてしまいたい衝動と必死に戦いながら、玲子は夫の顔を見つめ返した。彼の目に浮かんでいる感情に気づいたとき、玲子はぞっとした。

彼が何を考えているのか、玲子には手に取るようによくわかった。なぜならそれは、彼女自身が以前にしばしば抱いた考えと同じだったから。

——刺激してはいけない。なんとか落ち着かせなくては。逆らわず、言いたいことをすべて言わせて、様子を見よう。

心のバランスを崩した姉を前にしたとき、玲子はいつもそう考えたものだった。姉が必死になればなるほど、玲子は猫なで声で姉をなだめにかかった。

「玲子、君は疲れてるんだよ。昨夜もほとんど眠ってないだろ」

芳雄は気遣いのあふれる声で言った。

「少し休んだほうがいいよ。必要なら、薬を買ってこようか？　睡眠導入剤の、なるべく弱いやつ……」

「いらない」

私は正常だ。これは妄想なんかじゃない。そう喚きながらテーブルクロスを引っ張って、テーブルの上のものを全部ひっくり返してしまいたい。だが、そうする代わりに玲子は微笑を浮かべて、静かに立ち上がった。姉がいつも、気弱げな笑みを浮かべていたことを思い出しながら。

「玲子」

「あなたの言う通り、疲れてるんだわ。少し眠ってみる。ごめんね」

玲子はキッチンを出て、寝室に向かおうとした。そのとき突然、リビングのテーブルの上に置いた携帯電話が鳴り出した。

玲子はびくっとした。夫と姉以外の人間からかかってくることは、ほとんどない番号である。恐る恐る手を伸ばし、発信者を確かめた。知らない番号が表示されていた。

「――もしもし?」

キッチンから夫が心配そうに見ていることに気づいた。玲子は（大丈夫）と目顔で合図を送った。

（元気ないですね）

癇《かん》に障る明るい声が聞こえてきたので、玲子はとっさに携帯電話を強く握り締めた。篠塚彰久は今にも笑い出しそうな声で続けた。

（あ、すみません。まずはこう言うべきですよね。このたびはまことにご愁傷様で……）

「なんの用?」

玲子は冷ややかに、彰久のおちゃらけを遮った。彰久は悪びれもせずに答えた。

(用ってわけじゃないですけど。次は自分の番だってびくびくしてたら気の毒だと思って。ご機嫌うかがいです)

玲子は逆上しそうになったが、かろうじてこらえた。冷静さを失えば、彰久をますます面白がらせるだけだ。それに、夫にも心配をかける。

「私は平気よ。お気遣いありがとう」

(平気って声じゃないですね)

「切るわよ」

(防犯カメラの映像はもう見ましたか?)

通話を切ろうとしていた玲子は、気にかかる単語を耳にして、手を止めた。

「カメラ……?」

(お姉さんのマンション、防犯カメラがついてるはずですよ。一階の入り口のところに。エレベータ内にもあるんじゃないかな)

玲子は呆然として、彰久の言葉に聞き入った。

(映ってたでしょ、犯人。どんなヤツでした?)

「……見てないわ」

(え、見せられてないんですか? じゃ、まだ警察のほうであれこれ調べてるんですね。

ずいぶん慎重だな)

「防犯カメラに……犯人が……？」

玲子は、そんな単純なことに気づかなかった自分に呆れた。姉のマンションには何度も出入りして、エントランスとエレベータ内にカメラが設置されていることはよく知っていたのに。やはり死体発見以降、まともに頭がはたらいていなかった証拠だ。

(近いうちに警察に呼ばれて、見せられると思いますよ。この人物に覚えはありませんかって。変装したりマスクで顔を隠したりしてるかもしれませんけど、背格好ぐらいはわかるでしょう。どんなヤツなんでしょうね、この短期間に幼児三人主婦一人を殺してのけた殺人鬼って。マッチョなのかチビなのか。年寄りなのかガキなのか。男なのか女なのか……)

ふざけた声を聞きながら、玲子はにわかに心臓が鼓動を速めるのを感じた。

防犯カメラに、犯人が映っている？　警察は当然、映像を押さえているはずだ。すぐに玲子に確認させないのは、彰久の言った通り、捜査に慎重だからなのか……あるいは、玲子の精神状態が普通ではないことを考慮しているためなのか。

このくだらない通話をすぐにでも打ち切って、警察に連絡したい。防犯カメラの映像を確認させて欲しいと頼みたい。心当たりがあるかもしれないから、と。

智紀はどんな青年になっているだろう。小学生の頃は標準よりだいぶん小柄だった。今でも背は低いのか。それとも案外、長身に育っているだろうか。顔は？　かつての面影を、少しでも残しているだろうか？　十八歳の彼は、どんな表情を浮かべているんだろう。母親を殺しに行く興奮を抑えきれず、そわそわしているだろうか。それとも落ち着き払っているだろうか。

（あ、ひょっとして、智紀くんが映ってるとか思ってます？）

彰久の笑いを含んだ声が玲子の妄想を断ち切った。玲子は答えなかった。

（参ったなあ。僕はほんの冗談のつもりだったんです。まさかあれを真に受けるとは思わなかった。言っておきますが、僕はまったく、智紀犯人説なんか信じてないですから）

「……待って」

玲子は尖った声で言った。

「信じてない？　でも、あなたはあのとき……」

（言いましたよ。犯人は子供を殺してレベルを上げてる。最終目標のあなたを殺すために。あの理屈でいうと、当然、犯人はあなたを魔獣ドルードと同一視してる人間、つまり智紀ってことになりますが、もちろん冗談です。智紀は一切関係ない）

「あなた、知ってるの？　智紀が、今、どこで何をしてるのか」

不穏な会話に驚いたのだろう。芳雄がキッチンから出てきて、玲子をうかがった。玲子は、心配ないと手振りで示した。

(まさか。知るわけないじゃないですか。あの子は九年前に行方不明になったきりです)

「だったら、どうして……」

(関係ないって言い切れるのか？　だって、犯人がもし智紀だとしたら、狙うターゲットが不自然じゃないですか)

「ターゲット？」

(当時、智紀は自分の家庭で何が起きてるのか全部知ってたんですよ。母親がなぜ自分の首を絞めたのか、その理由もちゃんと理解してた。あなた方が考えてたより、彼はずっと大人びた、賢《かしこ》い子でした。僕が智紀の立場なら、一番殺したいのは父親ですね)

玲子の脳裏に、巧のにやついた顔が浮かんだ。吐き気を感じて、玲子は息を呑みこんだ。

(もちろん、叔母や母親にもいずれ矛先《ほこさき》が向くかもしれません。でも一番憎いのは父でしょう。息子として、真っ先に考えるのは父殺しですよ。彼の父親やその周辺に何も被害がないなんて、不自然です)

「智紀じゃないなら、犯人は誰だというの？」

(僕は探偵じゃない。そんなこと、わかるわけないじゃないですか)

彰久はまた笑った。玲子は苛立って言った。

「結局、あなたが口にするのは冗談ばかりなのね。切るわよ」

（犯人は、女だそうですよ）

まだ笑いの余韻を残す声で彰久は言った。玲子は耳を疑った。

「……女？」

（ま、ただの憶測ですけどね。僕じゃありません。僕の従弟《いとこ》が言ってるんです）

「どういうこと？」

（壮太には心当たりがあるらしいんですよ。信憑性は五パーセントぐらいですけどね。彼が言うには、犯人は若い女だそうです。十八歳の女子大生）

具体的なデータを聞いて、玲子はぎょっとした。

「赤城くんは何か知ってるの⁉　女子大生って……⁉」

（あまり真に受けないでください。信憑性は五パーセントなんですから。あいつは思い込みが激しいんです、昔から。ただ、あなたは一般公開される前に防犯カメラ映像を見られる立場の人です。ちょっと心に留めておいてもらえませんか。はたして本当に、女子大生が防犯カメラに映ってるのかどうか）

「待って。心当たりがあるなら教えて。女子大生って、赤城くんの知ってる子なの？　何を根拠にそんなことを……？」

（さあね。知りませんよ。詳しいことは壮太に聞いてください）

唐突に、電話は切れた。玲子は、突如黙りこんでしまった携帯電話に向かって抗議の言葉を発しそうになり、その虚しさに気づいて唇を噛んだ。

「誰からだったの？」

早速、芳雄が心配そうに声をかけてきた。玲子は携帯電話をテーブルの上に置いて、夫に歩み寄った。

「防犯カメラの映像のこと、何か聞いてる？」

夫の顔に、一瞬の動揺が走ったのを玲子は見逃さなかった。

「知ってるのね？」

芳雄は観念したようにうなずいた。

「――犯行時刻の前後に映ってる怪しい人物がいるんだ。映像を見せられたよ。心当たりはないかって訊かれた」

「私、何も聞いてないわ」

「それは……すまない。気に障ったなら……」

「どうして!?」

玲子は怒りにかられて、夫に詰め寄った。

「どうしてよ？　私にはなんの話もなかったじゃない！」

「僕が警察に頼んだんだ。妻は疲れてるから、映像を確認させるのは少し落ち着いてからにしてくれって。それに、君が見てもすぐにピンとくるような映像とは思えなかった。少なくとも僕らの知り合いじゃない」

「だからって……！」

玲子は夫の勝手な判断に食ってかかろうとしたが、すぐに思い直した。確かに、玲子の精神状態を考えれば、芳雄の判断は的確だっただろう。

玲子は、少しずつ自分が本来の力を取り戻しつつあると感じていた。そのきっかけが彰久からの電話だったのは癪《しゃく》だが、認めざるをえない。停止していた思考回路が、久々に動き始めている。今は、夫を責める状況ではない。

深呼吸をして、玲子は言った。

「どんな人が映ってたの？」

芳雄はすぐには答えなかった。この話題を続けて良いものかどうか、玲子の状態を気にかけているのだ。玲子はつとめて声を落ち着け、尋ねた。

「女の子だった？」

芳雄はまた、動揺の表情を浮かべた。

「そうなのね？」

「今の電話で聞いたのか？　誰からだったんだ？」

「私の質問に答えてよ。犯人は十八歳ぐらいの若い女性だった――そうなのね？」

「わからないんだ」

芳雄は途方に暮れたように、大げさに両手を広げた。

「義姉さんのマンションは設備がかなり古い。カメラの映像も鮮明じゃなかった。問題の人物は帽子をかぶって、顔を伏せてた。何度も見返したけど、僕にはまったく心当たりがなかった」

「女性だったの?」

「はっきりとは言えない。小柄な男かもしれない。黒いコートを着て、黒いズボンをはいていた。年齢はわからない」

智紀は赤ちゃんの頃、よく女の子と間違えられた。とても可愛くて、おとなしかったから。あの子なら、帽子をかぶってコートをはおれば、性別などいくらでもごまかせるだろう……。

玲子は浮かんでくる考えを振り払った。冷静になろう。こじつけや妄想を排し、わかっている事実だけを考えよう。

「あのマンションは、一階のエントランスにロックがかかってる。中に入るには二つの方法しかない」

玲子はほとんど芳雄の存在を忘れて、独り言のようにつぶやいた。

「合鍵を使うか、マンション住人を呼び出してロックを解除してもらうか。まったくの部外者が許可無しで立ち入ることはできないわ」

「それは警察も当然考えてるよ」

芳雄が言った。玲子は思考の流れを邪魔されてむっとしたが、芳雄は気づかぬ様子で続けた。

「犯人は一階のインターホンで義姉さんの部屋を呼び、ロックを解除させてるんだ。つまり、義姉さんが警戒せずに部屋に招く間柄だったたってことだ」

「そんな人、いないわ。姉には友達なんて一人もいなかった。マンションを訪ねるのは私ぐらいなものだったんだから」

「でも実際、義姉さんは犯人のためにロックを解除し、部屋に招き入《まね》れてるんだ」

やはり、智紀なのか。姉が心を許す人間など、他に考えられない。

芳雄は玲子が落ち着いたことに安心したらしい。表情をゆるめて続けた。

「通話記録も残ってるらしいんだ」

「通話？」

「義姉さんの部屋の電話に、誰かがかけてるんだよ。犯人らしき人物がマンションにやって来る三十分ぐらい前に」

「じゃ、その電話が？」

「犯人からかもしれない。町内の公衆電話からだったそうだ」

姉に電話をかけてくる人物に、心当たりはなかった。そもそも、姉の電話番号を知っている人間はそう多くない。世話になった病院や警察には番号が記録されているはずだが、そこから漏れたのだろうか……。

考えをめぐらせていた玲子は、突然、姉が口にしていた言葉を思い出してはっとした。早朝、スリッパ履きでうろついて、警察に保護されたときのことだ。睡眠導入剤を服《の》んだ後、姉はうつらうつらしながらつぶやいた。

――電話があったの。それで、私……。

誰からの電話だったのか聞き出せないうちに、雅美は眠りに落ちてしまったのだった。あの電話も、犯人からだったのかもしれない。あのとき、はっきりさせておかなかったのが悔やまれる。

記憶がはっきりしてきた。あれは、三人目の子供が殺害され、死体が発見された朝のことだった。犯人は子供を殺した後、雅美に電話をかけて呼び出したのか。殺すつもりで? それとも――雅美に罪を着せるつもりで?

しかし犯人は、あの朝、雅美を殺害もしていないし、濡《ぬ》れ衣《ぎぬ》を着せることにも成功していない。雅美がスリッパ履きで飛び出すほどあわてていたのはなぜなのか。犯人はいったいどんな言葉で彼女を呼び出したのか。

犯人の行動が綿密な計算に基づいているのか、それとも行き当たりばったりなのか、玲子には判断がつかなかった。防犯カメラや通話記録に自分の痕跡を残しているのは、ずいぶん迂闊《うかつ》な行動だ。帽子で顔を隠したり公衆電話を使ったり、一応用心しているらしいが、工作にしては杜撰《ずさん》で、かえって幼稚さを感じる。

十八歳、女子大生。彰久がもたらした情報は本当なのだろうか。それとも、彼らしい悪趣味な冗談にすぎないのか。

玲子は携帯電話を再び手にして、発信記録を表示した。芳雄が太い眉を寄せて尋ねた。

「誰にかけるの？　今の相手か？　誰だったんだ？」

玲子は答えず、赤城壮太の携帯電話にかけた。長い呼び出し音に続いて、ぼそぼそした壮太の声が聞こえてきた。

（……はい？）

「赤城くん？　笠間玲子です。智紀の叔母の」

壮太は無言だった。玲子は構わずに続けた。

「今、篠塚くんから電話があったの。あなたが、姉を殺した犯人に心当たりがあるようだって言ってました」

（心当たりってわけじゃないです）

壮太は相変わらずボソボソした声で、しかし素早く否定した。

（もしかしたらと思ってるだけで。証拠とか、そういうのはないです）

「でも、思い当たる人がいるんでしょう？」

壮太は答えあぐねているようだった。玲子は言った。

「私と一緒に、警察に行ってほしいの」

(……警察って……言われても……)

「防犯カメラに、犯人と思われる人物が映ってるんですって」

壮太が息を吞む気配が伝わってきた。玲子はゆっくりと続けた。

「まだ一般公開はされてない。その映像を、私と一緒に見てほしいの。あなたが心に思い浮かべてる人物かどうか」

(そ……れは……)

壮太はしどろもどろになった。ずいぶん動揺しているようだ。思い当たる人物というのは、壮太とかなり親しい人物なのだろうかと玲子は思った。だとしたら彼の苦悩は理解できるが、引き下がるわけにはいかない。

「お願い。重要な手がかりなのよ。放っておいたら、犯人は間違いなく次の殺人を犯すわ。一刻も早く、映像を確認してもらわないと」

(早くって……いつですか)

鈍い反応に苛立ちながら、玲子は言った。

「今よ！　今すぐ！　私、これからすぐ家を出るわ。あなたの家までタクシーで迎えに行く。一緒に警察へ行きましょう」

（それは……いや……ちょっと、忙しいんで）

玲子はカッとなった。壮太が学生なのか浪人生なのかは知らないが、四件も連続して起きている殺人事件より大事な用事を抱えているとは思えない。

「じゃあ、いつならいいの？　一時間後？　二時間後？　用事が済み次第、来てくれるわね？」

（あの……明日まで待ってもらえませんか）

「明日？　ひょっとしたら今夜、五人目の犠牲者が出てしまうかもしれないのに？」

玲子の苛立ちが伝わったのだろう。壮太は黙りこんだ。何か心に決めたことがあるとき、言葉にするのではなく、口をつぐんでしまうタイプだ。玲子はふと不安にかられた。

「まさかとは思うけど……あなた、犯人に今の話を伝える気じゃないでしょうね？」

壮太はやはり何も言わない。玲子は電話で連絡したことを後悔した。有無を言わせず壮太の家に押しかけ、首に縄をつけてでも警察署に引っ張って行くべきだった。

「ねえ、それは絶対に駄目よ。犯人に逃亡を促《うなが》すことになってしまう。そのくらい、わかるわよね？　犯人があなたにとって親しい相手だというなら、なおさらよ。これ以上、罪を重ねさせる前に……」

（犯人犯人って、言わないでください。僕は犯人を知ってるなんて一言も言ってない。ちょっと、心にひっかかっていることがあるだけですから）

壮太は、玲子の興奮に水を差すようにボソボソと言った。玲子は怒鳴りたくなったが、かろうじて声を抑えた。

「どうして明日まで時間をおかなきゃならないの？」

（今日は忙しいんです）

どうしても見たいアニメ番組でもあるわけ？　喉まで出かかった嫌味をこらえて、玲子は折れた。どうがんばっても、この鈍重なオタク青年の決意を変えさせることはできそうになかった。

「わかった。明日は絶対に、警察に行ってくれるわね？」

（行きます）

「朝九時に、あなたの家に迎えに行くわよ。いいわね」

（はい）

玲子が折れてみると、相手は素直だった。電話を切った玲子は、夫と目を合わせた。芳雄はしらけた表情でソファに座っていた。

「……誰と話してたの？」

答えを期待していない口調だった。玲子は「知り合いよ」としか答えられなかった。気まずい沈黙が続いた。玲子は申し訳なく思った。夫は玲子を庇い、尽くしてくれているのに、自分はといえば隠し事だらけだ。

「犯人捜しのようなことは、やめてくれないか」

芳雄は、ため息混じりに言った。

「それは警察の仕事だ。個人的に関わるのは危険だよ」

「危ないことなんてしないわ」

「君は無鉄砲なところがあるから、心配なんだよ」

玲子は夫の隣に座り、彼の膝に手を置こうとしたが、入れ替わりに彼は立ち上がった。

キッチンに戻って行こうとする夫に、玲子は尋ねた。

「智紀は死んだと思う?」

なぜそんなことを突然問いかけたのか、自分でもわからなかった。答えようのない質問であることはわかっているのに、口にせずにいられなかったのだ。

芳雄は足を止めたが、振り返らずに答えた。

「わからないよ。どこかで元気に生きてて欲しいとは思うけど」

〈たとえそれが、殺人者としてでも?〉

胸に浮かんだ言葉を打ち消して、玲子は「そうね」とつぶやいた。

「利明、シンゴの散歩、どうするの?」

ドアを開けて顔をのぞかせた母が尋ねた。利明はベッドにごろ寝したまま「悪いけど……」と言葉を濁した。母は文句も言わず、「わかった」といつになく優しい声で言って、ドアを閉めた。

10

ここ数日、利明は体調不良を理由に大学もバイトも休み、シンゴの散歩もサボっている。正確に言えば、細谷雅美の死体が発見されたというニュースを聞いて以来、だ。

これまでなら、利明の怠慢《たいまん》を決して許さず、少々の風邪や発熱なら構わずシンゴを押しつけて家から送り出した母だが、今回に限っては大目にみてくれている。小言を一切口にせず、朝夕の犬の散歩を代わりに引き受けてくれるのは、利明の顔色がよほど悪いからだろう。

利明だけではなく、家から一歩も出られなくなってしまった住人がこの街にはたくさんいる。犬の散歩も買い物も臆《おく》せずにこなしている利明の母のほうが奇特なくらいだ。ついに大人の被害者が出たことで、街を覆う恐怖は頂点に達していた。

　母は長雨にぶつぶつ文句を言っているが、利明はむしろこの雨を歓迎していた。雨のおかげで、人々の活動レベルが抑えられて、パニックに陥らずにすんでいるような気がするのだ。雨がやんだら、恐怖と猜疑《さいぎ》が炎となって、たちまち街を焼き尽くしてしまうのではないか。そんな馬鹿馬鹿しい妄想まで浮かんでくる。

〈黒崎さんじゃない。絶対に違う〉

　パジャマのまま、ベッドの上でごろごろしながら、利明は何度も同じ言葉を自分に言い聞かせている。

　幼い子供を手にかけることは、黒崎由布子の細い腕でも可能かもしれない。だが、成人女性を殺すのは無理だ。毒を盛るとか、高所から突き落とすなどの方法ならともかく、犯人は細谷雅美を滅多刺しにして殺した。由布子の体格ではまず無理だ。

　それに、彼女が犯人だとして、細谷雅美を殺す動機がわからない。赤城説によれば、彼女が狙うのは、親から虐待されている子供のはずだ。

〈だから、絶対に犯人は黒崎さんではない〉

　だが、呪文のようにその言葉を繰り返せば繰り返すほど、疑惑は逆に抑えがたくなった。雨の中、由布子の家を確認しに行った夜の奇妙な体験が、何度もフラッシュバックする。真っ暗な窓の向こうに立っていたあの人物――あれは由布子だった。顔は見えなかったし、体格も闇にまぎれてはっきりわからなかったが、利明は確信していた。

あのとき、由布子は、家の前に立っていたのが利明であることに気づいただろうか。傘を差していたし、あたりは暗かったから、あちらからも確認するのは難しかったはずだ。だが――街灯はついていた。ひょっとしたら、顔を上げた拍子に見られたかもしれない。

利明は、自分が怯《おび》えていることを認めざるをえなかった。もしも由布子が犯人だとしたら、彼女は利明の行動を警戒しているに違いない。次に彼女が標的にするのは――。

利明はびくっとして飛び起きた。こんなことばかり繰り返している。びくびくしてないで、さっさと警察へ行けよ、と心の声がする。だが、何を訴えるというのか。証拠なんて何もない。黒崎由布子は部屋の電気をつけずにいたから怪しいです、調べてください、とでも言うつもりか。

話せる相手は壮太しかいなかった。何度も携帯電話に手が伸びかけたが、その一方、あの夜の体験を彼に打ち明けるのは気が進まなかった。

悶々《もんもん》としているうちに、時間が過ぎてゆく。自分が何をすべきなのか、何をしたいのか、利明にはわからなかった。

充電器の上に置いた携帯電話が鳴り出した。

利明はベッドから下りて、電話を取った。発信者名ではなく、電話番号が表示されている。友達からではない。

(菅原か？　赤城だけど)

相手が名乗るのを聞いて、利明はひやっとした。自分からは、なかなかかけられずにいた相手だ。彼は一瞬逡巡し、「ああ」と、ぼやけた声で応えた。

(細谷くんのお母さんが殺された事件についてなんだけど)

壮太の声は相変わらず聞き取りにくい。電話だとなおさらだ。利明は受話音量を上げて、耳を澄ませた。

(犯人の映像があるらしいんだ)

「……え？」

(マンションの防犯カメラ。犯人らしい人物が映ってるらしいんだ)

利明は驚きのあまり、とっさに声を上げられなかった。

あの事件について見聞きするのが怖くて、利明は新聞もテレビのニュースも見ていなかった。そんな重要な情報が公開されていたのか。

だが壮太は、ぼそぼそと続けた。

(まだメディアには公開されてないよ。関係者の証言を集めたりしてる段階らしい)

「……おまえ、どうしてそんなこと知ってるんだ？　まさかそれも、かーちゃんやねーちゃん経由か？」

利明は真剣だったのだが、壮太は揶揄《やゆ》されたと思ったらしい。幾分、機嫌を損ねた声で言った。

(そうじゃない。細谷くんの叔母さんから聞いた)

「叔母さんっていうと……」

(殺された被害者の妹だよ)

なぜおまえが、被害者の妹と連絡を取り合ってるんだと尋ねたかったが、我慢した。それよりも肝心なことを聞きたい。

「映ってたのは、どんな人物なんだ?」

質問を口にした瞬間、心臓が胸元までせり上がってきたような緊張を感じた。由布子だと断定されるのが怖かった。

(知らない。俺が映像を見たわけじゃないから)

壮太の答えに、利明は拍子抜けした。

「なんだよ。おまえ、その叔母さんって人から聞き出せないのかよ? せめて、男だったのか女だったのかくらい……」

(明日、叔母さんと一緒に警察に行くんだ)

壮太の言葉は、いよいよ利明を驚かせた。

「おまえが? なんで?」

(俺が犯人に心当たりがあるらしいってことを、叔母さんに気づかれちゃったんだ。だから、映像を確認して欲しいって言われた)

利明は息を呑み、携帯電話を握り直した。

「じゃ、明日になればはっきりするんだな？　犯人が黒崎さんかどうか……」

(うん。その前に黒崎に会いたいんだ)

「え？」

(僕一人じゃ、気が引ける。だから、一緒に来てくれないか)

「一緒に……って……」

利明の脳裏にまた、暗い窓に浮かんだ黒い人影が思い浮かんだ。ぞっと身震いしながら、彼は言った。

「何を話す気だよ？　君が犯人ですかって訊く気なのかよ？」

(うん)

あっさり肯定されて、利明は混乱してしまった。

「おまえ、何考えてんだ？　そんなこと本人に訊いて、どうするんだよ？」

(防犯カメラに映像が残ってることを彼女に言う。本当に彼女が犯人なら、じたばたしても無駄だから、自首したほうがいいって勧める)

利明はじっとしていられなくなって、部屋の中をうろうろ歩き回りながら言った。

「あのな、四人殺してるんだぞ。ほんとに彼女が犯人なら、まず死刑だろ。自首なんかするかよ」

(自首すれば、刑が軽減される可能性はある。たとえ死刑が免れないとしても、自首したほうが彼女のためにいいと思う)

「おまえ……よく考えろよ。ひょっとして、万が一、本当に黒崎さんが犯人だったとしたら、殺されるかもしれないんだぜ。観念して自首すると思わせておいて、おまえが背を向けた瞬間にグサリ……」

自分で言っておいて、気分が悪くなった。

(だから、一緒に来てくれって言ってるんだ。僕一人じゃ怖いから)

「俺だって怖いよ!」

(二人ならなんとかなる。彼女は残酷な殺人鬼かもしれないけど、体力はなさそうだから)

利明は、由布子とばったり出会った朝のことを思い出した。徹夜明けだと言い、眠そうな目をしていた。

あのとき利明は、由布子に好感を持った。こんな子を彼女にできたらな、とも思った。

由布子はほっそりして、華奢《きゃしゃ》で、守りたくなるタイプの女の子に見えた。

だが、あのとき彼女は子供を殺した直後だったのかもしれない。華奢に見えたあの手で幼い命を奪っておきながら、死体を遺棄した現場付近を平然と歩き回っていたのかも……

そう考えると、吐き気がする。

「彼女に話したりしないで、おまえは今すぐ警察へ行くべきだよ」

（……そうしたくないから、一日待ってもらったんだ。叔母さんには、絶対に犯人とは接触しないって嘘ついて）

「なんでだよ！」

（……あのさ）

壮太はため息をついた。

（何日か前、うちに警官が来たんだ）

「警官？」

そう言えば、利明の家にも二人連れの警官が訪れたことがあった。事件の手がかりを求めて、町内の各戸を回っているらしかった。母が簡単な質問に答えただけで、警官たちはすぐに去った。

（僕、疑われたらしいんだよね。犯人じゃないかって）

「別に、疑ってるわけじゃなくて、ローラー作戦ってやつだろ。全戸回ってるんだよ。うちにも来た」

（それとは別だ。前にも警官が来たことはあるけど、そのときはちょっとした質問だけで終わったんだ。今回は違った。かなりしつこく、アリバイみたいなことまで根掘り葉掘り訊かれて、おふくろがキレそうになって、大騒ぎだった。結局、無関係だってわかってもらえたみたいだけど）

利明は、カラオケボックスでの会議を思い出した。村井だな、と直感した。

（警官はもちろんはっきりとは言わなかったけど、なんとなくわかったよ。誰か、僕が怪しいって通報したヤツがいるんだ。なんで僕が？　オタクだからか？　外見がキモいからか？）

「そうじゃなくて、おまえが細谷くんの親友で、『セルグレイブの魔女』ってゲームにハマってたからだろ」

言ってから、しまったと思った。これでは、通報者が小学校時代の同級生だと暗に認めてしまったことになる。壮太は「ゲームのタイトルは『ダーク・リデンプション』だ」と律儀に訂正し、「やっぱりな」と暗い声で続けた。

（チクられるのって嫌なもんだよ。僕、昔からよく経験あるけど。誰かの持ち物がなくなったりすると、赤城が怪しいって先生にチクるやつがいた。理由なんかないんだ。なんとなくキモくて気に入らないってだけでさ）

壮太がそんな風に感じていたとは、利明には意外だった。確かに彼はクラスで浮いていたし、特に女子からはひどく嫌われていた。何度かあった密告事件のことも覚えている。

だが壮太本人はいつもボーッと無表情で、傷ついているようには見えなかった。

(僕は、こそこそチクる側にはなりたくないいんだよ。警察へは行くけど、その前に黒崎と話したいんだ)

「おまえなあ、わかってんのか？　殺人事件だぞ。しかも四人も殺されてる。小学校の教室で起きた盗難事件やら何やらとは全然違うんだ。チクりたくないとか言ってる場合かよ」

(でも僕は嫌なんだ。絶対に)

頑固に言い張ってから、壮太は付け加えた。

(まあ、黒崎が犯人だって決まったわけじゃないし。案外、空騒ぎに終わるかもしれない。黒崎に防犯カメラのことを話したって、きょとんとされるだけかもしれない。それに越したことはない)

「一つ、引っかかってるんだけど」

利明は、もやもやと胸につかえている疑問を吐き出すことにした。

「おまえの推理によれば、犯人は不幸な子供を救うために殺してるんだったよな」

(……そう言ったよ、確かに)

利明が何を言おうとしているのか察したらしい。壮太は歯切れの悪い答え方をした。

「でも、今度の被害者は子供じゃない。おまえの推理は崩れたってことになるよな」

(崩れてはいない。犯人の動機は変わってない。ターゲットが変わっただけだ)

「どういうことだよ」

(犯人にとって、殺人っていうのは、ただ人の命を奪うってことじゃないんだ。この世界に居場所のない魂を、楽園に導いてやる行為なんだ。そして、その楽園っていうのは『ダーク・リデンプション』の世界だ。セルグレイブ島のある、ゲーム世界のことなんだ)

「意味がわかんねえよ」

(一般常識は捨てて、犯人の思考回路で考えてみてくれ。犯人は、三人の子供たちをこの世のしがらみから解放して、次々にゲーム世界に転送してやった。細谷くんの母親も同じだ。彼女もゲーム世界に旅立つ必要があった)

「必要?」

(——細谷くんが、そこで待ってるから)

荒唐無稽《こうとうむけい》な言葉だった。馬鹿げていると思いながらも、利明は身震いした。

「なんだよ? おまえ、細谷くんが行方不明になったのは、彼がゲーム世界へ旅立ったからだって言うのか? おまえ、正気で言ってんのか?」

(言ってるだろ、犯人の思考回路で考えてくれって。真相なんか問題じゃない。犯人にとっては、そういうことなんだ)

「ちょっと待て。おまえ、黒崎由布子が細谷くんまで殺したって言いたいのか? 当時、小学生だぞ。小学生の女の子が同級生を殺して、誰にも見つからないように死体を処理したっていうのかよ？」

（そこまで言ってない）

壮太は、だんだん激昂《げっこう》し始めた利明に辟易したようだった。

（細谷くんの事件のことはまるでわからない。誘拐されたのかもしれないし、家出したのかもしれないし。ただ、死体も見つかってないし、神隠しにあったみたいに消えてしまうなんて、不思議なことだ。黒崎は、細谷くんはゲーム世界に転移していったという妄想にとりつかれた。だから、三人の子供たちに続いて、細谷くんのお母さんを殺したんだと思う）

利明は途方に暮れてしまい、長いため息をついた。

自分は、壮太や由布子に比べれば、まったく常識人だと感じる。話に全然ついていけない。

冷静に考えてみれば、黒崎由布子犯人説の根拠は、とてつもなく弱い。彼女が優花ちゃんの作り話を知っていたことと、家族と断絶した生活を送っているらしいことだけだ。そんなことで昔の同級生を殺人鬼呼ばわりするなんて、どうかしている。

壮太の推理は、あまりにも飛躍しすぎている。これはもう、推理なんて呼べる高級なしろものではなく、ただの妄想だ。

壮太の唱える説なんて全部誤りで、そんなものに振り回されてびくびくしている自分はただのマヌケかもしれない。そうであってくれと、利明は心から祈った。その場合、疑われたと知った由布子はきっと不愉快になるだろうし、利明とはもう口もきいてくれなくなるかもしれない。だが、最悪の事態よりは、そのほうがよほどいい。

「わかったよ。俺もおまえと一緒に行くよ。電話して、彼女が家にいるかどうか確認してみるか？」

（警戒されて逃げられたらまずい。とにかく、行ってみよう）

待ち合わせの場所を決めて、電話を切った。利明はパジャマ代わりのジャージを脱ぎ、シャツとジーンズに着替えた。

あの家を訪ねるのかと思うと、動作がどうしても鈍くなる。今度は大丈夫だ——まだ明るいし、一人ではないし。自分にそう言い聞かせて、利明は部屋を出た。

☆

雨のせいで薄暗いとはいえ、午後の光で見ると、黒崎家の建物はさほど不気味には見えなかった。

壮太は門扉《もんぴ》の隙間から中をのぞき、「あっち側に、小さいドアがあるだろ」と言った。

「あれが黒崎専用ドア。開けるとすぐ階段があって、二階の部屋に通じてる。家の中の他の部分とは完全に仕切られてるんだ。トイレも風呂も、彼女専用のが二階にあって、他の家族は使わない。つまり、外から見ると一軒家だけど、実際には二軒の家が合体してるみたいな変な構造なんだ」

「……なんで他人の家のことにそんなに詳しいんだよ、おまえ」

「翠ちゃんが教えてくれた」

利明は恐る恐る、二階の窓を見上げてみた。今日もやはりカーテンが引かれており、中に人がいるかどうかはわからなかった。

「押すぞ」

壮太は言わずもがなの確認をしてから、力をこめてインターホンのボタンを押した。そうしておいて、自分はさっと引き下がり、利明を前に押し出した。利明が「なんだよ?」と抗議すると、壮太は当然だとばかりに言った。

「僕、苦手なんだよ。知らない人と話すの」

「だからって急に俺に押しつけんなよ……」

利明があわてている間に、女性の声で返答があった。仕方なく、利明はしどろもどろに言った。

「こんにちは、すみません、由布子さんはいらっしゃいますか?」

女性は不審そうに「はい？」と聞き返した。

「僕ら、由布子さんの友人なんです。ちょっと彼女に話したいことがあって。電話番号がわからなかったもので、すみません、直接うかがったんですが」

(由布子さんのお友達……？)

声はますます不審そうに尖った。

(どういうご用件ですか？)

「話したいことがあるんです。大学の授業のことで……」

言ってしまってから、彼女が女子大に通っていることを思い出してあわてたが、相手はその点には気づかなかったようだ。お待ちください、と困惑したような声がして、インターホンは切られた。

ややあって、正面の扉が開いた。顔をのぞかせたのは、三十代半ばぐらいの小綺麗な女性だった。彼女は出て来ようとはせず、ドアの間から顔だけ突き出して、突っ立っている二人を見た。

「由布子さんは出かけてるみたいですよ。すみません、わざわざ来てもらったのに」

「何時ぐらいに帰宅されるか、わかりますか？」

「さあ、それはちょっと」

女性は小首をかしげ、「すみません」ともう一度謝って、ドアを閉めた。愛想は悪くなかったが、迷惑がられたことは露骨に伝わった。

「彼女の部屋と家族のいるスペースとは、内線電話でつながっている。連絡方法はそれしかない。たぶん、内線で彼女の不在を確認したんだろうな」

壮太が説明した。

「今の、誰だろ？」

「母親じゃないか？」

「それにしてはずいぶん若くなかったか？　四十前に見えたけど」

「生みの母親じゃない。黒崎の父親の再婚相手だと思う」

淡々と答える壮太に、利明は驚いた……というより、感心した。

「すげーなあ、おまえ。それも黒崎さんの妹から聞き出したのか？　ヘアサロン・スドウの上を行ってるよ」

壮太は気分を害したようだった。歩き出しながら言った。

「今のは黒崎本人から聞いたことがあるんだよ。昔ね」

「昔って」

「小学校の頃だ。彼女の母親は、俺たちが小学一年か二年か……そのくらいの頃に亡くなってる。黒崎が泣いてたの、覚えてないか？」

「俺、その頃はクラスが違ったもん」

「そのあと、一年も経たないうちに父親が再婚したんだ。黒崎から、新しいお母さんは若くて美人だって聞いたことがある」

「じゃ、翠ちゃんって子は、その新しいお母さんの……」

「そういうこと。黒崎とは半分しか血がつながってない」

「それで彼女は、家の中で浮いてるのか。それにしても、彼女を隔離するために家の改築までするって、極端すぎないか？　いつからこんな風になってるんだろ？」

「それは知らない。俺が知ってる限りでは、黒崎と義母は仲良くやってる風だったけど。新しいお母さんは料理が上手だとか優しいとか、黒崎が話すのを聞いたし」

「その頃は良かったけど、弟や妹が生まれて、母親の愛情がそっちに傾いたってことかな。それで、継子《ままこ》の黒崎さんはいじめられるように……って、ベタな童話みたいだな」

「わからない。黒崎が嘘ついてたのかもしれない」

「……嘘？」

「本当は、最初から可愛がられてなかったのかもしれない。でもあいつ、嘘つきだったから。お母さんと一緒にお菓子を作ったとか、嬉しそうに話してたのも、全部嘘だったかもしれない」

　壮太は利明の顔をちらっと見た。

「あいつ、いつもボサボサの頭してたし、着てる服に穴が開いてたこともあった。可愛がられてる子は、あんな格好してないだろ」

　利明は小学校時代の暗い由布子を思い出し、きゅっと胸がすくむような痛みを感じた。智紀と壮太の二人にだけ笑顔を見せ、家庭で可愛がられているふりをし、穴の開いた服を着ていた女の子。家族と遮断された異様な家で、彼女はどんな風に過ごしていたのだろう？

「……どうする？　後でまた出直してみるか？」

　利明が問いかけると、壮太は逆に問い返した。

「おまえ、あいつの携帯の番号、聞いてないのか？」

「知らねえよ。家のほうの番号なら、小学校のときの名簿でわかるだろうけど」

「彼女が在宅していれば、内線で呼び出してくれるだろう。後で、かけてみよう。あいつが確実に帰っていそうな時間に。逃げられないように、家の前から電話して呼び出そう」

「八時か……九時頃がいいかな」

　結局、夜になるのか。利明は恐怖を感じ、壮太に悟られないように、軽い口調で続けた。

「何か武器になりそうなもの持ってったほうがいいかな。ナイフとか」

「殺し合いに行くんじゃないぞ。そんなもの持ってたら、かえって危ない」

「丸腰で会うのか？　俺は嫌だ」

「じゃ、好きにしろよ。僕は何も持って行かないけど」

こいつ、いざとなったら俺をおいて逃げる気かなと利明は思った。俺を殺人鬼と戦わせておいて、自分はスタコラと……。

だが、なんとなく、壮太はそういうことはしないだろうという信頼感もあった。外見はキモいオタクそのものだが、彼が意外に真っ当な倫理観と優しさを持ち合わせていることは、これまでの会話から十分わかっていた。利明は、いつのまにかこの元同級生に友情のようなものを感じ始めている自分に気がついて、おかしくなった。

「じゃ、後でな。九時に黒崎の家の前に来てくれ」

「……じゃあな」

九時にはせめて雨が上がっていればいいのに、と利明は願った。

☆

電話に出たのは、また例の女性だった。

二階の部屋はやはり明かりがついていない。利明は暗い窓を見上げながら言った。

「昼間お邪魔した者です。由布子さんの友達です。もう帰宅されているかと思って……」

（少々お待ちください）

迷惑がられているのだろう。昼間よりももっとつっけんどんな声だった。保留音が流れ、しばらくしてまた女性が電話口に戻った。

(まだ帰っていないようですよ)

利明は壮太の顔を見て、首を振った。壮太は深刻な顔で二階の窓を見上げた。

「そうですか。何時ぐらいにお帰りに……」

(わかりません)

剣もほろろだ。今にも電話を切られてしまいそうなので、利明はあわてて食い下がった。

「申し訳ありませんが、大事な用件なんです。由布子さんの携帯に連絡を取ってもらえませんか？　僕の携帯にかけ直してもらえるよう、伝言して……」

(由布子さんは携帯電話を持ってないと思いますよ。たぶん)

家族とは思えないよそよそしさだった。

「では、由布子さんが帰宅されたら伝言してもらえますか。僕は菅原と言います。僕の携帯に至急連絡してほしいと伝えてください。番号は……」

利明は自分の携帯番号を伝えた。相手は「伝えます」と答えて電話を切った。本当に伝えてくれるかどうか……告げた番号をメモしてくれたかどうかすらも怪しいものだと利明は思った。

携帯電話で、時刻を確認してみる。九時五分。

壮太はずっと無言だ。彼の心に、自分と同じ危惧《きぐ》が芽生えているのを利明は感じた。

「……どうする?」

尋ねると、壮太は生真面目に答えた。

「ここでしばらく待ってみよう。もうすぐ帰ってくるかもしれない」

「冗談じゃない。いつ帰ってくるかどうかもわからないものを、待てるかよ」

雨は昼間よりは小降りになったものの、まだ続いている。この鬱陶《うっとう》しい空の下での張り込みなんて、考えただけで気が滅入る。

「おまえ、警察へ行けよ」

利明が言うと、壮太は唇をぐっと突き出して首を振った。

「行けよ。今すぐ、細谷くんの叔母さんに連絡して」

「嫌だ」

「黒崎さんが今、何してると思う?」

これを言うのは気が進まなかった。口にすることによって、胸に抱いた危惧が本当になってしまいそうな気がする。だが、言わずにはいられなかった。

「次のターゲットを狙ってるかもしれないんだぞ。今まさに、子供に声かけてるかもしれないんだぞ。それなのにおまえ、ハチ公みたいにここで黒崎さんの帰りをぼーっと待とうていうのかよ?」

やはり、壮太も同じことを考えていたようだ。彼は苦しげに「いや……」とつぶやいた。

「だったら行けよ」

「……でも」

「ぐずぐずしてたら、また人が死ぬかもしれねえんだよ! とにかく映像を確認して来い。黒崎さんじゃなかったら、笑い話だ。俺たちはただのマヌケだ。でも、映ってるのがもしも彼女だったら……」

利明は、声に力をこめた。

「一刻も早く身柄を確保しなきゃヤバい。友達をチクりたくないなんて、おまえのアホみたいな正義感にこだわってる場合じゃねえんだよ」

アホみたい、は言い過ぎだったかもしれない。壮太は傷ついたようにうなだれたが、

「わかった」とつぶやいた。

「おまえが正しい。警察、行ってくる」

壮太は携帯電話を取り出し、相手が出るのを待って、ぼそぼそと用件を告げた。

☆

自宅に戻った利明を、母親は心配そうな顔で迎えた。

「どこ行ってたのよ、体調が悪いくせに」

「散歩だよ」

「この雨の中？　シンゴの散歩はできないくせに、自分の散歩はできるんだ。へえ」

言葉は嫌味だが、本当に利明のことを心配しているのだ。利明は軽口で返そうとしたが、気のきいた言葉は何も思い浮かばなかった。ほんの一キロほどの距離を往復しただけなのに、彼はくたくたに疲れていた。

「何も言わずに出て行っちゃうから、心配するじゃない。あんたの携帯にかけても、出てくれないし」

「あー、ごめんごめん」

母から着信があることには気づいていたが、出るのが面倒くさくて無視してしまったのだった。

「とにかく、お風呂入って早く寝ちゃいなさい。あんた、顔が青いわよ」

「うん」

「利明」

階段を上がろうとした息子を呼び止めて、母は不安げな表情で言った。

「もう、こんなことは絶対やめてね。どこをほっつき歩くのも勝手だけど、行き先と帰る時刻だけは言っておいて。遅くなるときは電話してよ」

「……うん」

「こんなときだからね。私、あと一時間待ってあんたが帰って来なかったら、警察に電話するつもりだったんだから」

「やめてくれよ」

苦笑した利明は、「冗談じゃないのよ!」と怒鳴りつけられた。母親からこんな声で叱られるなんて、何年ぶりだろう。神妙に謝って、利明は自室に向かった。

殺人鬼が、街のどこかにひそんでいる。家族の帰りが遅ければ、心配するのが当たり前だ。今のような会話は、この街の多くの家庭で交わされていることだろう。

娘が何時に帰宅するかも知らず、まったく関心を示さない——やっぱり、あの家は異様だ。利明はあらためてそう思った。

雨で冷えた身体を風呂で温め、利明は自分の部屋に戻った。

疲れはとれない。だが、寝るわけにはいかない。彼は携帯電話を手に取り、赤城壮太の番号を電話帳に登録して、ベッドサイドのテーブルに置いた。なんの迷いもなく、自然に「友達」という分類にしたことに後で気がついて、苦笑が漏れた。友達……か。あんなヤツが。

どちらからの連絡が先だろう。由布子か。壮太か。

寝るわけにはいかないと気合を入れたつもりだったが、やはり眠気には勝てなかった。うたた寝は、あっというまに熟睡に変わった。眠りこけていた彼は、けたたましい着信メロディに驚いて飛び起きた。

一瞬、頭が正常にはたらかなかった。自分が連絡を待っていたことも忘れていた。発信者名を確認した途端、眠気が吹き飛んだ。

「赤城!? どうだった!?」

携帯に向かって怒鳴ると、利明の興奮とは対照的な、ぼそぼそ声が返ってきた。

(警察に行ってきた。防犯カメラの映像を見た)

それはわかってるんだよ、結果を言えよと焦《じ》れながら、利明は尋ねた。

「どうだった? 黒崎さんだったか?」

(わからない)

利明の興奮を著《いちじる》しく削《そ》ぐ答えだった。イエスかノーの二択しか想定していなかった利明は「なんだとぉ?」と、気の抜けた声で言った。

（画像が不鮮明なんだ。しかも問題の人物は帽子をかぶって、ずっと顔を伏せてる。何度も映像を巻き戻して見たけど、確認できなかった）

「帽子かぶってたって、性別や体型ぐらいはわかるだろ！」

（小柄で細身だ。性別ははっきりわからない）

「黒崎さんっぽかったのか？　全然別人だったのか？」

（別人とは言い切れない。体型は似ていると思う。断定はできないけど、彼女である可能性は否定できない）

いらいらする。いっそ自分もついて行けばよかったと思いながら、利明は言った。

「で、おまえは黒崎さんの名前を警察に言ったのか？」

赤城は苦しげな息をつき、「言った」と答えた。利明の苛立ちはたちまち消えた。期待していた答えのはずなのに、利明はどきどきし始めた。壮太の妄想かもしれないあの推理が、少しずつ現実的になってゆく。

（確信はないけど、知り合いに似てる気がするって言った。被害女性の息子の同級生だってことも伝えた。警察はすぐ動き始めた）

「黒崎さんを捕まえたのか⁉」

（僕は、黒崎の家に警官数名が向かったところまでしか知らない。細谷くんの叔母さんと一緒にタクシーに乗って、たった今帰宅したところだ。捜査がどうなってるのかはわからな

い）

どうしてそういう肝心なことを確認してこないんだよ……と思ったが、呑気に風呂に入ってうたた寝していた自分が言えることではない。本気で事態の推移を確かめる気なら、利明自身があの家の前に残って、成り行きを見守ればよかったのだ。

「そうか。大変だったな。お疲れ」

自分でも思いがけない、ねぎらいの言葉が飛び出した。利明は照れたが、壮太は特に何も感じた様子はなく、淡々と続けた。

（警察は、あまり本気にしてないと思う。知り合いが犯人かもしれないって通報は、毎日、山のようにあるらしいし。俺は、はっきり確信を持てるわけじゃないって繰り返し念を押したし。警察が黒崎をマークし始めたことは確かだけど、一応調べておくかって程度だと思う）

「……まあ、警察の視界に入っただけでも成果だよ。家宅捜索とかすれば、何か出てくるかもしれないしな」

血痕とか。凶器とか。「セルグレイブの魔女を訪ねよ」とプリントされた何枚もの紙とか。

想像してみて、気分が悪くなった。利明は、再びごろりと横になった。適当に切ろうとしていた携帯から、また壮太の声が聞こえてきた。

(僕は、警察には、確信は持てないって強調したんだ。うかつなことを言いたくなかったから。あんなに粗い映像では、たとえ家族が見たって断定できないと思う。性別すらわからないんだ。こういうことは慎重にならなければいけない)

「うん、仕方ないよ……」

(でも、あれは黒崎だと思う)

不意打ちのような言葉だった。相変わらずぼそぼそした声ではあるが、いつになく力強かった。利明は思わず、飛び起きた。

「思う……って……?」

(黒崎だ。間違いない)

警察署ではついに言うことのできなかった言葉を思いきって口にして、安堵したのだろう。壮太は深い息をつき、利明の反応を待たずに、「じゃあな」と言って電話を切ってしまった。

利明はあわただしく着替えて、階段を駆け下りた。リビングでテレビを見ていた父母が、何事かという顔で彼を見た。

「ちょっと出かけてくる。一時間ぐらいで戻ると思うけど、もし帰れなかったら電話するから」

飛び出そうとする利明を、母が呼び止めた。

「待ちなさい！　今から出かける気？　どこへ？」

「すぐそこ」

「何よ、すぐそこって。コンビニ？　なんで一時間もかかるの」

「後で説明する」

ぐだぐだ話している暇《ひま》はない。由布子の家で何が起きているのか、確かめなくては。由布子はもう帰宅しているのか？　警官の調べに応じているのか？　マスコミは動きを嗅《か》ぎつけたか？

「もう、利明！　待ちなさい！」

母は怒り心頭だ。父がうるさそうに「ほっとけ」と言うのを聞きながら、利明はあわただしくスニーカーを履いた。

傘を差し、走り出そうとしたところで、彼はぎょっとして前につんのめった。小さな庭の、犬小屋の前で、誰かがうずくまっている。

「……誰だ？」

問いかける前から、わかっていた。その人物は目深に帽子をかぶり、黒いシャツとズボンを穿《は》いていた。ゆっくり上げられた白い顔を、玄関先の常夜灯が照らした。利明は傘をぎゅっと握り、震え声で尋ねた。

「……黒崎さん？　何やってんだ？」

黒崎由布子は立ち上がり、意外なほど敏捷《びんしょう》な動きで逃げ出そうとした。利明は反射的に彼女に飛びついた。壮太と二人で彼女と対決することを想像していたときには、あれこれ考えて恐怖を感じていたが、実際にその場面に遭遇してみると、利明は勇敢……というより無我夢中だった。由布子が凶器を持っている可能性も何も考えず、組みついていた。

由布子は小さな悲鳴を上げた。まるで、罪もないいたいけな少女を襲っている暴漢の図だ。利明は怯《ひる》み、手をゆるめかけた。その隙をついて、由布子は逃亡を試みた。利明はカッとなって、今度こそ本気で由布子の身体を両腕で締め上げた。

〈こいつは、俺を殺しに来たんだ〉

利明にはそうとしか思えなかった。

〈あの二階の窓から俺の姿を見たから。俺が疑いを抱いていることに気づいたから。俺を消しに来たんだ！〉

由布子は、弱々しい泣き声を上げて身をよじらせた。細いのに、意外に力は強い。押さえつけるのにてこずりながら、利明は叫んだ。

「おまえの正体はわかってんだよ……暴れても無駄なんだよっ！」

騒ぎに気づいて、両親が出てきた。もみ合っている二人を見て、唖然としている。

利明は「警察に……」と言いかけて、息を呑んだ。犬小屋の前で倒れているシンゴに気づいたのだ。

これだけの大騒ぎを前にしたら、シンゴが吠えないはずはない。だが犬は静かに横たわっていた。由布子がシンゴに覆い被さるようにうずくまっていたことを思い出して、利明は逆上した。

〈こいつ……騒がれないよう、まずシンゴを殺したんだ。そして家に侵入して、俺を殺す気だったんだ。たぶん、親父やおふくろまでも〉

「シンゴを！　シンゴを病院に連れてってって！」

暴れ回る由布子を必死に押さえつけながら、利明は叫んだ。母が「シンゴ？」と、うろたえた声で問い返した。父は我に返り、事情がさっぱりわかっていないまま、利明に加勢して由布子を押さえにかかった。母がシンゴに駆け寄って悲鳴を上げた。

「どうしたの⁉　シンゴ⁉　シンゴちゃん⁉」

「病院だって言ってんだろ！　手遅れにならないうちに連れてけよっ！」

はたから見れば、まるでドタバタコメディだ。しかし菅原家の三人は必死だった。もちろん、黒崎由布子も。

母はかかりつけの動物病院に電話をするため、家に駆けこんだ。父と利明は二人がかりで由布子を押さえつけた。さすがに、大の男二人を相手にしては、抵抗の余地はない。

諦《あきら》めた彼女は、うつむいて泣きじゃくった。

「利明」

父は由布子の腕をつかみ、息をはずませて息子を見た。

「誰なんだ、この娘さんは？」

父は、ぐったりしたシンゴを車に乗せて動物病院へ向かった。

母は事情がさっぱりわからないまま、うろたえていた。利明は、すっかりおとなしくなった由布子の腕を取り、自室へ連れて行くことにした。

「どういうことなの？　説明してよ、利明」

「あとで話すよ。今はちょっと、ほっといて。彼女と話したいことがあるから」

こんな説明では、もちろん納得してもらえるはずもない。母は、混乱しているにも拘わらず、いかにも彼女らしい道徳観を発揮した。

「話すことがあるなら居間で話しなさい。女の子と部屋で二人きりなんて……」

「あのね、そういう状況に見える？　俺がこいつを押し倒してやっちゃうように見える!?」

母が息子のあけすけな言葉にショックを受けている間に、利明は乱暴に由布子を引きずり、階段を上がった。

彼女が凶器のたぐいを何も持っていないことはわかった。それならば、危険はない。利明は自分の部屋に彼女を押しこんで、ドアを乱暴に閉めた。

「シンゴに何をした⁉」

床に倒れて泣いている由布子を、利明は大声で怒鳴りつけた。

「シンゴって……」

「犬だよ！　おまえが殺そうとした俺の犬！」

由布子は震えながら、ポケットに手を入れた。取り出したのは、小瓶だった。濁った液体が入っている。利明はますますいきり立った。

「それを服ませたのか⁉　毒か⁉」

「喜んでた」

由布子はやっと泣きやんで、濡れた目で利明の顔を見上げた。

「尻尾振ってた。本当に嬉しそうだった。私の手からこの薬を……」

あとの言葉はよく聞き取れなかった。利明は深く呼吸をし、気持ちを落ち着けた。

由布子はまだ家に戻っていない。自分が警察にマークされていることも知らない。彼女が逮捕されてしまえば、もう利明が接触することは不可能になる。その前に聞きたいことが山ほどあった。シンゴを殺されかけた件で締《し》め上げている場合ではない。

「――おまえがやったんだよな」

しおらしく床に倒れている小柄な少女を見下ろすのは、どうも心地が悪く、利明は彼女の腕をつかんで、ベッドに座らせた。自分は椅子に座り、足を組んだ。

「子供三人と、細谷くんの母親。おまえが殺したんだな？」

由布子は何度も瞬《また》き、うなだれた。なんとか言い逃れようとしているように見えたので、利明は一層、声を尖らせた。

「言い訳は無駄だ。おまえの姿が防犯カメラに映ってる」

「防犯……？」

「細谷くんのマンションのカメラだよ。おまえが細谷くんのお母さんを殺しに行くのが、はっきり映ってたんだ。警察は今頃おまえの家を捜索してる。もう逃れられねえよ」

思いきりハッタリ混じりだが、効果は大きかった。由布子はショックを受けたようだった。

「おまえがやったんだよな？　四人、おまえが殺したんだよな？」

強い口調で問いながら、なんだか自分がドラマに出てくる刑事になったような気がした。由布子はうなだれて、また泣き出した。

こんなやり方では、こいつは絶対に口を開かない。朝までだって沈黙し続ける。そう気づいて、利明は態度を変えることにした。

警察も裁判員も、一連の事件の本当の意味を突き止めることは難しいだろう。彼女の犯行の動機は、あまりにも異様だ。こんなもの、理解できるのは、彼女と同じ精神構造を持っている人間――壮太のようなオタクだけだ。

犯人の思考回路で考えろ。壮太の言葉を思い出すと、自然に言葉が出てきた。

「セルグレイブって、そんなにいいところなのか？　この世界よりも？」

利明の問いかけは、驚くほどの効果があった。由布子はぴたっと泣きやんで、顔を上げた。その表情は、急に生気を取り戻したようだった。

「もちろん」

由布子はうなずき、喜びに満ちた声で言った。

「あなたも行ってみたいの？　方法はないわけじゃないわ。もう定員オーバーだから難しいけど、なんとかしてあげる。あなたはあなたのパーティを組めばいいのよ」

――わけわかんねー。

利明は困惑した。こいつは、手に負えない。同窓会の席や、あの早朝の出会いのときは、普通に話していたはずなのに。

たぶん、彼女と上辺《うわべ》の挨拶以上の会話をするには、特殊な言語感覚が必要なのだ。壮太を呼んだほうがいいのかもしれない。だが、とりあえず話を聞いてみることにした。

「最初に旅立った子……名前なんだっけ。覚えてないんだけど」

「ルカよ。口の悪い魔女のルカ」

「……うん。ルカとはどこで会ったんだよ？」

「公園」

意外にまともな答えだったので、利明はホッとした。ナントカの城とか神殿とか言われたらどうしようかと思った。

「つばめ公園……だよな？」

「そうよ」

「どうやって知り合ったんだ？」

「ルカはベンチに座ってた。私、大学からの帰りに通りかかったの」

由布子も落ち着きを取り戻しつつあった。そして、利明を、話を聞いてくれる相手として認識したようだった。そうしてみると、意外に彼女は雄弁だった。

「あんな小さい子が、もう暗いのに一人で公園にいるなんて変でしょう。気になって声をかけたの。ルカはすごく人なつこくて、私たち、すぐに仲良くなった。でも、話してるうちに、だんだんあの子の顔が曇り始めたの」

利明は、子供の死体を発見した朝のことを思い出した。うつ伏せに倒れていた女の子。手足が奇妙なほど細くて、人形めいていた。

なぜ、最初に声をかけたのがこの女だったのか。母から虐待され、公園で一人座りこんでいた小さな子に、なぜこの女以外の誰かが声をかけてやれなかったのか。

この街は郊外の住宅地で、住民たちの交流もそれなりにある。決して、隣の住人の顔もわからない冷たい大都市などではない。それでも、親に構われない子供は大人の視界からこぼれる。

両親に大事にされている子供は、むしろ地域のコミュニティに溶けこみ、周囲の大人たちにも目を配ってもらえるのだ。親に可愛がられない子のほうが、周囲の目にもつきにくい。いたたまれない矛盾《むじゅん》だ。

「ルカはろくに食べ物も与えられてなかった。大人の力で思いきりぶたれて、投げられて、痣《あざ》をたくさん作ってた。生まれたときからそんな目に遭ってた子が、どんな考えを持つかわかる？　親が悪いなんて思わないのよ。自分がもっといい子になれば、ぶたれなくなる。そう考えるの」

由布子は涙ぐんだ。

彼女も、継母にいじめられていたのだ。利明はそのことに思い当たって、複雑な気持ちになった。あの異様な家の中で、ろくに面倒もみてもらえなかったのに、由布子は「新しいお母さん」を決して悪く言わなかったという。むしろ自慢げに、自分は可愛がられていると壮太たちに話していたらしい。新しいお母さんは本当は優しいんだ、本当は私が可愛いんだ……そう自分に言い聞かせていれば、まるで夢がかなうとでもいうように。その心情を考えると、あわれだった。

だが——虐《しいた》げられた子供の気持ちを一番理解しているはずの由布子が、なぜ子供の命を奪うようなことをしたのか。彼女をあわれに思うのと同じ強さで、怒りがこみ上げてきた。

「最初の晩は話をしただけで別れた。次の日の夜も、また同じ場所で会おうって約束して。そのあと、私、考えたの。あの子を救うにはどうすればいいのか。それで、思いついたの。この世に居場所のない子供が生きていくには、別の世界に旅立つしかないんだって。それで次の日、ルカに、セルグレイブのことを話してみたの」

由布子は利明の怒りには気づいていなかった。ぼそぼそと聞き取りづらい独《ひと》り言のような喋り方は、壮太によく似ていた。

「私の友達が、昔、セルグレイブという国に旅立っていった。今ではあちら側の世界で勇者として活躍してるって言ったら、思った通り、ルカはすごく興味を持ってね。自分も行きたいって言ったの。だから私……」

「待てよ」

利明が遮ると、由布子は不服そうに目を細めた。もっと自由に喋りたそうだったが、利明は尋ねた。

「セルグレイブに行った友達っていうのは、細谷智紀くんのことか？」

「そうよ」

「——おまえ、細谷くんに何かしたのか？」

由布子は瞬いた。澄んだ目をしてるんだな、と利明はあらためて思った。本性を知らなければ、やはり可愛いと思ってしまいそうだ。

「何かって?」

「細谷くんは九年前、突然いなくなった。それっきり、なんの手がかりもない。おまえ、細谷くんがどうなったか知ってるのか?」

「知ってるわ。彼は、セルグレイブに旅立ったの。お母さんを取り返すために」

頭が痛い。彼女と同じ地平に立ってものを考えるのは、利明にとっては至難の業だった。

「細谷くんに何をしたんだよ?」

俺にわかる言葉で答えてくれよ……と利明は願った。それが通じたのかどうか、由布子は至極わかりやすく答えた。

「薬をあげたの」

「薬?」

「勇気が出る薬よ。彼が勇気を求めていたから、あげたの」

利明は、黒崎がシンゴに与えた薬を思い出した。

〈毒殺魔なのか、こいつは? まさか、小学生のときから?〉

「なんだよ、薬って……」

「だから、勇気が出る薬よ。私が調合したの」

「調合？」

「本当は、私、死ぬつもりだったの。そのために作った薬」

また、話がわからなくなってきた。利明は我慢強く尋ねた。

「死ぬつもりって、おまえが？　なんで？」

「だって、この世界でいいことなんて一つもなかったから。お母さんが死んで、新しいお母さんが来てから、うちは本当におかしくなっちゃって。私は家が嫌だったのよ」

利明はうなずきかけて、自重した。確かに、彼女の家はおかしい。彼女自身がそれを自覚していたのは、むしろ意外だった。

「最初から仲が悪かったのか？　新しいお母さんとは」

「私じゃないわ。おばあちゃまが折り合わなかったの」

「ばーちゃん？　洋書の童話を読んでくれたっていう？」

「そう。おばあちゃまは、新しいお母さんが嫌いだったのよ。おばあちゃまは上品で知的な人だったから、下品な人には我慢がならなかったの」

利明は、由布子の継母の顔を思い出した。美人ではあるが、確かに知性や気品は感じられないタイプだ。

「あの頃、家の中は喧嘩《けんか》が絶えなかったの。おばあちゃまは気の強い人だったし、新しいお母さんも負けてなかった。お母さんは、おばあちゃまの目の届かないところで、しょっちゅう私をいじめてた。ぶたれたり、つねられたり。おばあちゃまに言いつけたら、もっとひどい目に遭わされる。だから私、死のうと思ったの。そうすれば楽になれると思って、毒薬を調合したのよ」

「毒……？」

「いろいろ混ぜてみたの。殺虫剤とか洗剤とか芳香剤とか、家にあったものを適当に」

毒薬というには、いささか滑稽な内容だった。利明は気勢を削がれた。

「効くのか、そんなの」

「効いたわ。少なくとも、細谷くんには」

「細谷くんに服ませたのか？　その薬を？」

「私、一人で死ぬのが怖かった。どうしても薬を服む勇気が出なくて、うろうろ歩き回ってるときに、細谷くんに出会ったの。彼はすごく悩んだ顔をしてた。話してみたら、その理由がわかった」

「何だよ？」

「戦いに出る直前だったのよ、彼は」

「戦いって？」

「最終決戦。彼は魔獣ドルードを倒しに行こうとしていたの」

詳しく尋ねるのはやめて、話を聞くことにした。意味を理解しようとしても、ますますわけがわからなくなるだけだろう。

「彼はそのための武器も持ってたけど、どうしても勇気が出なくて、それで悩んでいたの。自分は弱虫だって嘆《なげ》いてたから、私、彼に薬をあげたのよ。勇気が出る薬だって言って……」

「殺虫剤と洗剤と芳香剤をかよ!? 服ませたのか!?」

利明が思わず上げた素っ頓狂な声に、由布子は気分を害した顔で言った。

「ただの薬じゃないわ。私の祈りがこめられた、神聖な魔法薬よ」

「そんなものを、細谷くんに……」

「彼ならわかってくれると思ったのよ。彼と一緒だったら、死ぬのも怖くない。そう思って、薬を半分渡したの」

「でも、おまえは服まなかったんだろ? 細谷くんにだけ服ませて……」

「服んだわ」

由布子は傷ついたような顔で、首を振った。

「もちろん私も服んだ。変な味がしたけど、我慢して服んだ。細谷くんも、まずいまずいって言いながら服んだ」

「で? どうなった?」

「……吐いた」

由布子は気まずそうに目を伏せた。

「細谷くんと別れた後で。家に帰ってから、胸がむかむかして、我慢できなくて、吐いてしまったの。絨毯を汚してしまったのでお母さんはすごく怒って、この子は卑しいから何か拾い食いでもしたんだろうって言って、おばあちゃまと大喧嘩になったの」

「細谷くんのほうは？」

「知ってるでしょう。消えたの」

由布子は目を上げて微笑んだ。

「私は腹痛と吐き気がおさまらなくて、二、三日学校を休んだ。登校してみたら、大騒ぎになってた。細谷くんが行方不明だって。あっと思ったわ。私があげた薬が、効果を発揮したんだってわかったから。あの薬は、私には効かなかったけど、細谷くんには効いたのよ。彼は勇気を得て、ドルードを倒すために旅立っていった」

「どこへ」

「ガルーナ大陸」

がっくりきたが、なんとか表情に出さずにすんだ。利明は自分の髪をくしゃくしゃとかき回して、今の話をどうとらえれば良いのか考えた。

由布子の話は突拍子もないが、嘘ではない。それは確信できた。根っから論理が狂っているだけで、彼女の中ではすべて真実であるはずだ。

　では、細谷智紀はどうなってしまったのだろう。この世から跡形もなく消失してしまう薬——そんなものがあるはずはない。彼はどこへ消えた？

「その後、細谷くんには会ってないのか？　姿を見てもいないのか？」

「この世界ではね。でも、彼にはいつでも会えるわ」

「どういう意味だ？」

「彼は今も戦ってるのよ。仲間になったルカやエリーナたちと共に。あなたも会いたければ『ダーク・リデンプション』をプレイしてみればいい。彼はそこにいるから」

　ルカが一人目。エリーナは二人目の被害者のことだろう。

　由布子の目はきらきらと輝いている。壮太の推理は当たっていた。この女は悪意や快楽のために殺人を犯したのではない。子供たちを、そして細谷智紀の母親を、ゲーム世界に「転移」させるために殺したのだ。

　きっかけは、九年前の事件だった。細谷智紀が薬を服んだ直後に消えてしまったことが、彼女を妄想へと導いた。現実世界とゲーム世界は、つながっている。不幸な魂は、肉体から解き放たれれば、ガルーナ大陸に旅立つことができる……。

　この事件は、どんな風に裁かれ、どんな風に報道されるのだろう。彼女の主張を真面目に取り上げる新聞はあるだろうか。それとも、犯人は支離滅裂なことを言っており……という具合に曖昧に片付けられてしまうのだろうか。裁判になれば、精神鑑定の必要が取り沙汰《ざた》されるかもしれない。

ドアがノックされた。母のうろたえた声がした。

「利明？　まだ話が終わらないの？　何してるの……」

「もう終わったよ」

怒鳴るように答えて、利明は立ち上がった。あまり長い時間、彼女を引き留めておくわけにはいかない。今頃、警察が行方を捜しているだろう。

「――警察に行こうぜ。俺、ついていってやるから」

由布子は、急に輝きを失った目で利明を見上げた。

「警察……？」

「決まってるだろ」

「私……」

由布子は立とうとしなかった。ベッドに座りこんだまま、弱々しい声でつぶやいた。

「死刑になるの？」

利明は彼女の目を見ることができず、顔を背けた。

由布子は理解している。自分がしたことを、完全に。異様な妄想に取り憑《つ》かれていることは確かだが、何もわからないままふわふわと人を殺し回ったわけではない。極刑に値する重罪を犯したことを、ちゃんと自覚している。

利明は何も言わず、ドアを開けた。背後の気配に気づいてはっとしたときには、遅かった。

由布子はシンゴに与えた薬の残りを、一気にあおった。利明が叫び声を上げ、母が部屋に駆けこんできた。由布子はベッドから滑り落ちるように、床に倒れた。

11

長く続いた雨が、ようやく上がった。

リビングの窓を開けると、さわやかな風が吹きこんでくる。久しぶりの青空がまぶしい。玲子はしばらく目を細めて空を見上げていた。

「偶然とはいえ、奇妙なもんだね。事件が解決した途端に、天気まで回復するっていうのは」

夫が、例によって凝《こ》った昼食を用意しながら楽しそうに口にした言葉を、玲子は心の中で否定した。

――いいえ。まだ解決なんてしてない。謎がいよいよ深まっただけ。

昨夜、四件の連続殺人の犯人として逮捕されたのは、近所に住む女子大生だった。玲子は、警察からの電話で知らされた。智紀のかつての同級生だという。壮太の勘が正しかったのだ。

朝からテレビ各局はそのニュースで持ちきりだ。黒崎由布子は、昨夜遅く友人Aさん宅に侵入し、庭にいた犬に毒物を与えて殺そうとした。気づいたAさんとその家族によって取り押さえられたが、隙を見て毒物の残りをあおり、自殺をはかった。ただちに救急車で病院に搬送されたが、毒性が低かったため、命に別状はなかった。手当てを受けた後、四件の殺人を認めたため、逮捕されたという。

不可解な顚末《てんまつ》だった。四人も殺した残虐犯が、なぜ五番目のターゲットに犬を選んだりしたのか。かえって犯人の異常さを感じる、とテレビのコメンテーターたちは口をそろえていた。黒崎由布子は取り調べには素直に応じているものの、支離滅裂《しりめつれつ》な発言が多く、動機の解明には時間がかかりそうだと報じられていた。

彼女の自宅からは、凶器と見られるナイフなどの他、ゲームソフト「ダーク・リデンプション」が押収された。ソフトはゲーム機にセットされており、ごく最近、プレイした形跡があるということだった。

犯人が十八歳の女子大生だったという意外性と、四件の殺人事件の残酷性ばかりが大きく取り上げられているが、その陰で明らかになったもう一つの事実があった。由布子は、九年前の事件にも関わっていたことを告白していた。

当時小学生だった彼女は、同じクラスの細谷智紀に手製の毒物を与え、自分も服んだという。智紀は毒物とは知らずに服んだそうだから、これは立派な殺人未遂——というより、無理心中未遂だ。

連続殺人の犯人が、小学五年生当時からすでに犯罪的な性癖を身につけていたことがわかる、ショッキングな告白だった。そして、彼女のこの供述には、大きな謎があった。

由布子は智紀と共に薬を服んだ後、すぐに彼と別れて立ち去ったと言っている。自分は帰宅し、嘔吐《おうと》や腹痛の症状に苦しんだが、その後の智紀のことは知らないと言うのだ。

では、智紀はどこへ行ってしまったのか？　もしもその毒物のために死んだなら、死体はどこへ消えたのか？

由布子と親しい立場にあった大人が、彼女の犯行を隠すために手を貸したのではないか。そうとしか考えられない。詳しいことは、今後の由布子の供述を待つしかなかった。

「できたよ」

芳雄に呼ばれて、玲子はテーブルについた。カボチャのポタージュやアボカドのサラダなど、玲子の好きなメニューが並んでいた。玲子は、いつもながら夫の心遣いに感謝しつつ「いただきます」と手を合わせた。

「久しぶりに食欲出てきたんじゃないか？」

「なぜよ」

「そりゃ、事件が解決したんだから」

「そんな単純なものじゃないわ」

芳雄の呑気な言葉には、苦笑するしかなかった。

夫にとっては——いや、世間の人々にとっては、恐るべき連続事件の犯人が逮捕され、めでたしめでたしなのだろう。だが玲子はそんな心境とはほど遠かった。

犯人の動機が、まだ全然解明されていない。三人の子供については、「虐待されていてかわいそうだから、楽にしてあげたかった」という意味のことを言っているという。呆れる動機だが、理解できないわけではない。だが、雅美を殺した動機についてはまったく不明だった。由布子が九年前に智紀を殺害しようとしたことと、何か関係があるのか——これもまた、今後の捜査を待つしかない。

何よりも玲子の心をふさいでいるのは、智紀に関する謎だった。失踪直前に何があったかは明らかになったが、事態は何ひとつ変わっていない。結局、智紀の生死すら不明であることに変わりはなかった。

「心配だったんだよ。実を言うと」

芳雄はポタージュを口に運びながら、言った。

「何が？」

「君が参ってたからに決まってるじゃないか。智紀くんが犯人だなんて言い出したときは、本当に途方に暮れた。これは早いとこカウンセラーに相談しなきゃならないと、本気で思ったよ」

玲子は、自分が荒れ狂っていたときの芳雄の顔を思い出した。

今はおどけたように話しているが、あのとき彼は、深刻に玲子の精神状態を危惧《きぐ》していた。雅美のことも脳裏に浮かんでいたに違いない。義姉さんと同じようになってしまったら……その思いが、彼の目にはっきり表れていた。

夫から、狂人を見る目で見られたことはショックだったが、あのときの自分の状態を考えれば無理もない。立場が逆だったら、玲子だって同じ表情を浮かべたはずだ。

「ごめんなさい、心配かけて」

玲子があらたまって礼を言うと、芳雄は目を上げて、にこっとした。

この人がそばにいてくれて、本当に良かった。玲子は心からそう思った。

九年前、智紀の身を案じて泣き疲れていたときも、彼の支えがなければ心がぽっきり折れていたに違いない。今度のことだって、玲子ひとりでは到底乗り切れなかった。甥も、そして姉も、玲子から離れて行ってしまったけれど、この人は一生、そばにいてくれる……。

玲子が夫の目を見て、笑い返したときだった。

事件の続報が気になってつけっぱなしにしていたテレビが、臨時ニュースを伝えた。

大雨の影響で各地で地崩れなどの被害が出ていることは、これまでにも報じられていた。

昨夜、Y市の山中で大規模な土砂崩れが起きた。今朝から復旧にあたっていた作業員が、土中から白骨死体を見つけたという。玲子はつい食事の手を止めて、画面に見入った。

「見つかったのは小学生ぐらいの男児と見られ、すでに白骨化していました。男児の年齢、死亡時期、死因など詳細はまだわかっていません。身元を示すものは見つかっていないということですが、死体のそばから、玩具の短剣のような物が見つかっており、警察で関連を調べています。近隣の住人の話では、この付近は人が立ち入る場所ではなく、男児が一人で迷いこんで遭難する可能性は低いとのことです。警察では、身元の確認を急ぐとともに、事件と事故の両面から捜査する方針です」

発見現場から状況を伝えるレポーターの声は、途中から玲子の耳を素通りしていった。玩具の短剣。そこだけが耳に残り、何度もエコーした。玲子はフォークを取り落とし、その音で我に返った。

夫のほうを見た。彼も、手にしたスプーンを宙に止めたまま、テレビ画面を凝視《ぎょうし》していた。

「……智紀だわ」

玲子のつぶやきに、芳雄はさっと顔を向けた。玲子はじっとしていられず、立ち上がった。思ったように力が入らず、足が震えた。芳雄は「大丈夫か」と妻を気遣った。

玲子はテーブルの縁を強く握った。頭が混乱し、言葉がなかなか出てこなかった。

白骨死体。考えてもみなかった事態だった。黒崎由布子の証言のせいでいよいよ謎を深めていた智紀の行方が――あまりにも突然に、こんな形で判明するなんて。

玲子の口から漏れたのは、意味をなさない呻き声だった。同時に、涙がどっとこみ上げてきた。

「落ち着きなさい、玲子。まだ、はっきりしたわけじゃない」

玲子は、夫に抱きかかえられるようにして座り直した。大きな手が背中を撫でてくれた。玲子は嗚咽《おえつ》まじりに叫んだ。

「智紀よ……間違いない。なぜ……？　白骨って……あの子が、どうして!?」

「落ち着いて。小学生くらいの男児としか言ってない。身元はまだ……」

「でも、短剣が」

玲子は指で目をこすった。何かが壊れたように、後から後から涙が出てきて、止まらなかった。

彰久が貸したというドラゴンの短剣。智紀が、玲子を殺すつもりで手にした剣だ。彼はそれが玩具であることを知らず、魔獣退治に乗り出したはずだ。なぜ、こんな姿になって戻ってきたのだろう？

「短剣？」

芳雄は短剣のことを知らないのだった。説明することもできず、玲子は顔を覆った。

「短剣ってなんなんだ？　智紀くんの持ち物なのか？」

「……警察に行くわ」

玲子はまたふらふらしながら立ち上がった。そして、自分ではその剣を確認することはできないのだと気づいて、携帯電話を手にした。剣のデザインを確かめるには、彰久に立ち会ってもらうしかない。

電話をかけると、彰久はすぐに出た。玲子からの着信を予想していたようだった。

（ニュース、見たんですね）

前置きもなく、いきなり彼はそう言った。いつもの通り、おちゃらけた声ではあるが、少し緊張しているようにも思えた。

「あなたも見たのね？」

（感激ですね。まさか、智紀とこんな形で再会できるとは）

玲子は、心臓をぎゅっとつかまれたような気持ちになった。どうしてこの青年は、こうも楽しげに、人を傷つける言葉を口にするのか。

怒りをこらえて、つとめて冷静に、玲子は言った。

「見つかった短剣が、あなたが智紀に貸したものかどうか、確かめて欲しいの。それが身元の確認になるでしょうから」

(そんな必要はない。玩具の短剣とともに埋まってる死体なんて、智紀以外にありませんよ)

「いいから、言う通りにして!」

つい、強い口調になった。彰久がこういう口調を一番嫌いそうなことはわかっていたが、抑えられなかった。

彰久は、意外に優しい調子で「はいはい」と答えた。

(いいですよ。簡単なことです。あの剣のデザインなら、細かいところまで覚えてます。当時の小遣いをはたいて買った、大事なものだったんでね)

「ありがとう」

玲子は彰久に、初めて心から感謝を捧げた。小馬鹿にしたようなせせら笑いが返ってきたが、腹は立たなかった。

電話を切った後、夫が醒めた目で見ていることに気づき、玲子は作り笑いを浮かべた。芳雄の表情はいつになく険しかった。

「誰と話してたの?」

「……智紀の友だちよ。身元の確認に協力してもらうことに……」

「誰だ、友だちって」

「智紀の同級生だった子よ」

少々の偽りはあるが、大した問題ではない。詳しく話すのも面倒なのでごまかすと、夫は急に声を荒らげた。

「君は、僕にずいぶん隠し事があるんじゃないか?」

「隠し事? 何言ってるのよ。私、何も……」

玲子は笑おうとしたが、夫の怒りが本物であることに気づいて笑みを消した。

隠し事があるのは事実だ。夫の優しさに甘え、言えない秘密をたくさん作ってきた。これでは、芳雄が怒るのも当然だ。芳雄は包容力のある人間だが、それは決して、妻の身勝手をなんでも笑って許してくれるという意味ではない。そのことをつい忘れがちな自分を、玲子は恥じた。

「電話したのは、智紀の友だち。本当よ。玩具の短剣について、確認してもらいたくて電話したの。九年前、その子が智紀に貸したものかもしれないから」

くどくどと聞き苦しい言い訳をしているような気持ちになり、玲子は顔を赤らめた。夫の表情は険しいままだった。

「――わかった」

彼は不機嫌そうに言うと、まだ食事の途中なのに、テーブルを離れて自分の書斎に引きこもってしまった。何よりも食事の時間を大事にする彼にしては、異例のことだった。芳雄が妻に感じ始めている不信の深さがうかがえるようで、玲子は落ちこんだ。夫のあんな表情を見るのは初めてだった。

智紀の身に何があったのか、それさえはっきりさせたら、こんなことは終わりにしよう。もちろん、彰久や壮太とはもう顔を合わせる必要もない。人気ビストロのオーナーシェフの妻として、恥ずかしくない生活に戻ろう。久しぶりに、夫と旅行に出かけるのもいい。あまり大げさでなく、国内の静かな温泉にでも出かけて——二、三日、ゆっくり過ごせば、わだかまりなどきっと溶けてしまうに違いない。

☆

玩具の短剣は、塗装がほとんど剝《は》げてはいたが、ほぼ原形をとどめていた。

確認に立ち会った彰久は、短剣を一目見ただけで、自分が九年前に智紀に貸したものであると断言した。

もちろんこれだけでは身元の特定には至らず、後日、歯形の照合などを行って結果を出すということだった。だが、玲子にとってはもう、身元の確認は済んだと言ってよかった。

　この九年間、いろいろな可能性を考え尽くしたと思っていた。智紀は変質者にさらわれて殺されたかもしれない。誘拐され、地下室に監禁されているかもしれない。外国に拉致されたかもしれない。家出して、ホームレスに交じってたくましく生き延びているかもしれない。

　これだけの長期間、まったく消息がつかめないのだから、死亡している可能性が高いことは覚悟していた。しかし——心の奥底では、自分はやはり智紀の生存を信じていたのだと、あらためて思い知った。遺体発見に、これほどの衝撃を受けるなんて。

　しかも、白骨の状態からして、行方不明になった直後に殺されていたと思われる。雅美が入院し、離婚し、玲子が結婚し、智紀の同級生たちが進学し、雅美が殺され、玲子が智紀の幻《まぼろし》に怯《おび》え……そんな騒がしい九年間という歳月を、あの子はずっと土の下で過ごしていたのだ。たった一人きり。肉が腐り落ち、骨になるまで。それを思うと、気が狂いそうなほどつらかった。

　芳雄は、ずっと玲子に付き添い、手を握っていてくれた。彰久に対しては、余裕を持って挨拶しようとしていたが、態度はぎこちなかった。接客に慣れた、誰にでも愛想のいい芳雄にしては珍しいことだった。慇懃無礼《いんぎんぶれい》な彰久に夫が好感を持たなかったことは確かで、玲子はなんとなく気まずい思いを味わった。

確認作業を済ませ、玲子たちは三人そろって警察署を出た。芳雄は時計を確認し、玲子に尋ねた。

「一人で帰れるかい？　僕は店があるから……」

「もちろん、大丈夫よ」

「君も来ればいい。なんでも食べたいものを作るよ」

「ううん、いいわ。今夜は家でゆっくり食べる」

芳雄は玲子の心身を気遣って、このところずっと仕事を休んでいた。ビストロは臨時休業にしたり、副店長に任せたりで、仕事人間の彼には気がかりだったはずだ。

彼はなるべく早く仕事に復帰したがっていた。玲子にはもちろん、引き留める気などなかった。芳雄の豊かな表情の中でも、「ビストロ・エクレール」の厨房を仕切っているときの顔が、玲子は一番好きだった。

芳雄は、彰久に煙たそうな顔で挨拶をして、タクシーに乗りこんだ。車が走り去るのを見送って、玲子は彰久を見上げた。

「私たちも帰りましょう。タクシーであなたのマンションまで送りましょうか？」

「いや。歩きます。たいした距離じゃない」

「そう。なら私も歩こうかな。外に出るの、久しぶりだわ」

車には乗りたくない気分だったので、玲子はほっとした。彰久の手前、なるべく平静な表情を保ってはいたが、気分は最悪だった。

長雨の後で、街は輝いていた。空中の塵《ちり》がすべて洗い流されたかのように、あらゆる色彩が鮮やかだ。

大通りには人があふれている。これまで、殺人事件と雨のせいでずっと家に閉じこもっていた人々が、一斉に外に出てきたようだ。笑いさざめきながら通り過ぎていく若者たちを見ると、玲子は泣きそうになった。

智紀も、生きていれば同じくらいの年齢だったはずなのに。同じ年に生まれた子供たちが見違えるほどに成長し、今まさに人生で一番楽しい時期を過ごしているというのに、あの子は——。

「ちょっと、いいですか」

能天気な声に感傷を破られた。玲子はかたわらを歩く彰久を見上げて、「何よ」とぶっきらぼうに尋ねた。

「考えてみませんか。九年前、何があったのか」

「何……って？」

「智紀くんの身に、いったい何が起きたんでしょうねえ？」

彰久は玲子を見下ろし、気に障る笑みを浮かべた。

また、何か智紀を侮辱するようなことを言うのではないかと思い、玲子は身構えた。しかし彰久は玲子の敵意をかわすように、飄々《ひょうひょう》とした口調で続けた。

「順を追って再現してみましょう。まず、僕が彼に短剣を貸したところから」

「その話は、もう聞いたわ」

「新しくわかった事実がいくつもあるじゃないですか。あの日、本当はどんなことが起きてたのか、考えてみましょう」

玲子は彰久を見て、うなずいた。

この青年の口調や態度は何かと気に食わないが、発言内容にはなかなか鋭いところがある。黒崎由布子の証言や白骨遺体のことを、彼がどうとらえているのかは気になった。

「智紀は短剣を隠し持ってあなたのマンションを訪れた。あなたを殺す気だったんです。でも彼にはできなかった。すごすごとマンションから出てきた彼は、近くで待ってた壮太に会い、計画失敗を伝えた。壮太はほっとし、剣を返すようにと諭《さと》した。しかし智紀は、もう一度やると言い張って、壮太と別れた。壮太は気にかけつつも、夕食の時刻だから家に帰った」

ここまでは、すべて、前に聞いた通りだった。玲子は適当な相槌を打ちながら聞いていた。

「さて、その後です。智紀はあなたのマンションに戻ろうかどうしようかと迷っていた。そこへ通りかかったのが、同じクラスの黒崎由布子。智紀は知るべくもなかったが、彼女は死に場所を求めてうろついてたんです。手製の〈毒薬〉を持って」

　由布子の証言は新聞などでも報じられている。玲子はうなずいて耳を傾けた。

「黒崎は一人で死ぬのは怖いと思い、一緒に死んでくれる相手を求めてうろうろしていた。そこで智紀に出くわしたんです。感情を高ぶらせていた智紀は、黒崎に自分の状況を話した。もちろん、叔母を殺しに行くとは言えないから、ゲームになぞらえたんでしょう。魔獣ドルードを倒したいけど、その勇気が出ない、自分は弱虫だってね。黒崎は以前から智紀のことが好きでした。思いこみの強い彼女は彼の話に感動し、この人と一緒に死にたいと思い詰めた。黒崎は『勇気が出る薬』と偽って智紀に薬の半量を与えた。二人は同時に、同じ分量の薬を服んだ」

　殺されたのだ、智紀は。後に最悪の殺人鬼となる、同級生の女の子に。

　人を疑うことを知らなかった智紀が、あやしげな毒薬を一気にあおるさまを思い浮かべて、玲子は顔を歪めた。

「二人は別れて歩き出した。この後の智紀の足取りは不明なので、とりあえず黒崎のほうを追ってみます。彼女は家に帰ったが、まもなく激しい腹痛と吐き気に襲われ、嘔吐した。苦しむ彼女を継母が叱りつけ、祖母が庇うという一幕もあったが、ともかく彼女は助かった。二、三日、学校を休むと、その後はけろりと回復したんです」

「……そうね」

「では智紀はどうだったんでしょうね？　彼の身にも同じことが起きたと考えるべきではないでしょうか？」

回りくどい話を、玲子は訝《いぶか》しんだ。この青年には何か思うところがあるらしい。

「もちろん、そうでしょうね。智紀も同じように苦しんだはずよ」

「腹痛や嘔吐の症状を呈したでしょう。黒崎が作ったのは、殺虫剤やら洗剤やらを適当に混ぜ合わせたひどいしろものでした。気分が悪くなって当然です――でも、その薬には致死性はなかった」

玲子を見下ろして、彰久は皮肉に眉を動かした。

「そうでしょう？　同じものを服んだ黒崎由布子は死んでないんです。当然、智紀だって死にはしなかった」

「でも、あの子は……」

「死ななかったんです。吐き気と腹痛に苦しんだでしょうが、それだけだったんです」

「――死ななかった？」

その一言に引っかかって、玲子は問い返した。

そんなはずはない。智紀は死んだ。土に埋められ、白骨となって発見された。

それとも、見つかったのは智紀ではないのだろうか？　智紀はなんらかのトリックで身代わりと入れ代わり、今も生きている？

一縷《いちる》の希望にすがりつこうとする玲子に、彰久は辛辣《しんらつ》な視線を向けた。

「あなたなら、どうします？　もしも、目の前で子供が嘔吐し始めたら。身体を二つ折りにして苦しみ始めたら」

「……救急車を呼ぶわ」

「それが普通ですよね。でも、そのとき智紀のそばにいた人物は、そうしなかったんです。救急車を呼ぶどころか、智紀を山に運んで埋めちゃったんです。適切な手当てをしていれば――いや、ただ放置しておいたって、二日もすれば智紀は回復したはずなのに。わざわざ手を下して、苦しむ智紀にとどめを刺したんです」

残酷な言葉に、玲子は震えた。

「……誰が？　なぜ、そんなことを……？」

「少しは自分の頭を使ってみたらどうですか。なぜだと思います？」

馬鹿にしたように言われてむっとしたが、玲子はその状況を考えてみた。

「その人物が、黒崎由布子の関係者だったから」

「たとえば？」

「父親とか祖父とか伯父とか……とにかく、彼女の保護者。彼女が毒物を使用したことを隠すために、智紀を殺して遺体を埋めた」

「黒崎には、そんな愛情あふれる親族なんていません。唯一、彼女を守っていたのは祖母です。小学生の孫を持つ年齢の女性に、一人で智紀を殺害し、山に運び、埋めるほどの体力があったとはちょっと考えにくい」

「では誰がやったというの？」

せっかちに尋ねた玲子に、彰久は苦笑めいた目を向けた。

「いいですか。その人物は、知らなかったんですよ。智紀が直前におかしな薬を服んでたことを。だから、急に苦しみ始めた智紀を見て狼狽《ろうばい》してしまったんです。それで智紀を殺したんですよ」

玲子にはさっぱりわからなかった。彼の言う「だから」や「それで」が、まるで意味をなさない。

「……どういうことなの？　もっとわかりやすく言って」

「ここまで言ってもわかりませんかね」

彰久は肩をすくめた。

「そいつが、飲食店経営者だったってことですよ」

玲子は足を止めた。いや、自然に止まってしまった。

面食らっていた。思いもかけない言葉だった。

「飲食……？」

「だから狼狽したんです。自分が食べさせたもののせいで智紀が嘔吐《おうと》したと思ったんです。もともと厨房が不衛生だったか、賞味期限切れの食材を使ってたか、後ろめたいところがあったんでしょう。食中毒を出してしまったと勘違いしたんですよ」

玲子は呆然として、彰久を見た。彼が何を言おうとしているのかが、ようやく理解できた。

「あなた、まさか……」

「ちょっと、想像してみましょう。黒崎と別れた後、智紀がどうなったのか。彼はあなたのマンションに戻る気になって、歩き出した。そして、とあるビストロの前を通りかかった」

怒りに頬を染めた玲子を、彰久は面白そうに見つめ返した。玲子は彰久の妄言を遮ろうとしたが、彼は構わず続けた。

「その店は閑古鳥《かんこどり》が鳴いてて、客が入ってなかった。暇《ひま》な店主は、表に出て煙草を吸ってた」

「見てきたようなことを……」

「想像してるだけですよ。店主は歩いてくる智紀に気づいて声をかけた。前から知り合いだったんです。智紀は、叔母に連れられてその店に来たことが何度もあった。店主にとっては大事なお得意客……という以上の意味がありました。というのは、店主は智紀の叔母に気があったから」

「やめなさい。どこまで私たちを侮辱したら気がすむの?」

　玲子は強い口調で遮り、歩き出した。彰久は喋りながら後をついてきた。

「正確に言えば、叔母の財産に、かな。叔母は田舎の資産家の娘で、裕福だったんです。その店主は、料理人としてはなかなか優秀なんですが、店の立地が悪かったのか、当時は全然流行《はや》ってなかった。経営の苦しいビストロ店主にとって、彼女の実家の財産は大きな魅力でした」

　玲子はまた足を止めた。人目がなければ、思いきりひっぱたいていただろう。さすがに、こんな街なかで騒ぎを起こさないだけの分別はあった。

「で、彼は彼女の気を引くために、前々から智紀にも親切に接してました。僕は、智紀がそのビストロを誉めるのを何度か聞いたことがあります。クリームプリンがうまいとか、店主が面白くて優しいとか言ってました。その日、店主は通りかかった智紀に、いつものように親切に声をかけました。どうした智紀くん、元気ないね、プリンでも食ってかないか?」

　玲子はもう、遮ろうとはしなかった。憎悪をこめた目で彰久を睨《にら》みつけながら、考えていた。

　そう。確かに当時、芳雄は智紀をよく可愛がっていた。智紀の好物のクリームプリンを、サービスだと言って出してくれたことも何度もあった。玲子が恐縮して礼を言うと、智紀くんが喜んで食べてくれるのが嬉しくてねえ、と陽気な笑顔が返ってきたものだ。

あの頃、芳雄の店の経営が苦しかったことも事実だ。腕はいいのに客に恵まれず、苦労している芳雄を、玲子は気の毒に思って積極的に店に通っていた。

「智紀にはもちろん食欲なんかなかったけど、礼儀正しい子なので、無視して通り過ぎることはできなかった。それで、誘われるままに店の中に入ったんです。店内には客なんて一組もいない。智紀はなんだか気分が悪いと思いながら、我慢してテーブルにつきました。そして、店主が運んできたプリンを二口、三口ばかり食べたところで、急に強烈な吐き気に襲われたんです」

玲子の脳裏に、鮮やかにその場面が思い浮かんだ。椅子から転げ落ちて苦しむ智紀、うろたえて駆け寄る芳雄。

「店主はとっさにプリンのせいだと思い、錯乱しました。普通は、いくらプリンが腐ってたって、いきなりそんな激しい嘔吐はしないと思いますけどね。店主はあわてんぼうだったのか、あるいはよほど店の衛生管理に自信がなかったのか。プリンが傷んでたせいで、智紀が吐いたと思ったんです。飲食店にとっては存亡の危機です。もともと流行ってない店だし、食中毒なんか出したら一発でつぶれます。もちろん、あわよくば資産家の娘をものにして……なんてムシのいい夢も砕け散る。店主は逆上し、苦しむ智紀の上にのしかかって首を絞め上げたんです」

玲子は強く首を振った。否定したかったというより、まざまざと思い浮かんでしまう脳内の映像を消し去りたかったのだ。もがき苦しむ智紀の上にのしかかる白い服の男……その男には、顔がなかった。玲子には、男の表情が想像できなかった。

「そのあと、どうしたんでしょうね。臨時休業の貼り紙を貼って、ただちに智紀の死体を車のトランクに押しこんだのか。それとも、嘔吐の痕をきれいに清掃し、死体をロッカーの中にでも隠して、何食わぬ顔で営業を続けたのか。ちょっと興味がありますね。ともかく彼は智紀を山中に運び、埋めた。智紀がズボンに差してた玩具の剣も一緒に。人の踏み入ることのない場所です。土砂崩れでもない限り、ほとんど見つかる恐れはなかった。彼は何食わぬ顔で、智紀の捜索に加わったり、悲しむ叔母を励ましたりしました。叔母は彼を頼もしく感じ、交際を始めるようになりました。やがて二人は結婚し……」

「もう、いいわ。やめて」

玲子の声は弱々しかった。

智紀がいなくなってから二年ほど後、玲子は両親の反対を押し切って芳雄と結婚した。苦い顔の父を説き伏せて、芳雄の店のための融資を承諾させたのも玲子だった。好立地に新しく開店したビストロ・エクレールは、順調に客を増やした。口コミで評判が広がり、雑誌にも載るようになった。今では、予約の取りにくい超人気店である。玲子との結婚が、くすぶっていた彼の人生を一気に花開かせたことは否定できない。

——だが、彼が最初から財産目当てだったなんて。考えられない。結婚前、実家の資産のことなど芳雄に話した覚えはない。

もちろん、推察する手がかりはあっただろう。当時の玲子の持ち物が、しがないＯＬにしては高級品ばかりだったこと。しょっちゅう海外旅行をしていたこと。実家が昔からの地主であることも、父が高級車を乗り回していることも、つい口にしたことがあったかもしれない。決して自慢話のつもりではなく、玲子にしてみれば当たり前の世間話の流れの中で。

芳雄の友人の一人が、結婚を祝福するスピーチの中で口にした言葉を思い出した。

——実は彼は玲子さんに一目惚れで、玲子さんの話をしょっちゅう僕らにしてたんです。店によく来てくれるお客さんで、すごく美人で品のいい女性がいるって。そんな高嶺《たかね》の花、憧れても無駄だって僕らはからかってたのに……。

当時は、ただ、くすぐったいとしか思えないスピーチだった。だが、あらためて思い返してみて、玲子は慄然《りつぜん》とした。

芳雄にとって玲子は、最初から「高嶺の花」だったのだ。単なる客ではなく。

「妄想だわ」

玲子は腕を組んで、彰久から目を背けた。

「証拠は？　今の話を裏付ける証拠が、何かあるの？」

「ないですよ、証拠なんて。ただ想像力をはたらかせてみただけです」

「あなたは想像で人を侮辱するの？　なんの証拠もなく」

「僕には他に思いつかないんですよ。吐き気に苦しむ小学生を殺害し、山に埋める理由が」

玲子は彰久に視線を向け直した。彰久のほうが目を逸《そ》らせていた。

「理由なんて……あなたの妄想と同じ程度のこじつけでいいなら、いくらでも考えられるわ」

「たとえば？」

「犯人は、やはり黒崎由布子の祖母。彼女は屈強な男をお金で雇って、智紀を山に埋めさせた。それなら体力的な問題は解決でしょう？　あるいは、通りすがりの変質者の犯行かもしれない。誰でもいいから人を殺したいっていう動機で、智紀を……」

玲子は、自分の声が腹立たしかった。ひどく平坦で、空々しい。口にしている言葉を、自分自身がまるで信じていないからだ。

「確かめてみませんか」

彰久は玲子を振り返った。

「確かめる……？」

「僕の想像が当たってるかどうか。まったく的外れだってことがはっきりしたら、土下座でもなんでもしますよ」

「どうやって確かめるの？」

「もちろん、本人に直接聞いてみるんです。ビストロの店長に。協力してもらえますね？」

彰久と目を合わせて、玲子はうなずいた。

この青年が何を考えているのかはわからない。信用する気もまったくない。だが、一度だけ、彼の言う通りにしてみようと思った。

彼の妄想を裏付けてやるためではない。逆だ。夫の潔白を証明し、この生意気な若者の鼻をへし折ってやる。

土下座など望まない。ただ、彼が寄りかかっている想像力とやらが、現実に対していかに非力であるかを思い知ればいい。悪意に満ちた妄想で人を侮辱した幼稚さを恥じればいい……。

☆

芳雄はいつものように、〇時過ぎに帰宅した。

玲子はたいてい、うたた寝しながら夫の帰りを待つのだが、今夜は違った。彰久から指示された通り、すぐ出かけられる服装のまま、リビングのソファに座り、テレビもつけずにじっと夫を待っていた。

「ただいま」

芳雄は機嫌が良さそうだった。妻の様子がいつもと違うことは、当然一目で気づいただろうが、彼はそれを適当に都合よく解釈したようだった。

「忙しかったよ、今日は。やっぱり、しばらく休むと店の雰囲気がたるんじゃうね。みんな良くやってくれてるけど、細かいところに目が届いてなくて。やっぱり、僕が店にいるのといないのとでは、客の反応がまるで違うって……」

芳雄は上着を脱ぐと、自慢とも愚痴ともつかないことをべらべら喋り続けながらキッチンに向かった。彼はよく冷えたビールとグラスを二つ持ってきて、テーブルの上に置いた。

「一杯やろう。ビールでいいかい?」

智紀かもしれない死体が見つかったばかりだというのに。この人はそんなことはすっかり忘れたかのように、仕事に復帰できたことを喜んでいる。本心なのか——それとも、何かを隠そうとしているのか。

玲子はグラスを受け取り、夫の顔をさりげなく観察した。はしゃいだ言葉とは裏腹に、顔色は悪く、疲れているように見えた。

玲子は夫に合わせてグラスを掲げたが、ビールにはほとんど口をつけなかった。今日の出来事を語る夫に、熱心に耳を傾けるふりをしながら、話を切り出すタイミングをうかがっていた。

夫に鎌をかけることになる……という後ろめたさはぬぐえなかったが、玲子はあえてその気持ちを押し殺した。

疑っているからではない。逆に、彰久が口にした荒唐無稽な疑惑を晴らすために、こうすることが必要なのだ。

芳雄の話が一段落したところで、玲子は思いきって口を開いた。

「私ね、思い出したことがあるの。エクレールが、まだ昔の店舗だった頃のこと」

「昔の……ああ」

芳雄は玲子をちらっと見た。大きな目に不審げな光が宿っているように思えて、玲子はびくっとしたが、芳雄はビールを飲み干して陽気に続けた。

「なんでそんなことを思い出したの?」

「智紀のことを考えてたせいかな……あの子、あの店が大好きだったから」

「……そうだったね」

芳雄はうなずいた。

「客が入らなくて苦労したよ、あの頃は。でも、あの頃があったからこそ、今の自分があると思ってる。なつかしいよ。もちろん、二度と戻りたいとは思わないけど」

「私たちが出会えたのは、あの店がマンションのすぐ近所だったおかげよ。近くに感じのよさそうなビストロができたので、ランチタイムにふらっと入ってみたの。それで、すっかり気に入っちゃって、通うようになったのよ」

「……ああ」

「智紀は、あなたの作るプリンが世界一おいしいってよく言ってた」

芳雄はしばらく無言でいた。玲子は彼のグラスにビールを注いだ。彼はそれを一口飲むと、自分と妻の両方に言い聞かせるように言った。

「まだ、あの白骨が智紀くんだと確定したわけじゃない。あんな玩具一つで身元の特定なんかできやしないよ」

「そうかしら」

「あの青年、なんていったっけ。篠塚くんか。彼があの玩具を貸したのは九年前のことだろ？　細部まで正確に覚えてるはずがない。よく見もしないで、間違いないって決めつけてたけど、僕はあまり信用しないよ。歯形の鑑定結果が出るまでは、智紀くんが死んだと決まったわけじゃない。希望は捨てたくない」

玲子の心は揺らぎそうになった。

もしも芳雄が智紀を殺したのだとしたら、こんな言葉を平然と口にできるものだろうか？　この態度こそ、夫が無実である何よりの証拠なのではないか？　これから玲子がしようとしていることは、夫に対する取り返しのつかない侮辱になりはしないか？

だが、ここでやめるわけにはいかない。それでは彰久を納得させられないだろう。

玲子は、さりげなく、パンツのポケットに触れた。そこに隠したものを確かめると、自然に言葉が流れ出した。

「智紀がいなくなった後、あなたは親身になって捜索に加わってくれた。それに、うろたえきってた私を慰めてくれたわよね」

「当然だろう。僕だってあの子のことが心配でたまらなかった」

「智紀がいなくなった翌日……翌々日だったかな。私、あなたの店で食事をして、その後少しお酒を飲んだわよね」

「そうだったっけ？」

「とにかく不安でたまらなくて、一人じゃいられなかったのよ。誰かにそばにいて欲しかったの」

「一晩じゅう一緒にいてくれるボーイフレンドぐらい、山ほどいたんじゃないのか？」

芳雄はからかうように言った。玲子は心外だという風におどけて眉を吊り上げ、夫のグラスにまたビールを注ぎ足した。芳雄は酒に強く、ビールぐらいではほとんど酔わないが、今夜は少しでもアルコールを摂取しておいて欲しい。玲子の言葉に、あまり不審を感じないように。

「他にお客さんはいなかった。私とあなたと二人きりで、ずいぶん長いこと話したわよね」

「別に、流行ってなかったからじゃないよ。あの夜は、君のためにわざわざ閉店時刻を早めたんだ」

「そうだったわね。感謝したわ。あなたは私の気分を少しでも明るくしようと、いろんな話をしてくれた。ワインの蘊蓄《うんちく》とか、フランスに料理留学したときのおかしなエピソードとか。でも、何を話しても、結局智紀のことに戻ってしまう。私、ワインに酔ってしまったせいもあって、大泣きしたわ」

「……そうだった。思い出したよ」

「あなたは心配して、マンションまで送るって言ってくれた。それで、あなたがグラスやお皿を片付けてる間、私はしばらく一人で待ってたの。智紀のことを考えながら」

芳雄は訝しげに玲子を見た。とりとめのない思い出話ではなく、玲子が目的を持って話していることに勘付いたのだろう。玲子は心臓の鼓動が速まるのを感じた。

落ち着かなくては。声がうわずったりしないよう、気をつけなくては。夫に警戒心を抱かせては、計画が台無しになる。

「あの晩、私が座ってたのは、壁際の隅っこの席。智紀と一緒に来店したときも、たいていそこに座ることにしてた。壁にかかってたパリの街角の風景画が素敵で、私も智紀もその席が気に入ってたから」

「ああ、そうだったね」

「泣きはらしてひどい顔になってたから、お化粧を直そうと思って、席を立とうとしたの。そのときにね、隅に何かが落ちてることに気づいたのよ。ちょうどテーブルと椅子の陰になってたから、あなたも気づいてなかったんでしょうね。なんだろうと思って、拾ってみたの」

芳雄は黙って玲子を見た。玲子は、半分ほどあいた彼のグラスにビールを足そうとしたが、彼は首を振って拒絶した。

「お客さんの落とし物かと思ったけど、それにしても変だった。なぜ、そんな物がそこに落ちてるのか、よくわからなかった」

「……なんだったの?」

「メダルっていうか、コインっていうか……小さな丸い物」

「メダル?　どんな?」

「最初は外国の硬貨かなと思ったのよ。でも、よく見たら違った。もっと安っぽい玩具だったの。プラスチック製で、竜の模様が浮き彫りになっているの。裏には、接着剤が剝がれたような痕があった」

「……なんだろう。なぜ、そんなものが」

「私にも、なんだかよくわからなかった。私はそれを、なんとなく自分のバッグにしまってしまったの。高価な物だったら、もちろんあなたに渡したと思うわ。でも、見るからに安っぽい玩具だったから……悪気はなかったのよ」

芳雄は無言だった。玲子は不安を覚えた。なぜ夫は黙りこくっているのだろう。そんな昔のことをどうして今頃、と笑い飛ばしてくれないのだろう。

「なぜ、そのメダルを自分のバッグに入れてしまったのかっていうとね、表面に彫られてる竜の絵が気になったからなの。智紀は竜や妖精の出てくるお話が好きだった。普通のときなら、そんなもの、食事に来た子供連れの客の落とし物にすぎないと考えるだろうけど、そのときの私には、そうは思えなかったの。なんだかそれが、智紀を守ってくれるお守りのように思えたのよ。藁《わら》にもすがる思いだったから、そんな子供じみた考えにとらわれてしまったのね」

「まだ持ってるの？　そのメダル」

芳雄の目が、ちらっと玄関のほうに動いたので、玲子はどきっとした。

一瞬だったが、芳雄の視線は鋭かった。まるで、玄関までの距離を測っているかのように――玲子が逃げ出すことを警戒しているかのように。

玲子は、こみ上げてくる不安を必死に否定した。馬鹿げた考えだ。なぜ、夫が妻を警戒する必要がある？

「うん。雑貨を集めた箱に放りこんだまま、ずっと忘れてたんだけど」

「今、持ってる？」

玲子はその問いには答えず、夫の目をまっすぐに見据えた。もう、後戻りはできない。

「……白骨死体のそばから見つかった、あの短剣のことなんだけど」

「メダルのことを訊いてるんだよ。今、まだ持ってるの？」

「気づいた？　あの短剣の柄の部分に、何か剝がれたような丸いくぼみがあったの」

芳雄は、手にしていたビールグラスをテーブルに静かに置いた。玲子は必死に自分に言い聞かせた。

まだだ。まだ、彼が訝しんでいるだけなのか、それとも焦りを感じているのかわからない。もう少し踏み込まなければ……。

「接着剤でくっつけてた物が、取れたみたいな痕よ。私、それがなんとなく引っかかって、ずっと考えてたの。そうして、唐突に思い出したのよ。何年も箱の中にしまいっぱなしで、すっかり忘れてたはずのこのメダルのことを」

玲子はポケットから小さなメダルを取り出し、親指と人差し指ではさんで掲げた。青銅のように着色されているが、素材は安っぽいプラスチックだ。竜の横顔が刻まれている。

芳雄が手を差し出したが、玲子は渡さずに続けた。

「これ、ちょうどあの短剣のくぼみの部分に嵌《はま》るんじゃないかしら。これはただのメダルじゃなく、短剣の柄についてた飾りのエンブレムなのよ。篠塚くんに聞いてみればはっきりするわ。たとえ彼が忘れてたとしても、私がこのエンブレムを警察に渡せば、鑑定してもらえるでしょう。短剣とこのメダルが、もともと一体だったとしたら——どういうことになると思う？」

芳雄は大きな目を見開いて、玲子を見ていた。

玲子はその目の表情を読み取ろうとし、息を詰めた。なんだろう？　意味がわからなくて訝しんでいるのか？

いや、違う。彼の目に浮かんでいるのは、驚愕《きょうがく》と怒りだった。逃げ切れるはずだったレースに思わぬ邪魔が入って、彼は理性を失っていた。その表情に、玲子は強いショックを受けた。

「ちょっと、見せてくれないか。そのメダル」

異様に押し殺した声で、彼は言った。玲子はエンブレムを握りしめて尋ねた。

「智紀が持ってた短剣から、何かのはずみでこのエンブレムが剝がれ落ちたのよ。なぜ、それがあなたの店に落ちてたの？　説明できる？」

「そう言われても、実物を確かめなきゃなんとも言えないよ。渡してくれないか、それ……」

「これが落ちてたってことは、智紀があなたの店にいたってことよね？」

玲子は立ち上がった。同時に、芳雄も。

芳雄はビールグラスを倒したが、拾おうともしなかった。グラスの割れる音は、玲子の耳に、銃声のように響いた。

「あなた、何か隠してる？　智紀はあなたの店に行ったの？　いつ？」

「智紀くんは何度も店に来たじゃないか。君と一緒に。そのメダルはきっとそのときに……」

「篠塚くんが短剣を智紀に貸したのは、行方不明になった当日よ。それ以前には、智紀は短剣を持ってなかった」

玲子は叫んだ。

芳雄は強いて作ったような薄笑いを浮かべていた。玲子は絶望に突き落とされた。彼の表情が、何よりも雄弁に真実を語っていた。

信じられなかった。涙で視界がぼやけた。

世界が崩れてゆく。夫への愛情や信頼が、これほど脆《もろ》く崩れるなんて、考えたこともなかった。

「あなた、あの日、智紀に会ったんでしょう？　智紀を店に招き入れたんでしょう？」

「落ち着いてくれよ、玲子。そんな玩具のメダル一つで、何をナーバスになってるんだ？

そんなもの、どこにでもあるガラクタだよ。見せてごらん」

「私、警察に行くわ。そしてこのエンブレムを鑑定してもらう」

「話を聞いてくれ、玲子。確かにあの夜、僕は智紀くんに会った。だが、君が考えてるようなことは一切ない。とても複雑な事情があったんだ。僕の話を聞けば、君もきっと納得する。とにかく、座ってくれないか」

彼の声は誠意に満ちているように聞こえた。玲子の心は一瞬、くじけそうになった。

夫を殺人者として告発すれば、玲子自身も深い傷を負うことになる。もうこの街には住み続けられないだろう。快適な生活を捨て、世捨て人のように引きこもって暮らすことになるだろう。姉のように。

全身に震えが走った。この先へ進みたくない。自分の手で、自分の人生を壊したくない。

夫の言う「複雑な事情」に耳を傾けてみようか。警察に駆けこむかどうか判断するのは、彼の話を聞いてからでも遅くはないのではないか。たとえ彼が智紀の死に関わっていたとしても、そこに深い事情があるなら——ひょっとしたら、許せるのではないか? 彼を許し、共に秘密を分かち、死ぬまで口をつぐんでいられるのではないか? そうすれば、今の生活を捨てずに済む。その誘惑はあまりに強く、玲子はあやうくソファに崩れそうになった。

玲子を支えたのは、皮肉にも、芳雄の言葉だった。彼はテーブル越しに手を差し出し、子供をあやすような声で言った。

「とにかく、そのメダルを渡してくれよ。それが店に落ちてた理由を、説明するからね」

玲子はメダルを強く握りしめた。

彼は嘘をついている。それは、直感だった。いつもの夫の声音ではない。甘ったるい猫なで声は、知らない男のようだった。

話など、ないのだ。彼の目的はただこのメダルを取り上げることだ。彼は、決定的な証拠品を隠滅したくてそわそわしている。強ばった作り笑いが、彼の焦りを表していた。

玲子は後じさった。

「話なら警察で聞くわ。警官の前で話してよ。なぜ、このエンブレムが店に落ちてたのか。あの日、何があったのか。複雑な事情があるなら、全部話して……」

「ふざけるな！」

突然、芳雄は怒鳴った。どんなに不機嫌なときでも声を荒らげたことのない彼が、初めて出した大声だった。

彼は仮面をかなぐり捨てていた。焦りと怒りが限界を超えたのだ。

なだめても懇願しても玲子の心が動きそうにないと見て、恫喝《どうかつ》に出た。形相が変わっている。目を血走らせて妻を睨みつけるその顔も、玲子がこれまでに見たことのないものだった。玲子の脳裏に、子供の身体にのしかかって首を絞め上げるシェフ服の男の姿が思い浮かんだ。その男は、醜い怒りの表情を浮かべていた——今、まさに取り繕う余裕もなく見せているのと同じ表情を。

「あなたが殺したのね？　あなたが、智紀を……」

玲子は震える声で言った。芳雄は、怒鳴り続けるべきなのか、下手に出るべきなのか、決めかねていた。空調が効いているのに、彼の丸い額には汗が浮き出ていた。

これ以上、話す必要はなかった。玲子は身をひるがえした。

「玲子！」

芳雄は玲子につかみかかろうとしたが、遅かった。玲子は夫の鼻先で、リビングと廊下を仕切っているドアを叩きつけるように閉め、その勢いのまま玄関へ走った。芳雄の声は、怒り狂った猛犬のようだった。

「待てよ！」

履きやすく走りやすいローパンプスを、あらかじめ玄関口にそろえておいた。これも彰久の指示だった。万が一の用心に、と気に障る笑みを浮かべた彰久に、玲子は「無駄よ」と言ったのだった。パンプスをつっかけると、ドアを開けて芳雄の革靴を外に蹴り飛ばした。わずかでも、彼を出遅れさせる助けになるかと思ったのだ。

甘かった。芳雄は靴など見向きもせず、裸足のまま追いかけてきた。玲子はあわててエレベータに走った。

だが、エレベータはこの階には止まっていなかった。扉が閉まっているのを見て、玲子は目を疑った。

何か手違いがあったのか。彰久は、芳雄が帰宅するのを見届けたら、玲子が渡した合鍵でマンション内に入り、エレベータをこの階に待機させておいてくれるはずだった。万が一、芳雄が態度を豹変させた場合に、玲子が逃げ出せる段取りをととのえていてくれるはずだったのだ。

エレベータの位置を示す階数表示は、一階になっていた。一瞬、なぜだかわからなかったが、玲子は彰久の酷薄な表情を思い出してぞっとした。

あの青年を信用などしてはいけなかったのだ。彼には、最初から約束を守る気などなかった。あいつはただ、適当な言葉で玲子を右往左往させて、面白がっていただけだった。

「助けて！」

玲子は金切り声を上げたが、廊下に面したドアはいずれも閉ざされたままだった。このマンションは防音がしっかりしているから、住人が入浴中だったりヘッドホンで音楽を聴いていたりすれば、いくら廊下で大声を出しても気づかれない可能性が高い。

いや、たとえ玲子の悲鳴が届いたとしても、助けに来てくれるような住人は稀《まれ》だろう。玲子自身、もしも自分が一人でいるときに人の悲鳴を耳にしたら、あわてて戸締まりを確認して閉じこもり、せいぜい警察に電話するくらいのことしかしないだろう。

夫が迫ってくる。玲子はエレベータを諦め、普段はほとんど使うことのない階段に走った。

段をいくつか飛ばしながら一気に駆け下りる。靴をはいていない夫は、足元が覚束ない。足をすべらせて、手すりにつかまった。

距離が開いた——ほっとしたのは束の間だった。芳雄は唸り声を上げると、踊り場まで一気に飛び降りてきた。

太っているくせに、敏捷な動きだった。彼は玲子を押し倒すようにして、その身体をつかまえた。玲子と芳雄はもつれ合って倒れた。

「やめてよ！」

玲子はもがいた。芳雄の行動は常軌を逸している。こんなところで妻に暴行などはたらいたら、通報され、逮捕されるだけだ。どの道、逃げ場はない。

芳雄を突き動かしているのは理性ではなく、焦りと怒りだった。彼はパニックに陥っていた。荒い呼吸が耳にかかって、玲子は鳥肌が立った。夫がこんな獣じみた醜態を見せるのは、もちろん初めてのことだった。

芳雄の指が首にかかった。玲子は必死に首を振り、夫を突き飛ばそうとした。だが、彼の体重をはねのけることはできなかった。がっちりした太い指が玲子の首を押さえつけた。玲子は口を大きく開けたが、喉をつぶされ、声が出なかった。のしかかってくる夫の顔を、まともに見てしまった。それは、玲子の知らない男の顔だった。目を血走らせ、唇がめくれ上がるほど歯をむき出した顔は、穏和で呑気なビストロ店主とはほど遠かった。

智紀が最後に目にしたのはこの顔だったのだ。

あの子は、小さな身体に信じがたいほどの大人の悪意を浴びていた。あの子を取り巻く世界は、汚い打算に満ちていた。父も、母も、叔母も、近所のレストランの店主も——あの子を守るどころか、自分の欲と保身のためならあの子を殺すことさえ厭《いと》わなかった。

——行きましょう。こんな連中のいない、幸福な国へ。

玲子は、少女の幻を見た。おかっぱ頭の、小さな女の子が手を差し伸べている。小学生の、黒崎由布子だ。

——一緒に行きましょう、智紀くん。

玲子の喉を絞めていた手が、急にゆるんだ。玲子は激しく咳きこんだ。芳雄は玲子の手首を乱暴につかんで、握りしめていたこぶしをこじ開けた。メダルがこぼれ落ちた。芳雄はそれを自分のズボンのポケットに突っこむと、玲子の髪をつかんで強く引っ張った。

「痛い……！」

玲子は引きずられて立ち上がった。芳雄は再び玲子の喉に手をかけ、彼女の身体を階段の手すりに強く押しつけた。玲子の上半身は手すりの外側に大きくのけぞった。

——突き落とす気だ。

夫の殺意に気づいて、玲子は恐怖にかられた。目をむいて夫を睨みつけると、彼は憎々しげにつぶやいた。

「余計なことを思い出さなければ、こんな目に遭わずに済んだんだよ。俺に寄生して生きるしか能がないくせに、俺を脅そうとするなんて……馬鹿な女だ」

夫の言葉は、玲子にはほとんど届かなかった。首を強く絞められて、意識が遠のきかけていた。ただ、「馬鹿な女」という一言だけが耳に残った。

まったくだ。玲子のしてきたことは、何もかもが馬鹿げた過ちだった。こんな男の本性も知らず、七年間も夫婦として暮らしてきたなんて——。

突然、周囲が騒がしくなった。足音と怒号が聞こえた。芳雄の手が離れ、玲子は何が起きたか考える力もなく、ずるずるとその場に座りこんだ。

芳雄の驚愕した叫び声が響いた。玲子は座りこんだまま呆然と目を上げた。二人の警官が芳雄の腕をとらえていた。芳雄は一瞬だけ抵抗を試みたが、すぐにだらりと力を抜いた。

彼は振り返って玲子を睨んだ。玲子はその目を睨み返した。

一人の警官が玲子に手を貸そうとしたが、玲子は首を振って、自分で立ち上がった。そして、警官の後ろに彰久が立っていることに気づいた。

彰久の表情が、この状況を面白がっているように見えたので、玲子は反射的に叫んだ。

「何がおかしいのよ！　あなた、何やってたのよ！」

「元気ですね。殺されかけた直後にしては」

彰久は警官に二言三言、何か告げた。警官はうなずき、芳雄を連れて去った。玲子は彰久に食ってかかった。

「エレベータを九階に止めておいてくれるって言ったじゃない！　あなた、なぜ約束を……」

「気が変わっちゃって」

悪びれもせずに、彰久は答えた。

「おたくのご主人が意外に敏捷《びんしょう》だったりして、階段で先回りされたら困るじゃないですか。それより警官を連れて来たほうがいいと思いついたんです。知り合いが派手な夫婦喧嘩をしてる、殺し合いになりそうな雰囲気だから急いで来てくれって嘘ついて。あ、嘘でもなかったですね。結果的に」

玲子の険しい視線を受けて、彰久はわざとらしく神妙に言い添えた。

「危ないところでした。でも、おかげで決定的な現場を押さえることができて、良かったですね」

「何が良かったのよ！　私はもう少しで殺されるところだったのよ！」

「助かったんだからいいじゃないですか」

玲子は自分の首を撫でた。夫の指の感触を思い出すと鳥肌が立った。

あの男は、あの太い頑丈な手で、智紀を殺したのだ。目眩《めまい》がするほどの怒りがこみ上げてきて、玲子は目を閉じた。

「メダル、どうしました？」

彰久の声で、我に返った。

「メダル？　……ああ、あいつに取られたわ。あいつが持って行ってしまった」

彰久は不愉快そうにため息をついた。

「返ってくるかな。気に入ってるんですよ、あれ。コーラのおまけですけどね。図柄が十二種類あるんです。せっかく全種類コンプリートしてたのに」

「……あいつはあわててたわ。本当に、私が店で拾ったものだと思いこんでた」

彰久の考えた作戦は、玲子が予想していた以上の反応を夫から引き出した。あんな捏造《ねつぞう》の証拠品などで効果があるものか、玲子は半信半疑だったのだが、コーラのおまけのメダルは思わぬ力を発揮してくれた。

だが、捏造は捏造だ。白骨死体とともに発見された短剣には、もちろん、エンブレムが剝がれた痕などない。芳雄はすぐに、玲子に計られたことを悟り、口をつぐんでしまうだろう。

「あの男の罪を立証することはできるのかしら」

玲子はようやく気分を落ち着けて、乱れた襟元を整えた。芳雄のことを「夫」と呼ぶ気は、もはやなかった。

「今、彼が連行されたのは、ただ私を殺そうとしていたからでしょう?」

「まぬけなことに、警官の目の前でね」

「あいつが智紀を殺したという証拠は、本当は何もない。彼が自白しない限り、罪に問えないかもしれないわ」

彰久は呆れたように首をかしげた。

「まさか、彼から言質《げんち》を取らなかったんですか?」

「あいつは、殺したとははっきり言わなかった。ただ、あの夜、智紀に会ったことを認めただけよ」

「その発言を録音しておくぐらいの知恵はあったんでしょうね?」

玲子はうなずいた。テーブルの下に、ＩＣレコーダーを隠しておいたのだ。夫婦の会話は残さず録音されているはずだ。

「認めるかしら?　智紀を殺して埋めたことを」

九年も前の事件である。殺害現場となったビストロの旧店舗は、もはや存在していない。死体は白骨化しており、死因の特定は困難だろう。決定的な証拠がどこかに残っているとは考えにくかった。

偽の証拠品を突きつけ、隠しマイクで録音した証言など、採用されないかもしれない。芳雄が否認すれば、九年前の殺人と死体遺棄を立証することは難しいのではないか。

玲子の危惧に対して、彰久は呑気に笑った。

「あの晩に智紀と会っていたことを認めたのであれば、もう言い逃れは難しいでしょう。その事実を隠して、何食わぬ顔で捜索隊にまで加わってた理由を、説明できるとは思えない。警察はそれほど甘くないと思いますよ。それに、僕はもう十分満足です。智紀を殺した最後の一人が誰だったのか、はっきりしたのでね」

「……最後の？」

奇妙な言い回しに引っかかって、玲子は彰久を見た。彰久は玲子に背を向けて階段を下り始めた。

「まさか、ビストロ店長ひとりによる犯行だなんて思ってないでしょう？」

思いがけない言葉を投げかけられて、玲子はぎょっとした。

共犯がいる、と言いたいのだろうか。探偵気取りのこの若者は。彼だけが気づいた真実があるのか？　玲子が見落としている矛盾や手がかりが、どこかに……？

しかし彰久は、玲子を振り返って、敵意に満ちた笑みを浮かべた。

「あなたが義兄と不倫なんかしなければ、母親が彼を殺そうとしなければ、僕が彼に短剣を渡さなければ、黒崎由布子が自殺をはかったりしなければ——あの子は死なずにすんだんです。ビストロ店長は最後の仕上げをやったにすぎない。僕らみんなで、少しずつ、あの子を殺したんですよ」

いつもと違う散歩コースに、シンゴは不服そうだった。利明はシンゴをなだめすかして、なんとかコースを変えさせることに成功した。

花や菓子など、何か供《そな》える物を用意しようかとも思ったが、智紀が殺害された現場は、今はごく普通の住宅になっている。九年前の死者を悼《いた》む供え物など、現在の住人に迷惑だろうと考えてやめにした。

12

妻に対する暴行容疑で逮捕された笠間芳雄が、九年前に細谷智紀を殺害し、死体を山中に埋めたことを供述し始めたのは、一昨日のことだった。逮捕から一週間が経っていた。

当初、曖昧だった供述だが、少しずつ詳しいことが明らかになりつつあった。殺害の動機は、智紀が彼の作ったプリンを食べた直後に嘔吐し、苦しみ始めたためだという。

もちろんそれは、黒崎由布子が与えた薬のせいだったのだが、芳雄はプリンが傷んでいたためだと勘違いした。経営が苦しく、期限切れの牛乳などを使用していたこともあり、彼はとっさに食中毒を疑ったのだ。このことが明らかになれば店がつぶれると思い、智紀の首を絞めて殺した。その晩は何食わぬ顔で営業を続け、深夜になってから、智紀の死体を車に乗せて山中に運んだのだという。

雑誌やテレビにも紹介される人気ビストロのオーナーシェフによる残虐な犯行は、世間を震撼《しんかん》させた。人当たりのいい気さくな料理人のイメージで売っていただけに、その衝撃は大きく、ワイドショーなどはこの話題で持ちきりになっている。

むしろ、黒崎由布子が犯した四件の殺人事件のほうは、扱いが小さくなっていた。彼女は素直に取り調べに応じ、殺害の状況について他人事《ひとごと》のように淡々と述べているという。一人目の被害者は、公園で絞殺。二人目と三人目は自室に連れこんで刺殺。四人目はマンションに侵入して刺殺。彼女の部屋からは血を拭き取った痕や、被害児童の毛髪、細谷雅美の返り血を浴びた衣類などが見つかった。

動機については、「意味不明」や「妄想が昂じて」といった言葉で片付けているメディアがほとんどだった。残酷ではあるが、要するに、パターン化された「異常者」の犯罪にすぎない。人気ビストロのシェフの犯罪のほうがよほど話題性が大きく、報道が過熱気味になるのは、マスメディアの特質からすれば当然ではあった。

利明は、一軒の家の前でぼうっと立っている太った男に気がついた。

何もせずに立っているだけで不審者みたいなやつだ。そう思いながら近づいて行くと、赤城壮太は気がついて、軽く会釈をした。

何してんだよ、という一言を口にしかけて、やめた。

昼のニュースで、細谷智紀が殺された場所が、「ビストロ・エクレール」の旧店舗であったことが報じられていた。それで利明は、夕方の散歩がてら、今は普通の住宅になっているこの場所へ足を向けたのだ。壮太がここにいる理由を聞くまでもなかった。

「犬、無事だったのか」

壮太はシンゴを見て、ぼそぼそと言った。

由布子が五番目のターゲットに犬を選んだことはテレビなどでも報じられたが、その後の犬の容態について報道したメディアなどほとんどなかった。利明は、壮太を警戒して鼻をくんくんさせているシンゴを見下ろし、答えた。

「うん。すぐ病院で手当てを受けて、胃を洗ってもらったから、助かった。第一、あいつの作った薬、睡眠薬やら殺虫剤やらいろいろ混ぜただけで、毒性は強くなかったんだ」

「九年前と同じだな」

「あいつ、毒殺の才能だけはないんだよ」

口にしてから、不謹慎な冗談のように聞こえたかと思ったが、壮太は気にした様子はない。

「引っ越すんだってさ」

「え？　誰が？」

「黒崎の家族だよ。妹と弟はずっと学校を休んでる。窓も閉めきって、一切外出しないらしい。どこか遠くへ引っ越さないと、まともに暮らせないよ」

「そりゃ、そうだろうな」

一つ屋根の下で凶悪な殺人が行われたというのに、家族は誰も気づかなかった。その異常さは、すでにさんざん報じられていた。あの一家が、この街に住み続けることは不可能だろう。

「家の構造が変だったってことも、いくつかの週刊誌に載ってた。テレビなんかでは、家族のプライバシーに配慮してるせいか、あんまり取り上げてないけどな」

「どんな記事だった？」

「九年前に改築したんだってさ。家の中を真っ二つに分けるように。玄関も台所も風呂もトイレも、別になってる」

「九年……っていうと」

「黒崎が自分の薬で嘔吐した後だ。継母が黒崎をいたわるどころか逆に叱りつけたんで、祖母が激怒したらしい。前々から仲は良くなかったっていうけど、この一件で決定的になった。それで、家を改築したんだって。ばーさんと黒崎は二階に住んで、他の家族とはほとんど顔を合わせなくなった」

利明は、やりきれない気持ちになった。祖母の愛情が、結果的に、由布子を密室に囲いこむことになったというのか。

「そんなことするくらいなら、孫を連れてアパートでも借りれば良かったのにな……」

「外聞が悪いと思ったんだろ。後妻が姑と継子を追い出すみたいで。ばーさんのほうも、部屋探して引っ越すより楽だしな。ところが、そのばーさんが、今年のあたまに亡くなったんだ」

「……ああ、聞いた」

「黒崎は一人きりになった。同じ屋根の下では家族が団欒《だんらん》してるのに、彼女は一人だけ、仕切られた部屋に閉じこもっていた。寂しさをまぎらわすために、昔夢中になったゲームを引っ張り出してきた」

「それが、『セルグレイブの魔女』だったってわけか」

「『ダーク・リデンプション』だ」

律儀に訂正し、壮太は眼鏡を指で押し上げた。

「そのあたりのことも、詳しく取材してる雑誌がいくつかあった。彼女は昔から、ゲームの主人公の名前をトモキにしてプレイしてたんだって」

「トモキって、細谷くんの名前から取ったのかな?」

「当然。たぶん最初は、細谷くんが好きだからっていう単純な理由だったと思うけど、そのせいで彼女はおかしな妄想を抱くようになった。この世界からいなくなった細谷智紀くんが、ゲームの世界に存在している。つまり、彼はあちら側に〈転移〉したんだ……って」

利明は、あの晩、由布子から聞いた話を思い出した。確かに彼女は、細谷智紀や自分が殺した子供たちが、ゲーム世界で元気に生きていると信じきっていた。

「細谷くんもあのゲームにハマって、主人公と自分を重ね合わせてるようなところがあって、昔、細谷くんと交わした会話を思い出した。彼女は久々にゲームを引っ張り出してみたんだ。黒崎とも、そんな話をしたんだろう。そして、主人公トモキが今も自由に冒険してるのを見て、一気に妄想を強めたんだろう」

「それで、虐《しいた》げられてる子供たちを、細谷くんと同じようにゲーム世界に送ってやろうとしたのか……」

新聞もテレビも、彼女の異様な動機を正しく伝えてはいない。彼女の言葉通りに報じたところで、誰にも理解できはしないだろう。結局、「ゲームのやりすぎ」「現実と虚構の区別がついていない」というお決まりの枠に押しこめて解釈されるしかないのだ。

「違うと思うよ」

壮太がぼそりとつぶやいたので、利明は顔を向けた。

「何が?」

「僕は、彼女の真の動機は違うと思う。虐げられた子供たちを解放してやりたいなんて、きれい事すぎる。本当に、死後の世界がゲームの中にあると信じてたなら、彼女自身が真っ先に自殺してなきゃおかしいじゃないか。彼女こそ、この世界に居場所がなかったんだから」

壮太の険しい声に驚きながら、利明はうなずいた。

「まあ……そうだよな」

「でも、あいつは自殺なんか試みなかった。ただ、無防備な子供や女性を殺しまくっただけだ。最初の一人は、妄想に取り憑かれて夢中で首を絞めたのかもしれない。でも二人目からは違う。手口はどんどん残酷に、計画的になっていった。あいつは殺しを楽しんでたんだよ」

利明には何も言えなかった。

そうだろうか。彼女は血に飢えた殺人鬼だったのだろうか。

壮太の指摘には一理ある。確かに、彼女の犯行の動機はきれい事では片付けられない。被害者を刃物で滅多刺しにしたり、遺体をビニール袋に詰めて路上に捨てたりという行動からうかがえるのは、殺人をスリリングなゲームとして楽しむ異常者の心理でしかない。犯行を繰り返すうちに、彼女が残酷な快感を募らせていったことは確かだろう。

——私、死刑になるの？

由布子はそう口走って毒をあおった。自分が行ったのが極刑に値する残忍な犯罪であることを、自覚していた証拠だ。

だが、彼女の目の不思議な輝きを思い出すと、そうとばかり決めつけることにためらいも覚えた。彼女は、自分が殺した子供たちがゲームの世界で幸せになっていると信じきっていた。あの目の輝きは、演技とは思えない。

結局、彼女の犯行の動機は単純に説明できるものではないのだろう。彼女自身にすら、自分が行ったのが殺人なのか救済なのか、区別がつかなくなっていたのかもしれない。凶悪な快楽殺人犯の顔と、ゲームの世界にのめりこむ夢想家の顔は、彼女の中で矛盾なく共存している。明かりを消した部屋に閉じこもり、ゲームに集中するうちに、彼女がどんな奇妙な、ねじれた世界に入りこんでしまったのか――それは誰にもわからない。

「引っ越したといえば、細谷くんの叔母さんもこの街から出てったんだよ」

壮太が言った。感傷的な物思いにふけっていた利明は、我に返った。

「出てったって?」

「マンション引き払って、実家に帰るって」

「離婚したんだよな?」

「もちろん」

「考えてみれば、その人がいちばん気の毒だよな。お姉さんと甥を殺されて……しかも、甥を殺した犯人と、知らずに結婚してたなんてさ。悲劇だよ」

壮太は反論したそうな顔で利明を睨んだが、少し間をおいてうなずいた。

「……そうだな。気の毒だな」

壮太の顔に一瞬だけ浮かんだ怒りの表情を、利明は不思議に思った。壮太は、気まずそうに言った。

「智紀くんの遺品をもらったよ」

「おまえが?」

「叔母さんから電話があってさ。智紀くんの部屋は、ずっと彼が生きてた頃のままにしてあったんだって。でも、そこももう売ることになったし、何かもらって欲しいって言われて、見に行った。机とかランドセルとか服とか玩具とか本とかゲームとか、全部そのまま残ってたよ」

「何をもらったんだ?」

「あまり大きい物や高価な物は無理だから、ノートを一冊もらった」

「ノートって?」

「智紀くんが学校で使ってた、算数のノートだよ。彼は算数が得意だったんだ。計算式とか、きれいに書いてある。ところどころに落書きもある。なつかしかった。智紀くんの筆跡とか絵とか、よく覚えてるから」

「細谷くんって、生きてたらおまえみたいなやつだったのかな」

思いついたことを口にしてみると、壮太は不愉快そうに目を細めて利明を見た。

「女の子に相手にされない、キモいオタクだったのかな」

きついことを言われて、壮太はまごついたようだった。陰でこそこそ悪口を囁かれることは多いが、面と向かってからかわれることには慣れていないのだ。彼は心配そうに利明の顔をうかがい、悪気のない笑顔を確かめて、ぎこちなく言い返した。

「もてなくて悪かったな。でも、智紀くんは僕より濃いオタクになっていたと思うよ。好きなことにはとことんのめりこむ性格だったから」

彼がもしも生きていれば、黒崎由布子は、あんな事件を起こさずにすんだのかもしれない。

ふとそんな考えが浮かんだが、利明はそれを口にはしなかった。言っても詮《せん》のないことだった。

シンゴが退屈したようにリードを引っ張り始めたので、利明は壮太と別れて歩き出した。

壮太のようにぶくぶく太り果てた智紀を想像してみようとして、初めて、自分が細谷智紀の顔をほとんど覚えていないことに気がついた。

長らく埋もれていた名作「ダーク・リデンプション」は、新しいゲーム機に移植されて発売されることが決まった。事件のせいでゲーム画像がたびたびテレビで流され、そのグラフィックの美しさが再評価されたのだ。被害者への配慮を欠く、今さら不謹慎ではないか、との声もなくはないが、発売されればそこそこ売れるだろう。そもそも、ゲーム自体に罪はない。

——四人の死はまるっきり無駄にはならなかったわけだ。おかげで過去の名作が見直されたんだから。

リクライニングチェアに寝そべってゲームのコントローラーを握りながら、篠塚彰久は気の抜けた笑みを浮かべた。

☆

壁面の大型液晶ディスプレイに映っているのは、主人公一行がシルバーレイク村に到着し、村人たちに話しかけながら歩いている場面だった。主人公の名は、あきぴょん。パーティメンバーは、賢者ヘルメス、傀儡《くぐつ》師エワルド、薬剤師ブランヴィリエ。非常にバランスの悪い、癖のある編成だが、彼はこの顔ぶれが気に入っていた。力尽くでモンスターを薙ぎ倒すのではなく、毒や幻惑魔法を使ってじわじわと陰険に戦えるところが良い。職業の種類が豊富で、自由にパーティが組めるのも、このゲームの特長の一つだ。

——彰久さんなら、何になりたい？

昔、壮太にそんなことを訊かれたのを思い出した。

——何が。

——職業だよ。自分がこのゲームのキャラクターになるとしたら、何がいい？

くだらねえことを訊くやつだと思いながら、彼は適当に「盗賊」と答えた。壮太は大げさに「盗賊かあ」と納得し、「彰久さんらしいよね」と余計なことを付け加えた。

——おまえはどうなんだよ。

——僕はやっぱり戦士がいいな。パーティの先頭に立って、剣で戦うんだ。

——おまえに殺されるようなマヌケなモンスターはいねえよ。

鈍重な従弟をからかっておいて、彰久は智紀にも声をかけた。彼はコントローラーを握りしめて、真剣にゲームを進めていた。

——智紀は？　おまえだったら何になる？

ゲームに集中していた智紀は、何度か呼びかけられてやっと気がついた。質問の趣旨を理解すると、彼はじっと考えこんで答えた。

——僕は、道具屋がいい。

——道具屋？　そんな職業ないよ。

壮太が笑ったが、智紀は真面目に言い返した。

——あるよ。どこの村にもいるじゃないか。

——店だろ、それは。パーティのメンバーじゃないよ。

——だからいいんだ。旅に出なくていいし。

わけがわからない、という顔で壮太は彰久を振り返った。智紀はまた二人に背を向け、ゲーム画面に見入って、独り言のようにつぶやいた。

——ずっと家にいるんだ。家族と一緒に。僕はそういうのがいい。

——つまんねえやつだよ、おまえは。

彰久は鼻で笑った。智紀は何も言わなかった。


昨日、笠間玲子が訪ねてきた。彰久はゲームのやり過ぎで寝不足の目をこすりながら彼女を迎えた。

会うのは、笠間芳雄が逮捕されたあの日以来だった。たった何日かの間に、彼女は面変わりするほどやつれ果てていた。

あなたにもらって欲しいものがあるの、と彼女は弱々しい声で言った。

——正直言って、あなたにはずいぶんイライラさせられたけど、感謝してるわ。事件の真相がわかったのはあなたのおかげよ。だから……。

——いりませんよ、智紀の形見なんか。

彰久が先回りして言うと、玲子は絶句した。青白かった頬にみるみる血の気が差すのを見て、彰久はちょっとした人助けをしたような気持ちになった。玲子は肩をいからせ、魂を吹きこまれたような荒々しい声で、居丈高に言い放った。

——あげないわよ、あなたになんか、何一つ！

そうして彼女は、持ってきた包みをそのまま抱え、つんと頭を反らせて帰って行ったのだった。

思い出すと笑いがこみ上げてくる。何をくれるつもりだったのかはわからない。興味もない。

旅立つ少年は、村に思い出の品など残していかないものだ。特にそれが、自分の意志ではない、不本意な出発であるときには。

あきぴょん一行は、村の道具屋に入っていく。カウンターの中から、愛想のいい店員が話しかけてくる。

——いらっしゃいませ！　何をお探しですか？　万能薬に毒消し薬、眠りの香に、はやぶさの羽根。なんでもそろってますよ！

道具屋の主人は通常、中年の男性であることが多いが、この村では珍しく若者が店番をしている。若者というよりまだ少年だ。あきぴょんより年下かもしれない。

仲間たちが店の品物を手に取って品定めしている間に、あきぴょんはカウンターに肘をついて、中の若者に小声で話しかける。

――探してるのは薬じゃねえ。実はパーティのメンツが一人足りなくなりそうなんだ。

――え？　四人いるのに？

――信用ならねえのが一人。

あきぴょんは声をひそめ、店の片隅に陰気に立っている薬剤師を肩越しに見る。いつパーティを裏切ってもおかしくない危険人物だ。

――お払い箱にしようかと思ってる。信用できる仲間が欲しい。

――でしたら、冒険者たちの集《つど》う酒場で……。

――おまえはどうだ？　旅に出る気はないか？

あきぴょんの誘いに、少年は目を丸くする。彼の目に、一瞬、冒険への憧《あこが》れが宿る。

生まれてこの方、一度も故郷を離れたことがないのだ。冒険者たちと自分とは、所詮、生きる世界が違うと割り切っていた少年は、突然目の前に開けた「別の人生」の可能性に恍《こう》惚《こつ》となる。広大な世界に飛び出し、凶悪なモンスターたちと戦い、世界を救う冒険者たち……その一員に、自分もなれるかもしれない。

だが、少年の心が騒ぐのは一瞬だけだ。彼はすぐに苦笑いを浮かべて首を振る。

——冗談でしょう。僕はただの道具屋です。

——道具屋だって役に立つぜ。

——僕には冒険なんて無理です。それに、僕はこの村を離れたくないのです。家族もいますし。

——そうかい。

あきぴょんは無理には誘わず、薬草を選んで代金を払う。物騒な一行はそれぞれの買い物をすませ、道具屋を出る。少年は未練の残る目で勇者たちを見送っている……。

彰久は夢想を頭から追い払うと、コントローラーを持つ手をだらりと下げた。

画面には、単純な顔をした道具屋の若者が映っている。決してカウンターの向こう側から出てくることのない、平和な村の住人だ。目を細めてわざと視界をぼやけさせると、美麗なコンピュータ・グラフィックの上に、智紀の面影がちらついた。

おまえ、どんな夢をみてた？

勇者になって魔物と戦ってたのか？　それとも村の道具屋として、変わり映えのない日を過ごしてたのか？

ひとりぼっちで、九年間も。冷たい土の下で。

問いに対する答えは、もちろんない。

これまで数限りない勇者たちに感情移入し、想像の翼を広げてきた彰久にも、死者のみる夢だけはまったく想像がつかなかった。

彰久は疲れた目をこすり、手を伸ばして、ゲーム機のスイッチを切った。

解説――貴方の推理がいい意味で裏切られるよう、祈っています。

高須啓太《たかすけいた》（啓文堂書店新宿店）

一介《いっかい》の書店員にすぎない自分が解説を書かせていただく、というのは一大事件な訳です。まるでカリスマ書店員みたいではないですか⁉　まだまだ未熟者の自分に務まるのか、嬉しさよりも驚きと不安でいっぱいでした。

そんな自分が何故解説のお仕事をいただいたか、それは二〇〇八年冬まで遡《さかのぼ》ります。

あの日、私は非常に悩んでいました。

「次に仕掛ける作品を探さなくては……」

当店は文庫の既刊掘り起こしに力を入れている店舗でして、とはいえそんなに簡単に仕掛け作品が見つかる訳も無く、この日もインターネットで情報を集めたり、各出版社の文庫目録とにらめっこをしていました。

そしてたまたま祥伝社文庫目録を読んでいた時、目に留まったのが高瀬美恵さんの『庭師（ブラック・ガーデナー）』でした。あらすじはこう記されてました。

〈執筆するはずだった企画から外され、恋人とも別れたフリーライターの寺内《てらうち》さやかがマンションに引っ越した直後、異臭騒ぎ、ペット惨殺事件と怪事件が頻発し、マンションの住人たちの間に疑心と狂気が生まれる。

さやかはマンションの住人の高校生から、それらの事件すべてをリアルタイムで暴《あば》きたてる怪しげなサイトの存在を知らされるが……〉

ね、面白そうでしょう？　セレンディピティが降りてきた、そう感じた私はすぐに担当さんに電話。

「高瀬美恵さんの『庭師』を仕掛けたいのですけど、在庫ありますか？」

「いやー、九〇冊しかないです」

「じゃあ九〇冊全部引き取ります」

大胆な発注しているなあ、と我ながら感心してしまう。しかしそれが間違いでなかったことが、搬入から二週間弱で判明することになる。

九〇冊完売。あっという間でした。

そしてまさかの重版、帯とポップを書かせていただくなど、お手伝いさせてもらいました。当店から啓文堂書店三七店舗へ、そして他の書店員様の熱い支持もあって全国へと広がっていき、七万部を超えるヒット作に！

九〇冊がそんなに化けるなんて、自分でも予想できませんでした。

そんなご縁がありまして、今作『セルグレイブの魔女』の解説を書かせていただくことになった訳です。長い前置きに付き合っていただきありがとうございます（笑）。

結論から言うと『セルグレイブの魔女』、面白かったです。一気読みでした。

きわめて狭い範囲で行われる殺人、お互い疑心暗鬼になっていく住人。犯人は一体誰なのか……。

『庭師』と共通するのは、常軌を逸した人間の不気味さ。人間に潜む「闇」の部分が牙《きば》を剝《む》いた時の恐ろしさは、真に迫っていて怖いです。それが身近な人間ならなおさら。あなたは隣人についてどれくらい知っていますか？

最後に質問です。

幼女ばかりを狙う殺人犯、現場に残された「セルグレイブの魔女を訪ねよ」というゲームの一文。貴方はどんな犯人像を思い浮かべますか？

ちなみに僕の推理は外れました。

貴方の推理がいい意味で裏切られるよう、祈っています。

この作品はフィクションであり、登場する人物および
団体は、すべて実在するものと一切関係ありません。

一〇〇字書評

切り取り線

購買動機（新聞、雑誌名を記入するか、あるいは○をつけてください）

- □（　　　　　　　　　　　　）の広告を見て
- □（　　　　　　　　　　　　）の書評を見て
- □ 知人のすすめで
- □ タイトルに惹かれて
- □ カバーがよかったから
- □ 内容が面白そうだから
- □ 好きな作家だから
- □ 好きな分野の本だから

●最近、最も感銘を受けた作品名をお書きください

●あなたのお好きな作家名をお書きください

●その他、ご要望がありましたらお書きください

住所	〒				
氏名		職業		年齢	
Eメール	※携帯には配信できません	新刊情報等のメール配信を希望する・しない			

あなたにお願い

この本の感想を、編集部までお寄せいただけたらありがたく存じます。今後の企画の参考にさせていただきます。Eメールでも結構です。

いただいた「一〇〇字書評」は、新聞・雑誌等に紹介させていただくことがあります。その場合はお礼として特製図書カードを差し上げます。

前ページの原稿用紙に書評をお書きの上、切り取り、左記までお送り下さい。宛先の住所は不要です。

なお、ご記入いただいたお名前、ご住所等は、書評紹介の事前了解、謝礼のお届けのためだけに利用し、そのほかの目的のために利用することはありません。

〒一〇一－八七〇一
祥伝社文庫編集長　加藤　淳
☎〇三（三二六五）二〇八〇
bunko@shodensha.co.jp

祥伝社ホームページの「ブックレビュー」からも、書き込めます。
http://www.shodensha.co.jp/bookreview/

セルグレイブの魔女《まじょ》　長編ホラー・ミステリー

平成21年12月20日　初版第１刷発行

著者　高《たか》瀬《せ》美《み》恵《え》
発行者　竹内和芳
発行所　祥《しょう》伝《でん》社《しゃ》
東京都千代田区神田神保町3-6-5
九段尚学ビル　〒101-8701
☎03（3265）2081（販売部）
☎03（3265）2080（編集部）
☎03（3265）3622（業務部）
印刷所　萩原印刷
製本所　関川製本

ISBN978-4-396-33542-7　C0193

祥伝社のホームページ・http://www.shodensha.co.jp/

祥伝社文庫

高瀬美恵　**スウィート・ブラッド**

憧れの青年は吸血鬼だった。夫を捨てて、自らも吸血鬼になることで恋の成就を夢見る佐代子だったが…。

高瀬美恵　**庭師（ブラック・ガーデナー）**

失恋しマンション購入に走った寺内さやか。だが、新居では異臭騒ぎ、ペット惨殺と次々と事件が頻発し…

柴田よしき　**ゆび**

東京各地に〝指〟が出現する事件が続発。幻なのかトリックなのか？　やがて指は大量殺人を目論《もくろ》みだした。

柴田よしき　**0**《ゼロ》

10から0へ。日常に溢れるカウントダウンの数々が、一転、驚天動地の恐怖を生み出す新感覚ホラー！

柴田よしき　**R-0**《リアル・ゼロ》 **Amour**《アムール》

「愛」こそ殺戮の動機!?　不可解な三件のバラバラ殺人。さらに頻発する厄災とは？　新展開の三部作開幕！

柴田よしき　**R-0**《リアル・ゼロ》 **Bête**《ベト》 **noire**《ノワール》

愛の行為の果ての猟奇殺人。女が男を嬲《なぶ》り殺しにする事件が続く。ハワイの口寄せの来日。三部作第二弾。

祥伝社文庫

柴田よしき　V《ヴィ》ヴィレッジの殺人

女吸血鬼探偵・メグが美貌の青年捜しで戻った吸血鬼村で起きた絶対不可能殺人。メグの名推理はいかに!?

柴田よしき　ふたたびの虹

小料理屋「ばんざい屋」の女将の作る懐かしい味に誘われて、今日も集まる客たち…恋と癒しのミステリー。

柴田よしき　観覧車

新井素子さんも涙！　失踪した夫を待ち続ける女探偵・下澤唯。静かな感動を呼ぶ恋愛ミステリー。

柴田よしき　クリスマスローズの殺人

刑事も探偵も吸血鬼？　女吸血鬼探偵メグが引き受けたのはよくある妻の浮気調査のはずだった…。

柴田よしき　夜夢

甘言、裏切り、追跡、妄想…愛と憎しみの狭間に生まれるおぞましい世界。女と男の心の闇を名手が描く。

柴田よしき　貴船菊の白

犯人の自殺現場を訪ねた元刑事は、そこに貴船菊の花束を見つけ、事件の意外な真相を知る…。